DAILY RITUALS

Women at Work

MASON CURREY

[美] 梅森·柯瑞 著

白瑞霞 译

她们的创作日常

C|S | 湖南人民出版社·长沙

图书在版编目（CIP）数据

她们的创作日常 ／（美）梅森·柯瑞著 ； 白瑞霞译. —— 长沙 ：湖南人民出版社，
2025. 6. ISBN 978-7-5561-3783-1

Ⅰ. I04

中国国家版本馆CIP数据核字第2025GE2804号

Daily Rituals: Women At Work

Copyright © 2019 by Mason Currey

Published by arrangement with Hodgman Literary LLC, through The Grayhawk Agency Ltd.

由湖南人民出版社与企鹅兰登（北京）文化发展有限公司 Penguin Random House
(Beijing) Culture Development Co., Ltd.合作出版

TAMEN DE CHUANGZUO RICHANG

她们的创作日常

著　　者：［美］梅森·柯瑞

译　　者：白瑞霞

出 版 人：张勤繁

产品经理：邓煦婷

责任编辑：张玉洁　邓煦婷

特约编辑：张　卉

责任校对：黄梦帆

封面设计：凌　瑛

版式设计：李珊珊

出版发行：湖南人民出版社有限责任公司［http://www.hnppp.com］

地　　址：长沙市营盘东路3号　　邮　　编：410005　　电　　话：0731-82683313

印　　刷：长沙艺铖印刷包装有限公司

版　　次：2025年6月第1版　　　　　　印　　次：2025年6月第1次印刷

开　　本：787 mm×1092 mm　1/32　　印　　张：12

字　　数：200千字

书　　号：ISBN 978-7-5561-3783-1

定　　价：68.00元

营销电话：0731-82221529（如发现印装质量问题请与出版社调换）

习惯会逐渐改变一个人的面貌，一如时间会改变一个人的样貌；

尽管，我们并不自知。

————

弗吉尼亚·伍尔夫　Virginia Woolf

1929 年 4 月 13 日日记

前言

　　这是前一部作品的续集，也是一种补偿和补充。2013 年，我出版了《创作者的日常生活》(*Daily Rituals: How Artists Work*)，一本简要介绍小说家、诗人、画家、作曲家、哲学家以及其他受到启发的创作者日常工作的作品。我为之深感骄傲，也很高兴通过它遇到了一众想要对创作过程一探究竟的读者。他们乐于发现原来贝多芬每天会分毫不差地为自己的晨间咖啡数 60 颗咖啡豆，编舞家乔治·巴兰钦 (George Balanchine) 每次在熨衣服时最有灵感，而诗人、剧作家玛雅·安吉罗 (Maya Anglou) 喜欢在"狭小局促"的宾馆房间里写作，并在身旁放一本字典、一本《圣经》、一副纸牌和一瓶雪利酒。不过，现在回头看，我不得不承认它有一个重大的缺陷，即全书介绍的 161 位人物中只有 27 位是女性。"她们"所占的比例不及 17%。

我怎么会让性别比例如此失衡的一本书出版呢？真是无言以对。在写作那本书时，我所抱持的念头是要概述过去几百年来在西方文化中诞生的"伟大心灵"。我也觉得它的成功之处就在于让读者看到高高在上的著名人物也有着平凡琐碎的日常生活。然而，当我把重心放在西方文化、绘画和古典音乐上时，它所带来的副作用就是：他们绝大多数都是男性。我当时未能挖掘出更多的女性故事说明我实在是缺乏想象力。为此，我深感遗憾。

　　于是，就有了这本书，它既是试图纠正之前性别失衡的迟来努力，也是为了满足我最初的雄心壮志。我不仅是在借着它卖弄创作者大都不为人知的日常琐事和趣事，更是希望能够帮助到那些想要从事创意工作却苦于抽不出时间，又或在日常生活的轨道上难以进入创作状态的读者。作为作者，我自身就时常遇到这种问题。我也想要知道其他人是如何在生活之余完成创作的。他们是每天都会写作、绘画、作曲的吗？周末也不休息吗？他们是怎么做到一边创作，一边赚钱为生、保持睡眠充足又照顾亲人的呢？即使他们能安排好这一切，有着按部就班的工作时间、工作地点和创作时长，他们又是如何应对棘手的自信和自律危机的呢？

　　这些都是我在第一本书中透过对创作者的简要介绍，试图从侧面予以回答的问题。然而，当我把目光主要集中在功成名就的男性创作者身上时，我发现他们曾经所面对的困难往往因为背后有辛勤的妻子、忠实的仆人、可观的家族遗产，以及数个世纪以来累积的男性特权而得到了缓解。对当代读者来说，这无疑削弱了他们作为典范和榜样的力量。很多时候，这些伟大心灵的日常作息看上去太过美妙：他们似乎完全不用操心赚钱养家、准备一日三餐以及陪伴亲人，相反，他们可以轻松自在地工作、散步和小憩。

相比之下，当我们将目光转向女性创作者时，我们似乎一下子就看到了充满挫折和妥协的戏剧化景象。当然，这本书中所记述的很多女性人物都有着优渥的家庭背景，并非每一位都需要不断克服在日常生活中遇到的各种障碍，但是她们中的很多人的确是在挣扎和负重中前行。她们大都成长、生活在一个忽视甚至拒绝女性创作者的环境当中。书中许多人的父母和配偶强烈反对她们将自我表达和自我探索置于女性传统的贤妻良母和家庭主妇的角色之上。那些拥有孩子的创作者更是要为了平衡事业和家庭进行艰难选择。而且，她们几乎无一例外地遇到了来自读者和行业"大佬"的性别歧视。无论是编辑、出版商、策展人、评论家、赞助商还是其他的潮流引导者，不管你多么努力，他们始终都觉得男性创作者要更为出色。他们根本看不到女性创作者不得不面对的内心煎熬。事实上，她们需要为自己、为自己的创作不断赢得空间，并妥善处理随之而来的愤怒、愧疚和怨恨。

当然，我也清楚将"女性创作者"与"创作者"加以区分有些危险，尤其是在这样一本由我这个男性写作的书中。本书介绍的许多女性创作者对于人们将其成就与性别连在一起早已习以为常，尽管没有人喜欢这一点。正如画家格雷斯·哈蒂根（Grace Hartigan）在接受采访时所说："我从不强调自己是女性艺术家，我也痛恨被人叫作女性艺术家。我就是一个艺术家。"不论是否有效，我还是竭力在这本书中用和上一本书介绍那些男性和女性创作者相同的方式来介绍她们，引用她们的信件、日记、访谈以及二手参考资料来描绘出她们日常创作的场景。

虽然如此，这本书和前一本相比仍然有一些关键性差异。在前一本书中，我只涵盖了那些具有典型日常工作习惯的创作者；而在这一本书中，我还涵盖了那些没有固定工作时间表的创作者，无论是因为她们无法享有这份奢侈还是不想这样去做。另外，由于我觉得读者也许对其中大多数的女性创作者并不熟悉，换句话说，她们虽是行业翘楚但未必为大众所熟知，所以我多花了一些篇幅来介绍她们的生平，并在她们的职业生涯中去描述她们的工作日常。

这本书也更加关注这些创作者的家庭关系。对她们中的许多人来说，孩子是占据她们工作时间最多的人，配偶紧随其后，所以，我想要在这本书中说明她们是如何设法兼顾创作与处理家庭琐事的，她们或有强烈的工作热情、或能巧妙地分配时间、策略性地忽略某些职责又或是几种方法综合运用。所有这些对于描绘她们的日常创作都至关重要。同前一本书一样，我也努力让这本书与那些正处于创作和生活两难困境中的读者产生更多共鸣。我想要尽可能准确地捕捉这些女性创作者曾经面对的困境，并梳理她们的解决之道。

我并非在此暗示创作者所面对的必然只有毫无乐趣可言的痛苦折磨。尽管为了获得创作空间，她们需要某些巧思和牺牲，但是创作本身会让人身心沉醉、乐在其中。我试图在字里行间表达出这种双重性，也就是苏珊·桑塔格所说的"工作与生活"是不可能调和的，但放弃努力也是不可能的。在编辑材料的过程中，我也一直在自问克莱特（Colette）在谈及乔治·桑（George Sand）时提出的问题：天啊，她到底是怎么做到的呢？接下来，你即将得到的是对这个问题上百次的尝试回答。

关于顺序

我分别写完了这本书中的每一个人物简介，而后一直在想出版时要如何排序。有一些显而易见的排列方式，譬如以时间为序、按姓名的首写字母或者以某些主题为序。但是，这些排列方式似乎总有着这样或那样的缺陷。最后，我决定将她们以目前这样 13 个宽松的部分串联起来，既可以在某种程度上将彼此呼应的人物放在一起，又可以（我希望）不那么地流于表面。我试图让读者体验到从前往后、按序阅读的愉悦感，更希望读者能享有一种随意翻阅的轻松感。

目录

从愤怒到绝望，周而复始

稀奇古怪

奥克塔维娅·巴特勒

Octavia Butler，1947—2006

巴特勒 12 岁那年在电视上看完电影《火星女魔》之后便开始创作科幻小说。"我在看那部电影的时候，脑海里涌现出了一系列的想象和灵感，"这位出生于加利福尼亚的作家在多年后回忆道，"我先是'哦，天哪，我能写出比这个更好的故事'。可是，又转念一想：'嗯，是个人都能写出比这个更好的故事。'接着，我有了一个决定性的认知：'嘿，竟然有人因为这么一个糟糕的故事挣了钱。'于是，我决定自己提笔写作。在接下来的一年里，我忙着给那些无辜躺枪的杂志社发送自己创作的糟糕小说。"大学毕业后，巴特勒做过各种"鸡零狗碎的工作"，譬如洗碗工、电话推销员、仓库工人和薯片质检员。与此同时，她还在坚持每日清晨埋头写作。她说："我感觉自己当时过得像头动物，仅仅只是活着。可是，只要我一开始写东西，我就会觉得自己活着是为了做更多的事情，做那些我真正在意的事情。"1976 年，巴特勒终于出版了自己的第一本科幻小说《模式大师》（*Patternmaster*），并在接下来的四年里每年出版一本小说，其中就包括她最出名的作品之一，于 1979 年出版的《血族》（*Kindred*）。自此之后，巴特勒开始能够以写作为生。

随着巴特勒成为一名享誉国际的知名作家，她时常被问及对年轻作家的建议。她总会说最关键的是，无论你是否状态在线都要每天坚持写作。她说："去他的灵感，别想这个。"巴特勒同时还说有抱负的作家理应看看"其他至少六位作家的生活，看看他们都在做什么"。

不是说你要生搬硬套、照猫画虎，而是说你会从他们的做事方式中学习到他们已经摸索到的东西。换句话说，他们已经找到了对他们来说行之有效的方法。例如，我每天凌晨三四点之间就会起床，因为对我来说那是写作的最佳时段。我也是偶然间发现了这一点，因为以前为别人打工的时候，白天根本没有时间提笔写作。我之前干的都是体力活，甚至是重体力活，所以一到晚上会特别累。生活中还挤满了其他人。我发现时间被别人占满之后，根本没法投入。我还需要在和其他人一起共处和独自写作之间找到休息的时间。后来，我就发现可以早起。我一般凌晨两点就起床了，真的很早。好在，我一直都有雄心壮志，会一直写到不得不出门去工作为止。

随着年龄的增长，巴特勒的日程安排有所松动。在《西雅图时报》2000 年的一篇介绍中，巴特勒提到自己"每日早晨 5 点半到 6 点半起床，收拾家务，而后会在早上 9 点坐到电脑前开始写作"。巴特勒自认是一位"慢作家"。每天会花很多时间"读书、发呆、听书、听音乐或其他什么，接着会在某个时间点突然开始疯狂地写"。这就意味着她有大量的独处时间。对她这样一位"社恐"的作家来说，这是再好不过的了。"只有当我有大量的时间和自己相处时，我才会在与其他人相处时感到自在，"巴特勒在 1998 年时说，"我之前也会因此焦虑，家人也会担心。但是，我后来意识到这就是我，不是吗？我们每个人身上都有一些古怪之处。我的就是这样。"

草间弥生

Yayoi Kusama，1929—

"我每天都在与痛苦、焦虑和恐惧作斗争，我发现唯一可以缓解病情的方式就是坚持艺术创作。"日本概念艺术家草间弥生在 2011 年出版的自传《无限的网》（*Infinity Net*）中这样写道。草间弥生从小就患有视觉及听觉幻觉。自 1977 年以来，她一直住在东京精神病院。草间弥生就在医院对面开办了一间自己的工作室，每天按时前去工作。她在自传中如此描述自己的日常生活：

医院的生活非常规律。我晚上9点上床睡觉，第二天一早7点准时起床验血。早上10点进入工作室一直工作到下午6点或7点。我会在晚上写作。这些年，我专注于工作，搬来东京后非常高产。

事实上，随着国际艺术界在过去20年间重新发现草间弥生，她不得不聘请助手来帮助自己满足工作需求。如今，这位艺术家比以往任何时候都更加努力。她在2014年时说："我每一天都在通过艺术创作而创造出一个全新的世界。我早起晚睡，有时会一直工作至凌晨3点。我在为生命而战，从未停歇。"

伊丽莎白·毕肖普

Elizabeth Bishop，1911—1979

1978 年，美国诗人伊丽莎白·毕肖普说："我有段日子会笔耕不辍，但是之后的几个月，可能又只字未写。"毕肖普的朋友，同为诗人的弗兰克·比达特（Frank Bidart）证实说："据我所知，她并非每天都提笔写作，或是有什么常规的写作模式……当灵感来袭，她会尽可能地沉浸其间，接着让那些细枝末节的东西留在那儿很长一段时间再做处理。"就像她从开始提笔到最后完成诗作《驼鹿》（*The Moose*）整整用了 20 年。

毕肖普常常因为产量不高而心怀愧疚。她终生只发表了大约 100 首诗作。她曾经希望自己可以写得再多一些。为了能和爱人——建筑师洛塔·德·马塞多·苏亚雷斯（Lota de Macedo Soares）一起生活，毕肖普从美国移居巴西。就在她安顿好新家后不久，她发现自己的慢性哮喘加重了。为了控制病情的发展，她开始服用药物。很快，她发现服用药物产生的副作用——一种既让人昏昏欲睡但又夹杂着创造快感的混合效果对作家有奇效。她觉得这一点对她当时的诗歌及短篇小说创作大有好处，于是便在与她的密友、诗人罗伯特·洛威尔（Robert Lowell）的通信中写道：

一开始真是太棒了。你可以整晚坐着打字，第二天依旧精神饱满。我一周之内写了两个故事。如果你按部就班，即使偶有失望，也没什么大不了的；可是，一旦我什么都没做，我就会整日毫无缘由地以泪洗面。这一次，我希望它能帮我把最近看似怎么写也写不完了的那首诗完成了。这样，我就能发给 H. 米夫林（H. Mifflin）（出版商）交差了……

发现"新大陆"的欣喜感总是短暂的。毕肖普很快就开始担心它会给自己的情绪带来负面影响，便停止了服用。后来，她也慢慢自我和解，接纳了自己断断续续、循序渐进的创作进程。她很喜欢引用保尔·瓦雷里（Paul Valéry）的一句话："没有哪一首诗是真正完成的，它们只是在中途被遗弃了。"

皮娜·鲍什

Pina Bausch, 1940—2009

德国编舞家皮娜·鲍什以其梦幻般的舞蹈编排、精心设计的舞台布景、戏剧性的演出独白和对话片段来呈现她极具影响力的"舞蹈剧场"。她也因此极大地扩展了现代舞的可能性。从 20 世纪 70 年代开始，皮娜·鲍什便通过她著名的问答环节来开发作品。她将舞蹈演员的个人记忆和日常生活作为新作品的基础。与她长期合作的一位舞者解释说："皮娜会问问题，有时可能是一个词、一句话。每一位舞者都有时间进行思考，而后站起来向皮娜展示他或她的答案，回答的形式可以是舞蹈动作，可以是语言表达，可以是独舞，也可以是群舞，甚至每个人都可以成为道具，无论什么形式。皮娜会看着眼前的一切，做笔记、思考。"对于皮娜而言，这些问题会让她获得自己一个人无法想到的东西或巧思。她曾经说："那些'问题'可以让我一层一层地接近某一个话题，它们以一种既敞开又精准的方式让我看到很多东西。那是我一个人怎么想也想不出来的。"她一直在寻求自己也无法轻易定义的东西。"并不是一开始就很确定，"她说，"我一直在寻找，寻找合适的感觉，怎么说呢，很难用语言表达，但是只要一找到了，我就知道，嗯，没错，是这个意思。"

在外人看来，皮娜的工作状态有点令人望而生畏。"她会经历巨大的痛苦，"皮娜的另一半罗纳德·凯（Ronald Kay）在2002年接受《卫报》的采访时说，"她走进家门时面如死灰。我学会了从远处看着这一切，不去打扰她是我能够提供的唯一帮助。"他介绍了皮娜在排练新剧时的工作时间表：

> 她早上10点开始在排练厅工作，晚上10点左右回到家，我们一起吃饭。接着，她会坐在那里直到夜里两三点钟，她一直在思考，考虑哪些应该保留，哪些是作品的精华，等等。早上7点左右起床，有时会更早，为新的一天做准备。她总是想方设法保持这种工作强度。

皮娜本人曾试图对为什么要保持这种工作强度进行解释，在创作之初，她的第一反应并不是兴奋，而是一种更接近于失望的情绪：

> 一开始什么都没有，没有计划，没有剧本，没有音乐，也没有布景。但是，首映日期是确定的，时间是有限的。所以我觉得：创作一部新作品一点也不快乐，真不想再做了。

每次都是一种折磨。我为什么要做这些呢？可惜，这么多年过去了，我还是没学会怎么应对。每一部作品，我都得从头再来一遍，真是很难。我总感觉自己从未达到过自己想要的高度。但是，每一部作品的首映刚一结束，我就已经开始制订新的计划。这种力量从何而来呢？嗯，自律很重要。你只需要继续工作，然后突然间就会产生一些东西，一些很细微的东西。我不知道它会通往何方，但是，那种感觉就像是有人突然点亮了一盏灯，而后，你就会获得继续工作的勇气，会再一次地感到兴奋。或者，完成了一件特别漂亮的作品，它会让你获得一种想要继续努力工作的能量——一种渴望，一种来自内心深处的渴望。

玛丽索

Marisol，1930—2016

玛丽亚·索尔·埃斯科巴（Maria Sol Escobar）出生在一个富裕的委内瑞拉家庭，在巴黎和加拉加斯长大。她在洛杉矶读完高中后又在巴黎和纽约学习艺术。她起初绘画，但是，在1953年，用她自己的话说，她是出于"一种叛逆"而做起了雕塑。"生活中的一切都那么地严肃、死板。我对自己，对自己遇到的每个人，感到沮丧，感到难过。我开始做一些有趣的事，想让自己变快乐——结果，真就做到了。因为我做得很开心，所以自认为大家也会喜欢它们。没想到，大家还真喜欢。"很快，她就开始用"玛丽索"这个艺名。到20世纪60年代中期，她已经成了纽约艺术界的明星。她因将波普艺术和民间艺术巧妙融合，以及独树一帜又充满神秘色彩的公众形象而闻名。安迪·沃霍尔（Andy Warhol）描述她是"第一位具有个人魅力的女艺术家"，并请她出演了自己的电影《吻》（*The Kiss*）和《13位最漂亮的女人》（*13 Most Beautiful Women*）。和沃霍尔一样，玛丽索也具有一种在天真与深刻之间进行简洁表达的能力。在1964年的一次采访中，玛丽索说："我不会想太多。当我不去想的时候，事情反而会向我涌来。"

1965年，《纽约时报》的一名记者为我们记述了这位艺术家的日常生活。大约时近正午，玛丽索才会起床吃一顿火腿加鸡蛋的标准早餐。接着，她会从自己位于默里山（Murray Hill）的公寓前往她在下百老汇的一间阁楼工作室。在"上班"的路上，她会停下来购买一些材料，像是"钉子、胶水、椅子腿、木桶板、来自伐木场的松木板"之类的。同时，她也会留意可以增添进她心爱"道具"里的新东西，譬如小阳伞、剥制师的狗头标本。"我还会研究黄页。"她说。在踏进自己90英尺①乘25英尺的工作室之后，她会立刻开始做木工、雕刻，使用电动工具、锯、锤和凿来打磨自己的雕塑作品。她会一直工作到晚上。而后，在沃霍尔的陪同下前往纽约上城区参加画廊的开幕式或各种派对。她晚餐吃得很晚，餐后往往还会回去接着工作。"她特别自律，"画家露丝·克利格曼（Ruth Kligman）说，"有时凌晨2点路过她的工作室，还会看到她埋头苦干的样子。"

在开幕式和派对上，玛丽索是出了名的沉默寡言。她的许多朋友和熟人都会回忆起在与她共处的数个小时里，她一言不发的样子。评论家约翰·格鲁恩（John Gruen）说："玛丽索安静的时候，可以在椅子上坐数个小时一动不动。"格鲁恩在有关20世纪50年代纽约艺术界的回忆中这样描述玛丽索和一帮艺术家、音乐家一起在长岛户外野餐的场景：

> 大家在餐桌周围聊得热火朝天，玛丽索静静地听着。她就像是座雕塑，一言不发。她可以一动不动地坐上至少两个

---

① 1英尺为0.3048米。——编注

小时。有一次，我转头看她，惊讶地发现竟然有一只蜘蛛在她裸露的上臂、上半身和腋窝形成的三角区内织了一张网。当我告诉她和其他人之后，她平静地看了一眼这只蜘蛛和它的杰作，说："在委内瑞拉，也发生过这种事，不是第一次。嗯，其实，我已经习惯了。"

尽管这种沉默看上去像是在装腔作势，但是玛丽索的朋友们都发誓说她真就是这样。1965 年，她的一位朋友在《纽约时报》上为她辩护称："首先，她真的很害羞；其次，她和大多数人都无话可聊。所以，她为什么要花费自己的精力呢？她把精力都留给了创作。不过，一旦她开口说话，往往都是一针见血，直击要害。"

对玛丽索本人来说，她不大理解也不关心大家对她个人公众形象的关注。"我不觉得自己是个谜，"她在 20 世纪 70 年代时说，"我的大部分时间都在工作室里度过。"至于这么多年为什么会孜孜不倦地参加各种派对，她解释说自己去那些地方就是为了"放松"。"从早到晚，一整天都那么深刻，人是会抑郁的。"她说。

妮娜·西蒙

Nina Simone，1933—2003

在自传《对你施咒》（*I Put a Spell on You*）中，西蒙将她最出色的表演比作曾在巴塞罗那亲眼观看过的那场斗牛比赛。那是一场令人惊心动魄又充满暴力的表演。它深深地触动了现场观众内心深处的某些东西，让他们感受到了某种自我转变。西蒙感觉自己在舞台上就像是那个斗牛士。她写道："人们来看我的演出是因为我游走在边缘上；或许，终有一天，我会轰然倒地、一败涂地。"

然而，能让观众体验到某种深刻的东西也需要技巧。西蒙在多年的巡演中磨炼出了自己的方法：

> 为了对听众施展魔法，我会从一首歌的一开始就营造出一种特定的情绪。而后，我会将这种情绪带到自己的第二首歌、第三首歌当中，直到我感觉已经营造出了某种高潮，那么接下来，观众自然就会被我催眠。有时候为了检阅效果，我会在某一刻停下来，什么也不做。这个时候，你会感到万籁俱静，就好像我们都被某种力量深深吸引。观众愈多，效果愈好，就好像每个人都在贡献出一些能量。当我的表演从

俱乐部走到更大的表演厅之后，我学会了如何做好更充分的准备。我会先在下午走进空无一人的表演大厅，四处走走，看看人们会坐在哪里，前排离我有多近，后排离我有多远，座位是更靠近呢，还是比较分散，舞台有多大，灯光在什么位置，麦克风在哪儿等所有的细节。所以，当我真正上台的时候，我非常清楚自己要做什么。

在重要的音乐会之前，西蒙都会独自排练好几个小时。有时，甚至会因为弹琴时间太长，整条胳膊都麻了。她要确保整个乐队做好了万无一失的准备。她与乐队成员一起排练演出的每一个细节，也努力让自己周围的音乐伙伴了解她的想法和她试图表达的独特的音乐感觉。在举办音乐会的当天晚上，西蒙会到最后一分钟才给乐队一张演出曲目单，有时候甚至是在他们上台的前一刻。在选定歌曲前，她想要尽可能长时间地感受现场观众和整个场地的感觉。当她走上舞台时，她会对人群"超级敏感"；但与此同时，她也在坚持自我，以此来引导观众进入她营造的氛围。不过，即使做好了所有的准备，西蒙还是无法预测一场特定的演出何时会从扎实的专业表演跃升为一种神奇又崇高的特殊体验。"在灯光下，无论发生什么，"她写道，"所有的一切都是上帝的安排，我只是站在了上帝走进来的那个位置。"

黛安·阿勃斯

Diane Arbus，1923—1971

　　阿勃斯说一张照片就是"一个关于秘密的秘密"。阿勃斯喜欢秘密。她曾经说过："我总能发现点什么。"她从事摄影的部分原因就在于她觉得拍照"是一件有点乖张的顽皮事"。纵观她的职业生涯，阿勃斯几乎只拍摄人物肖像。她会接受《时尚芭莎》《时尚先生》和《纽约》等杂志的邀约，也会自己在巡游公园、马戏团、畸形秀、裸体主义者聚居地、社交舞会、浪荡公子派对以及新型精神病院里寻找拍摄素材。她最喜欢拍摄"局外人"，那些与这个社会格格不入的边缘人，尤其是那些不被主流社会接纳的人。披头士的追随者和嬉皮士让她提不起兴趣，她更喜欢那些远离主流文化的人以及他们在面对镜头时所展现出来的某种内在的震撼感。

　　为了达到这一目的，阿勃斯玩起了等待游戏。她的拍摄地往往都在被拍摄者的家中。当拍摄开始时，阿勃斯表现得非常内敛，轻声细语且态度友善，一点也不专横或要求苛刻。她会让对方在房间里随意走动，直到捕捉到了某个她很喜欢的姿势。之后，她通常会要求对方保持这个姿势长达15或20分钟。对任何人来说，长时间地保持单一的姿势都不容易，更何况她的拍摄对象大都不是专业的模特。最后，阿勃斯会让他们稍作休息，而后再要求他们恢复同样的姿势保持 15 分钟。她会一连数个小时都处于这种状态。这远远超出对方的预想，也远远超过大多数人在镜头前能够保持镇定的时间。"她想要将对方消耗殆尽，就好像慢慢枯萎了。"摄影师黛博拉·特伯维尔（Deborah Turbeville）说。她曾经在 20 世纪 60 年代中期与阿勃斯一起合作拍摄过《时尚芭莎》杂志的作品。特伯维尔和她的助手有时会悄悄从阿勃斯的相机包里偷走一些胶卷，以便能尽快结束拍摄。但是，阿勃斯一直想要延长拍摄时间，一方面是想让拍摄对象放下心防，尽量放松；另一方面是试图与他们建立起一种特殊的联系。一如特伯维尔解释的那样："这是一个忍耐的过程，她试图让自己兴奋起来并从被拍摄者那里得到某种回应。她会问他们问题，会透露自己的私事，然后希望对方能给出回应。他们之间的关系会越来越亲密，直到她抓住机会，击出一击本垒打。"

根据传记作家亚瑟·卢博（Arthur Lubow）的说法，阿勃斯在 20 世纪 60 年代后期开始看心理医生，但她永远也无法解释清楚自己在艺术或生活中的那股强烈的性冲动。她甚至对尝试解释也毫无兴趣。"我拍照，但我并不明白自己为什么要拍照，"她有一次说，"我不知道我还能做什么。拍照就是一件事，真的，做的越多就越能做得到。"她最接近于说明创作动机的表达，是在回答如何选择拍摄对象的时候。阿勃斯说："我会选择那些啃噬我、折磨我的东西。"

牡蛎和香槟

路易斯·内维尔森

Louise Nevelson，1899—1988

出生于俄罗斯的美国雕塑家路易斯·内维尔森具备大多数多产者常见的特征：干劲十足、体力过人并有着向全世界证明自己价值的强烈渴求。不过，她说："我多产是因为我知道如何利用时间。"内维尔森在自传中这样描述自己的日常生活：

> 我早上6点起床。我爱穿纯棉质的东西，穿着它们睡觉或工作都毫无问题。我不想浪费时间。我会去工作室工作，通常一去就是一整天。很多时候，或者一直以来，我的体力都非常好。所以，我会一直工作到彻底没了力气。体力往往在创造力之前被消耗殆尽。工作完成后，如果累了，我就回去睡觉，吃点东西……
>
> 有时候，我会连续工作两三天，中间不睡觉，也不在意吃什么，因为……一罐沙丁鱼罐头、一杯茶或一片发霉的面包对我来说就挺好。怎么说呢，我对食物不在乎，想吃的东西也不多。我之前读到说伊萨克·迪内森（Isak Dinesen）在晚年时只吃牡蛎和香槟。我觉得这是一个好主意，可以让自己摆脱毫无意义的各种选择。

内维尔森说这番话的时候是 1976 年，她当时已经 77 岁，是最著名的尚在世的艺术家之一。不过在被众人熟知之前，她已经默默辛苦奋斗了几十年。内维尔森 18 岁那年就进入了一段不幸的婚姻，接着在第二年又意外怀孕。这一切让她偏离了最初的梦想轨道。内维尔森花了十多年的时间才摆脱了这段婚姻，并最终在纽约确立了自己作为一名独立艺术家的地位。即使如此，她的作品连续 25 年都没有在展览上卖出去。直到 42 岁那年，她才举办了首次个展。直到 1958 年，在参加完现代艺术博物馆的一个展览之后，一切才迎来了重大转变。那一年，内维尔森已经快 60 岁了。

　　在此之前，内维尔森的生活主要依赖于家人的定期资助和她诸多情人的偶尔馈赠。她从未有过一份正常的工作。她的哥哥因为在缅因州拥有一家运营成功的酒店，所以对她尤为支持。多年来，他每个月都给她寄零用钱，并在 1945 年出资在曼哈顿东部的 30 号大街给她买了一栋四层楼的联排别墅。当时，内维尔森的儿子也已长大成人，加入了商船队，开始定期给她寄支票。在接下来的十年里，内维尔森通过大量的实践终于形成了自己成熟的风格。在用回收的木头制作中小型雕塑多年之后，她开始创作巨大的单色木雕墙。她的创作从根本上开创了环境雕塑这样一个新领域。她后来对朋友爱德华·阿尔比（Edward Albee）说当她"站在木头上"之后，她才真正确认了自己是一名雕塑家。

随着她对自己新的创作方式越来越自信，她也变得越来越多产。内维尔森每年创作大约60件雕塑作品，20世纪50年代后期，她的家中就摆了约900件。几十年后，《纽约时报》的艺术评论家希尔顿·克莱默（Hilton Kramer）回忆了自己当年在参观内维尔森联排别墅的情景：

> 无论你在画廊、博物馆还是其他艺术家的工作室里看到过什么，你所累积的观看体验都不会为你参观这座奇特的房子做好任何准备。它和你见过的或者想象中的都不一样。一踏进它的空间内部，似乎一切——从家具到日常生活中常见的舒适用品，再到许多世俗的必需品——都被剥夺了。你的注意力会被室内挤满了每一个空间、占据了每一面墙壁的雕塑作品深深吸引。目光所及之处都被它们彻底占满。就连房间之间的分隔似乎也被无边无际的环境雕塑给淹没了。当你走上楼梯时，你会被墙壁上同样接连不断的雕塑作品完全包围。甚至连浴室也不例外。我心想，在这座房子里，一个人究竟要去哪里洗澡呢？因为就连浴缸里也摆满了雕塑作品。

众所周知，内维尔森在晚年时享有盛誉。大约在1958年美国现代艺术博物馆开展期间，她开始了自己夺人眼球的标志性打扮：貂毛制成的浓密长睫毛、精致的头巾、飘逸的连衣裙和华丽的珠宝。不过，她大部分时间还是一个人在工作室里度过的。在结束自己灾难性的第一次婚姻之后，内维尔森发誓此生再也不踏进婚姻半步。在谈及婚姻时，她说："很辛苦，也很无趣。"不过，她有很多情人、一众的朋友和大批的仰慕者。她大都与他们保持距离，让大家敬而远之。一如爱德华·阿尔比所说："我想我和其他人一样，都被关进了一个属于我的内维尔森的盒子里。"

随着年龄的增长，内维尔森对工作反而更加投入，毕竟工作是她生命永恒的动力。"我喜欢工作，"她说，"一直如此。我感觉有一种好似生命能量或创造力的东西在不断地涌出……我在工作室里，就好比是奶牛在牛栏里一样快乐。我的工作室是唯一一个万事俱足的地方。"

伊萨克·迪内森

Isak Dinesen，1885—1962

1914年，出生于哥本哈根的凯伦·迪内森（伊萨克的原名）嫁给了她的瑞典贵族堂兄，因此成为布里克森男爵夫人（Baroness Blixen）。订婚后不久，这对夫妇便前往肯尼亚定居。他们打算在那里经营一家咖啡种植园。然而，无论是婚姻还是种植园，这两项冒险均以失败告终。1931年，内心破碎且毫无生活方向的迪内森返回丹麦，开始与母亲一起生活。她的故事原本很有可能就到此结束了，然而她的内心又萌发出了一个新的冒险。"待在非洲的最后几个月里，我清楚地知道种植园保不住了。于是开始晚上写作，好让自己从白天头脑里翻来覆去一百多次的事情中解放出来。就这样，我踏上了新的旅程。"迪内森后来回忆道。还在肯尼亚的时候，迪内森就写出了她的第一部作品《七个哥特故事》（Seven Gothic Tales）中的前两个故事。这部不太可能成为畅销书的作品后来以她的化名伊萨克·迪内森在1934年正式出版。之后，她推出了《走出非洲》，一部回顾自己17年肯尼亚生活的经典回忆录。正是这部作品让她成为一位享誉国际文坛的作家。

不幸的是，在写作事业蒸蒸日上的同时，她的身体却每况愈下。她的花花公子丈夫让她在婚内感染梅毒，她因此承受了极大的痛苦。她平衡力受损、行走困难，患有厌食症并发的肠胃溃疡，时常会剧烈的腹痛，有时甚至会疼得"像动物一样"躺在地上"号叫"。迪内森的秘书克拉拉·斯文森（Clara Svendsen）形容病发的过程"就好像一个人在试图阻止一场雪崩"。迪内森的写作习惯深受健康状况的影响。传记作家朱迪思·瑟曼（Judith Thurman）写道："在她 40 多、50 岁出头的时候，与糟糕的日子交替出现的是时间相对较长、身体健康、精力充沛的好日子。她会骑着一辆旧自行车去邻居家串门，在清晨坐下来写作前先去游泳。然而，随着年龄的增长，她工作、进食、集中注意力甚至坐直都变得愈发困难。她晚年的大部分工作都是躺在地板上，或者卧床不起时对着克拉拉·斯文森口述完成的。"

迪内森晚年时声称自己仅靠牡蛎和香槟为生。但是，一如瑟曼所写，实际上是药物"给了她所需要的动力。她晚年时没有节制地服用它，尤其是在需要能量的重要时刻"。这种做法加速了她的死亡。然而，迪内森下定决心要尽可能地充实生活，将个人经历转化成文字，直至生命的尽头。她曾经对一位朋友说："我将灵魂卖给了魔鬼，作为回报，他向我保证，我所经历的一切都将变成故事。"

约瑟芬·贝克

Josephine Baker，1906—1975

　　美国出生的法国舞蹈家、歌手约瑟芬·贝克曾写道："我必须成功。我不会停止尝试，永远不会。小提琴家有小提琴，画家有调色板，而我，只有我自己。我就是自己需要精心保护的乐器，就像西德尼·贝彻（Sidney Bechet）极其在意自己的单簧管一样。"贝克每天早晨都会花30分钟用半颗柠檬揉搓全身以提亮肤色。这是她终其一生都痴迷的做法。她还会花同样多的时间将一种特殊的混合物涂抹在头发上。但是，她对饮食毫不在意，也没有任何特殊的锻炼方式，至少在职业生涯的早期没有。当时，她每天跳舞十个小时甚或更长的时间。20世纪20年代，她每晚都会在巴黎一家名为"女神游乐厅（Folies Bergère）"的咖啡馆兼音乐厅里跳舞，接着串场其他的歌舞厅，在黎明时分才回到家。她写道："我穿过阴暗的巴黎为工作做准备，那是穷人的巴黎。我倒在床上，依偎在小狗身旁，一直睡到凌晨4点被女仆叫醒。"

　　贝克并非总是睡得那么晚。在她一生的大部分时间里，她深受噩梦和失眠困扰，有时甚至在凌晨5点半给朋友打电话。即使熬了大半夜，她也会清醒地做好随时聊天的准备。

"她的秘诀就是打盹儿，"她的一位朋友回忆道，"有很多次，她明明正和我说着话，突然间就睡了过去。半个小时后，她又会醒过来，就好像刚才什么也没发生一样，我们俩再接着聊刚才的话题。"

长期失眠、疯狂的生活方式以及蓬勃的野心似乎给贝克带来了巨大的伤害，她变得易怒暴躁。"她总是处于危机之中，"她的一名员工回忆道，"但是，我永远也琢磨不透到底什么会让她爆发。有时候，一天一次、一天两次或一周一次；有时候，一个危机会持续整整一周，就像是癫痫发作一样，有什么东西紧紧地抓住了她。"贝克的第一任丈夫证实她不知道要如何放松。"朋友们经常邀请我们去他们的庄园度过岁月静好的一天，"他写道，"约瑟芬一开始都会礼貌地接受，可是每到最后时刻，她总会找个理由推掉邀约。她也总有其他想要做或者想要看的东西。我每每开玩笑说：'哦，约瑟芬，你能不能关掉你的马达。'可惜，这根本不可能。她没法慢下来。"

莉莲·赫尔曼

Lillian Hellman，1905—1984

赫尔曼 20 多岁时开始戏剧创作。很快，她便跻身美国一流剧作家的行列，并在接下来的 25 年里，一直保持着自己在戏剧界的地位。她的第一部作品是出喜剧，可惜从未上演。她的第二部戏剧《孩子们的时刻》(*The Children's Hour*) 在 1934 年上演后引发轰动。这部作品让 29 岁的赫尔曼从首轮演出中获利 12.5 万美元，并在后来好莱坞改编电影时又获得了 5 万美元的报酬。从那时起一直到 20 世纪 60 年代初期，赫尔曼几乎隔年就会创作出一部新剧。她同时还在写其他的脚本。然而，这位出生于新奥尔良的作家从未对自己的成功感到自在。1939 年，在推出自己的热门戏剧作品《小狐狸》(*The Little Foxes*) 之后，她便逃离了纽约，住进了占地 130 英亩、距离纽约城北约一个半小时车程的 Hardscrabble 农场。在那里，赫尔曼不仅成功戒酒，而且将自己与作家达希尔·哈米特（Dashiell Hamett）的关系从激烈争吵的恋人转变为了相处融洽的友人。虽然仍同住在一个屋檐下，他们实际上有着各自的独立卧室、朋友和情人。

这样的关系不易维持，但事实证明它很持久。哈米特当时已停止写作。在1934年的小说《瘦子》(*The Thin Man*)大获成功后，他便再也没有出版过任何新的作品。赫尔曼则完全不同。她始终全身心地投入到创作之中。Hardscrabble农场似乎带给了她永不枯竭的能量。她在忙于各种农活的同时笔耕不辍，每天坚持写作数小时。她还雇用了两名女佣、一名厨师、一名全职的农夫和一些季节性的农场帮手。她种菜、养鸡、卖鸡蛋，在自己8英亩的湖里游泳、钓鱼，饲养贵宾犬，招待长期来访的朋友，尽管她希望客人们在大部分的时间里能自己照顾自己。赫尔曼在1941年接受一位记者的采访时说："我的朋友来我这里可以做任何他们想做的事。不过，他们大都喜欢读书。我们会在吃饭时碰面。即使是在写作，我也会尽量留出足够的用餐时间。我一般早上工作3个小时，下午工作2到3个小时，然后从晚上10点开始一直工作到凌晨一两点。"

她在另外一个采访中提及了自己的晨间生活：6点起床，煮咖啡，帮助农场的工人挤奶或打扫谷仓直至8点，然后吃早餐，静下来写作。在打字机前，她一边打字一边抽烟、喝咖啡。1946年的资料显示，赫尔曼每天要喝20杯浓咖啡并抽3包香烟。为了不被客人打扰，她还在书房门上贴起了告示：

工作区域

进入前，请敲门

敲门后，请等待

无回应，请离开

不要回来

适用于所有人

包括你

适用于每时每刻

此公告依据赫尔曼军委会的剧作家命令颁布

军法审判将在谷仓举行

审判将不会有公平可言

尽管赫尔曼每天有固定的工作时段，但是她的写作进度却非常缓慢。她通常需要一年甚或更长的时间才能完成一部新剧，部分原因在于她会在开始动笔前做大量的研究工作。例如，为了写作 1941 年的戏剧《守望莱茵河》（ *Watch on the Rhine* ），赫尔曼读了 25 本书，做了超过 10 万字的笔记。然而，这些笔记几乎没有写进她最终的作品中。此外，她的每一部作品都会写很多稿，《守望莱茵河》有 11 版初稿和 4 版完整稿。她会在写作时特别留意对话情节。她每晚都会大声朗读写好的部分，而后在第二天一早继续动笔前再大声朗读一遍。她说自己带着那股涌动着"兴奋、沮丧和希望"的创作欲望在不断地写作。"真是这样，'希望'会在夜幕降临前先行到达，"她说，"当你告诉自己下一次会写得更好的时候，你真的会如有神助。"

可可·香奈儿

Coco Chanel，1883—1971

　　香奈儿出身贫寒，在一家孤儿院里度过了自己的青春期。她几乎没有接受过任何的正规教育。尽管一开始没有拿到一手好牌，但是她在 30 岁时已家喻户晓，并在 40 岁时成为千万富翁。所以，工作就是生活，对香奈儿来说一点也不奇怪。工作也是她唯一能找到的最可靠的伙伴。她对香奈儿品牌的倾心付出使她成为一位强悍的女商人。她也因此成为雇员眼中严苛、近乎折磨人的雇主。正如她的传记作家朗达·K. 加雷利克（Rhonda K. Garelick）所描述的那样，香奈儿巴黎总部的员工一直处于"时刻小心的焦虑状态"。加雷利克这样描述香奈儿在巴黎的工作日常：

尽管大部分员工早上8点左右开始上班，但是香奈儿从来都不会早起，她往往在几个小时后现身。她到达办公室的时间通常是在下午1点左右。她受到的是像五星上将或皇家君主那样的盛大欢迎。当香奈儿离开自己在丽兹街对面的公寓时，酒店的工作人员会立即打电话给康朋街的接线员提醒他们：小姐已出门。紧接着，一个蜂鸣器会在工作区播放"小姐即将大驾光临"的消息。有人会在楼下的入口处喷洒香奈儿的5号香水。于是，香奈儿本人会在进门的那一刻穿过自己标志性的香水云雾……"当她踏进工作室时，所有的人都会起立欢迎，"摄影师威利·里佐（Willy Rizzo）回忆道，"就像一群在学校里看到老师的孩子一般。"接着，员工会自动排成一列，双手垂至身体两侧，"就像在立军姿"。巴黎总部的员工玛丽-海伦·马鲁兹（Marie-Hélène Marouzé）说道。

一走进楼上的办公室，香奈儿便立即开始着手设计。她拒绝使用图案模型或木制的人体模型。因此，她会花很长时间在模特身上垂挂和固定织物。她一根接一根地抽烟，几乎从不坐下来。加雷利克说:"她会一直站9个小时,几乎不吃饭、不喝水,也不去卫生间。"香奈儿会在工作室里一直待至深夜,还会强迫员工在下班后仍然留在自己身边。她会不停地倒酒、说话,尽可能地拖延返回丽兹酒店房间的时间,因为在那里,只有孤独和无聊等着她。香奈儿一周工作六天,讨厌周日和假期。她曾经对一位知己说:"一听到'假期'两个字,我就直冒冷汗。"

艾尔莎·夏帕瑞丽

Elsa Schiaparelli, 1890—1973

默默无闻的夏帕瑞丽在两次世界大战之间突然一跃成为了巴黎时尚界的宠儿。她为凯瑟琳·赫本和玛琳·黛德丽制作礼服,与萨尔瓦多·达利和让·谷克多合作,创造了命名为"惊心"(Shocking)、极具标志性的粉红色调以及同名香水。她将超现实主义的元素注入了高级时装的设计之中,譬如羊排形状的帽子、看上去像抽屉的口袋、气球形状的手提包等。与许多独自闯天下的女性一样,夏帕瑞丽也是一个工作狂。帕默·怀特（Palmer White）在 1986 年的传记中这样描述她的日常生活：

> 不论前一天几点入睡，艾尔莎第二天一早 8 点准时起床。她会喝着柠檬水，泡杯茶作早餐，与此同时阅读报纸、处理私人信件、打电话并给家里的厨师准备当日菜单。只要天气允许，她都会步行上班。"永远准时，最好早到 5 分钟"是她的座右铭。在世界任何地方，她都是准时的，如果别人迟到一分钟，她就会脸色铁青。无论冬夏，她都在早上 10 点抵达办公室，时常在短裙、衬衫或简单的连衣裙外面套一件白色双排扣、贴身裁剪的棉质罩衫。她精力充沛，一直工作到晚上 7 点，比大多数人的工作时间都长。

尽管夏帕瑞丽在工作室的时间很长，但是她的设计构思大都是在工作室外获得的。怀特表示："大多数的设计都是在艾尔莎的脑子里完成的：去上班的路上，一个人在乡下的时候，开着车或者后来坐在由司机驾驶的法国奢华汽车 Delage 里，白松木的林间或是一间酒吧里。她天生就是一位叛逆者，讨厌任何形式的限制，在四面高墙之内无法有创作灵感。"

玛莎·葛兰姆

Martha Graham，1894—1991

1926 年，葛兰姆在纽约格林威治村的一间工作室里成立了自己的舞蹈团。格林威治村是当时美国知识界和文化界举办活动的温床。不过，葛兰姆对周围人在做什么毫无兴趣。"我大部分的时间都是在工作室里度过"。她在自传《血色记忆》（Blood Memory）中写道：

> 大约在这个时候，村里的氛围非常知识分子化。大家围坐在一起不停地高谈阔论。我从来都敬而远之。如果只是一味地说来说去，那你永远也不会脚踏实地做事。你可以每天晚上和朋友、同事大肆谈论你的梦想，但是如果不在戏剧、音乐、诗歌或舞蹈中呈现出来，那么它们也只能是梦而已。说话是一种特权，一种每个人都理应放弃的特权。

在她漫长且不断创新的职业生涯中，葛兰姆逐渐成了自我否定的专家。舞蹈是她的生命，其他的都不重要，或者说不应变得重要。她有两段时间较长的亲密关系。一段是与自己的音乐总监，另一段是与工作室的第一位男舞者。她与后者还曾有过短暂的婚姻关系。离婚后，她曾考虑过收养一个孩子，但最终还是放弃了这个想法。"我选择不要孩子的原因很简单，因为我觉得自己永远无法给予对方我从小所得到的那种关爱和培养，"她写道，"我没有办法不成为一名舞者。我必须在孩子和舞蹈之间做出选择，而我选择了后者。"

这并不意味着她觉得舞蹈这份工作既愉快又轻松。相反，她说舞蹈"让人以一种强烈的方式活着"，而每一次创新编舞都是"一段极其痛苦的经历"。她长时间地待在工作室里，不断地试炼自己的身体，寻找表达内心情感的身体律动，尤其是那些无以言说的情感。她说："现代舞的舞蹈动作不是编排出来的，而是一个发现的过程，发现身体可以做到什么程度的过程。"葛兰姆也会在工作室之外寻找灵感：在大自然中，在遇到的人身上，尤其是在她读过的书中。她曾经说过："我之所以是我，要归功于我对尼采和叔本华的理解。"一到夜里，她便如饥似渴地阅读，摘抄下让她思如泉涌的段落。随着时间的推移，她的笔记开始显现出一种模式，接着，葛兰姆就会为她的舞蹈写出一个场景或脚本："我会在床边的小桌子上放一台打字机，靠着枕头整晚写作。"

一旦葛兰姆有了剧本，她便开始与作曲家合作，逐渐将场景、音乐和在工作室中开发出的动作结合起来。当需要工作室的舞者参与进来的时候，她会让他们实现并完善她的想法。舞团的一名成员回忆说："她每时每刻都在那里塑形、塑造、摆姿势。"当遇到"瓶颈"的时候，葛兰姆会凝视着窗外不断地思考，而她的舞者则坐在地板上安静地等待着。如果作品没有达到她的高标准，她也会大发雷霆。"我们心惊胆战地看着她，但也已经习惯了，"葛兰姆舞团的另外一位舞者回忆道，"她发脾气是因为她无法从内心深处不好的东西当中挣脱出来。当她无法摆脱自己、净化自己的时候，那真是太可怕了。"然而，在完成"净化"之后，她会涌现出一股"奇妙的创造力"。

葛兰姆在舞台上一直活跃到了 75 岁。当不得不退休时，她悲痛欲绝。退休后，她忙于编舞，一直工作到去世的前几周。在葛兰姆 90 岁大寿前夕，一位舞蹈评论家发现她每天工作 5 至 6 个小时，从下午 2 点到 5 点，接着从晚上 8 点到 10 点或 11 点。在这中间，她会稍事休息，吃顿便餐。深夜回家后，葛兰姆会处理各种文件，吃一顿含有炒鸡蛋、白软干酪、桃子的夜宵，喝一杯脱咖啡因的 Sanka 牌咖啡，接着看电视上播放的老电影直至凌晨 1 点。早上 6 点半，她就起床。如果当天早上没有安排会面，她会睡个回笼觉。即使跳了一辈子的舞，即使天分得到了广泛认可，葛兰姆依然对自己不满意。

"很久以前，在某个地方，"她在《血色记忆》中写道，"我听说在埃尔·格列柯（El Greco）的工作室里，人们在他死后发现了一块空白的画布，上面写着一句话：'没有什么让我感到高兴。'说实话，我对此心有戚戚焉。"

伊丽莎白·鲍恩

Elizabeth Bowen，1899—1973

鲍恩是一位英裔爱尔兰作家，其作品包括《心之死》（*The Death of the Heart*）、《炎炎日正午》（*The Heat of the Day*）和《巴黎之屋》（*The House in Paris*）。20世纪30年代后期，美国诗人梅·萨藤（May Sarton）在伦敦结识了鲍恩，并对她如何在写作和娱乐之间分配时间进行了观察。萨藤写道："（鲍恩）从来不收拾房子，没什么娱乐，也不负责订餐。不知道需要什么样的能量才能将一切都安排得井井有条。生活是一台让你在平稳前行的同时也会随时吞噬掉你的机器。"

对鲍恩来说，这台生活的机器始终位居二线，她的重中之重一定是工作。她非常努力，尽管中午1点前没人看到她，但她实际上已伏案写作了4个小时。中午1点，她休息一会儿，吃午餐，有时也去家门口的摄政公园散散步。休息结束后，她会再次回到书房工作两个多小时。下午4点或4点半，她会在客厅喝下午茶。这时，她的好友会顺道前来见面聊天。

当她的丈夫艾伦·卡梅伦（Alan Cameron）下午5点半回家之后，工作的紧张感就消退了，一切都变得舒适、放松。卡梅伦会抱抱伊丽莎白，接着问她那只毛茸茸的淘气大橘猫去哪儿了。当找到大橘猫之后，他就会坐下来喝杯鸡尾酒，而后和伊丽莎白彼此说说这一天过得怎么样。同许多成功的婚姻一样，他们俩在一起会互开玩笑。艾伦用他那吱吱作响的尖锐声音抱怨伊丽莎白本该注意的一些实际问题，而伊丽莎白一边听一边慌张地笑一笑，佯装很无辜。卡梅伦对她的温柔带着一种开玩笑的戏弄成分，但伊丽莎白显然享受其中。我从未见过他们俩关系紧张，哪怕一秒钟也没有过。

鲍恩和卡梅伦的关系被描述为"无性却令人满意的结合"。他们的婚姻持续了将近30年，从1923年直到卡梅伦去世的1952年。她与小她7岁的加拿大外交官查尔斯·里奇（Charles Ritchie）曾有过长达30年的恋情。尽管这些关系对她的幸福、对她的小说创作至关重要，但是鲍恩还是小心翼翼地将它们与她的婚姻生活截然分开。

2008 年，鲍恩写给里奇的信以及里奇写的日记被正式出版。这为我们了解鲍恩的创作过程提供了宝贵的资料。里奇在 1942 年 3 月写道：

> 那天晚上，伊丽莎白谈及了写作方法。她说当自己第一次写某个场景时，她会将所有出现在脑海中的描述性词语一股脑儿地写下来……就好像是玩陶艺的人在开始切割和精细打磨之前双手沾满了黏土一样。之后，她会削减、丢弃。她说写作最消耗精力的部分就是你停下来咬文嚼字的时候，或者是你对情景安排要一想再想的时候。

对鲍恩来说，写小说"让我既情感激荡又专心致志，并在某种程度上感受到了快乐"。1946 年，她在《炎炎日正午》（*The Heat of the Day*）中写道："我撕掉一页，开始重写，地板上满是各种对话……我不停揉搓额头，感觉磨出了一个大洞，鲜血直流。"

弗里达·卡罗

Frida Kahlo，1907—1954

"我一生中遭遇过两次严重的事故，"卡罗曾对一位朋友说，"第一次是有轨电车从我身上碾过……而第二次就是遇到迭戈。"1929年，22岁的卡罗嫁给了当时42岁的著名壁画家迭戈·里维拉（Diego Rivera）。卡罗4年前开始绘画，当时她正在从可怕的有轨电车事故中恢复，那场事故造成她脊椎骨折、盆骨和一只脚粉碎性断裂。康复期间，为了在床上自学绘画，她使用了一个特制的画架。在接下来的几年里，卡罗跟随里维拉去了旧金山、底特律和纽约。里维拉在纽约成立了多个著名的壁画委员会。卡罗在发展成为一名画家的同时一心想要回到家乡。1934年，里维拉不情愿地同意了卡罗的请求回到了墨西哥城。他们委托建筑师胡安·奥戈曼（Juan O'Gorman）在墨西哥城的圣安赫尔（San Ángel）富人区建造了一座现代主义风格的房子。这对艺术家夫妇的住宅其实是两栋房子。他们俩一人一栋，中间由屋顶桥梁连接，房子四周是高大的仙人掌围栏。卡罗的传记作者海登·埃雷拉（Hayden Herrera）如此总结这对艺术家夫妇在圣安赫尔的生活日常：

当卡罗和迭戈的关系还很好的时候，他们通常以在卡罗那栋房子里享用一顿漫长的早餐作为一天的开始。他们一边吃东西一边阅读信件、整理计划，譬如谁需要司机、一起吃哪顿饭、谁来家里吃午餐等。早餐结束后，迭戈会前往自己的工作室，偶尔也会消失一阵去乡下采风，往往直到深夜才会回来……

早餐后，卡罗偶尔也会上楼去自己的工作室。她并没有一直持续不断地画画，可能一连数周都不碰画笔……更常见的是，处理完家务事之后，司机就会开车送她去墨西哥城的市中心与一位朋友在那里消磨一整天。

卡罗的一位朋友，瑞士出生的艺术家露西安·布洛赫（Lucienne Bloch）在日记中写道："卡罗很难有规律地做事。她想要像在学校里那样有一个排满的日程表。问题是一旦她开始行动，总有事情打断她一天的计划。"卡罗和迭戈的关系没有长期平静过，他们之间总有财务和互相不忠的问题。迭戈与卡罗的妹妹成了情人，而卡罗也和苏联的流亡人士列昂·托洛茨基（Leon Trotsky）有过交往。卡罗最出名的画作大多创作于两个时期：一是在她与托洛茨基发生恋情后的 1937—1938 年；二是在她和迭戈分居、继而离婚的 1939—

1940 年。不过，他们在离婚约一年后又复婚，尽管卡罗再也没有在圣安赫尔的家中居住过。她当时更愿意住在她的父母位于科约阿坎郊区（Coyoacán）的"蓝色之家"（La Casa Azul）。

1943 年，在迭戈的建议下，卡罗开始在一所新的绘画和雕塑实验学校授课。这所学校为贫困社区的高中生提供艺术用品和免费指导。卡罗很喜欢教学，但这件事又无可避免地成了她进行创作的一个干扰。在 1944 年的一封信中，她这样描述自己作为老师和艺术家的日常生活：

> 我早上 8 点上班，11 点下班。从学校走回家需半个小时，到家就中午 12 点了。这时候，我或多或少都会安排一些保持自己"体面"生活的东西，像是食物、干净的毛巾、肥皂、组合好的桌子之类的。收拾完差不多就下午 2 点了。你看看，得干多少活！我接着吃东西、洗手、刷牙、清洁嘴巴。下午我会自由作画。我一直在画画，只要完成一幅就会卖掉，这样就有钱支付我一整月的开销。我们夫妻双方都出资维护这栋房子。晚上，我会去看电影或者该死的戏剧，然后回来睡得特别踏实。也有夜不能寐的时候，那可真是要疯了！

20 世纪 40 年代，卡罗不得不面对那次有轨电车事故带给她的无休止的医疗问题。直到生命的尽头，她一生接受过 30 多次手术。从 1940 年开始，她不得不穿上一系列钢制皮革或石膏紧身胸衣来支撑脊柱。随着健康状况的不断恶化，画画对卡罗来说变得愈加困难。到 20 世纪 40 年代中期，她已经无法久坐和久站了。1950 年，卡罗在墨西哥城的一家医院里度过了 9 个月。她在那里进行了植骨手术，却不幸感染病毒，为此又有了多次后续手术。她尽可能地充分利用自己的时间，并再次使用了可以让她躺在床上工作的画架。只要医生同意，她会每天画画四五个小时。"我的精神气一直都在，"卡罗说，"我会把时间都花在画画上。我画了我穿的石膏紧身胸衣和一些画作，我会开玩笑、写作、看他们带给我的电影。我在医院的这一年就像过节一样，没什么可抱怨的。"

艾格尼丝·德·米勒

Agnes de Mille，1905—1993

出生于纽约的德·米勒在好莱坞长大，父亲是编剧兼导演威廉·德·米勒（William C. de Mille），叔父是美国传奇电影制作人塞西尔·德米勒（Cecil B. DeMille，为了在电影字幕中显得更好看而更改了姓氏）。德·米勒年轻时因为有人说她不够漂亮无法成为一名演员而决心专攻芭蕾舞。她大学毕业后回到了纽约，开始以舞蹈演员的身份在美国和欧洲巡回演出，同时也开始编舞。也正是在这一领域，德·米勒做出了自己独有的贡献。从 1942 年的 Rodeo 开始，她开创了一种独特的美国舞蹈风格，即将民间舞与现代舞和古典芭蕾舞融合的风格。1943，她编排了音乐剧《俄克拉荷马！》（*Oklahoma!*），这是第一部大获成功的百老汇音乐剧。到 20 世纪 40 年代末，她已跃升成为全球知名的编舞家。

1951 年，德·米勒在回忆录《吹笛者舞》（*Dance to the Piper*）中写道，为了编排一出新的作品，她需要"一壶茶、可走动的空间、独处和一个想法"。一开始，她会把自己关在录音室里听音乐。不过，她听的并不是要进行创作的音乐剧或芭蕾舞剧的音乐（音乐剧的乐谱通常此时尚未写好），而是那些能激发她灵感的音乐，尤其是巴赫、莫扎特和捷克作曲家贝德里赫·斯美塔那（Bedřich Smetana）的作品，"或是任何有趣的、改编过的民间音乐"。之后，她开始进行创作：

> 我会翘起双脚坐着喝好几壶浓茶，就在我即将进入主题时，我开始移动身体，不知不觉地走到工作室的尽头，将手势和情景表现得淋漓尽致。关键的戏剧性场景就是这样来的。我永远也不会忘记它们与后来版本的细微差别，但是我总是会忘记舞蹈动作的顺序。
>
> 下一步是找到舞蹈姿势的风格。这是站着、移动着完成的，同样在锁上门的空间里，同样使用的是留声机。在我弄清一位舞者是如何跳舞之前，我得先了解他们是如何走路和站立的。如果我能发现他们自然姿势的基本节奏，那么我就能知道如何将这些自然节奏扩展进舞蹈动作当中。
>
> 每一天，我都会在数小时盲目摸索和本能移动之后发现那些合适的姿势。这个过程会持续数周，之后我才会开始编曲。不过，我不可能坐着完成这些工作。我的身体会为我做这件事。一切都会自然发生。这也是编舞会令人筋疲力尽的原因。可能，在双脚不停工作了数个小时之后，感觉就对了。这种能量的消耗同写一本小说、打赢一场网球比赛差不

多。这就是舞蹈的核心。所有的编排设计都由此展开。

一旦找到了作品的内核，德·米勒就会坐在办公桌前设计出舞蹈的动作样式。这个时候，她需要听舞剧的音乐，当然，如果有的话。她会为自己的编排制作详细的图表和笔记，"只有我能看得懂，也就花费约一周的时间"。她写道。接下来，排练就可以开始了。这项工作会持续数周。传记作家卡罗尔·伊斯顿（Carol Easton）写道：

> 当一出舞剧开始排练后，艾格尼丝很少能见到丈夫，更别提孩子了。除了天亮前就已经在脑海中思索的时候，她基本上不在家工作。她会去一家药房（也是便利店）吃早餐，远离电话或其他干扰，一边吃一边做笔记。上午排练舞蹈，下午排练合唱。接着，为了避免被打扰，她有时会在阿尔冈昆酒店租一个房间，在那里工作至晚餐时间，然后回到剧院接着排练，直到晚上十点或十一点。回家后，她会在睡前为管家写下第二天的工作事项。这个时候，她通常都是忍着头疼写完的。

1946年生下独子后，德·米勒便聘请了一名全职管家，负责所有的育儿工作。她还聘请了管家的丈夫做司机兼杂工。这笔支出，她负担得起。在音乐剧《俄克拉荷马！》大获成功之后，德·米勒的年收入在年份好的时候可能超过了10万美元，按今天的市值来算，相当于100万美元。然而，德·米勒的成功并没有让她的丈夫感到自在。她知道他有外遇，甚至把这当作一件不可避免的事接受了。当她的作家朋友丽贝卡·韦斯特（Rebecca West）得知丈夫不忠时，德·米勒专门写了一封信表达安慰和支持。"我还没有遇到一个男人可以优雅坦然地面对和接受妻子的创造力，"她在信中写道，"男人们做不到，即使他们想。他们会觉得自己相形见绌且心有不甘……事情就是这样，亲爱的。这就是有天赋的女人不得不付出的代价。但是，在我们的生命中会有其他的补偿。"

对德·米勒来说，她得到的"补偿"就来自排练室。不是说排练室的工作多容易；相反，工作推进得非常缓慢，往往两个小时的辛苦排练可能最后在舞台上只呈现不过5秒。德·米勒非常保护正在进行的工作，甚至在排练室外安排了一名警卫。她说："在排练室内，我坐在椅子上身体前倾，就感觉自己'像乙炔火炬那样在热烈地燃烧'。"接着，她会突然跳起来做一个示范动作，而后又突然停下来完全不动。有一位舞者将这个过程形容为"犹如一条鱼跃出了水面"，而之后的动作会在她的头脑中继续进行。德·米勒承认她会"在这些时候易怒且神经质",而她的舞者也学会了保持耐心,他们会不断给她递上热咖啡。她说这让她感到放松和安慰。排练结束时,她的四周往往会有一圈的空咖啡杯。当她陷入困境时,"那种紧张的气氛令人痛苦"。一位舞者回忆道。"但是,当一切都很顺利的时候,"另一位舞者说,"她会特别兴奋!你会觉得自己也是一个真正的合作者。那种感觉不止是有人对你说'干得好',而是有人对你高呼:'对了,完全对了,就是这样!'"

创作的旋涡

路易莎·梅·奥尔科特

Louisa May Alcott，1832—1888

时不时被创作能量驱使的奥尔科特会痴迷于写作。她废寝忘食、奋笔疾书，甚至为了让写字写到抽筋的右手休息一下而不得不训练左手写字。"一旦进入了状态，我会一连两个星期都不怎么吃饭、睡觉、行动，整个人就像是一台全速运转的思考机器。"她在创作自己的第一部小说《情绪》（*Moods*）时这样写道。这份痴迷在她更著名的第二部小说《小妇人》的写作过程中可见一斑。在描述和她一样在年轻时就爱上写作的《小妇人》的主人公乔·马奇时，奥尔科特这样写道：

> 每隔几星期，她就把自己关在屋里，穿上涂鸦服，像她自己说的那样，"掉进了旋涡"，全身心地写起小说来。小说一天没写完，她就一天不得安宁。她的涂鸦工作服是一条黑色的羊毛围裙，可以随意地在上面擦拭钢笔。她还有一项同样质地的帽子，上面装饰着一个怡人的红色蝴蝶结。一旦准备动手写作，她便把头发束进蝴蝶结里。在家人充满好奇的眼睛里，这顶帽子就是个信号。她们需要在乔写作的这段时

间里尽量远离她，偶尔可以饶有兴趣地伸头问一句："乔，灵感来了吗？"即使这样，她们谁也不敢贸然发问，只能暗自观察帽子的动静，并由此作出判断。若是这个富有表现力的东西低低地压在前额上，那就表明她正在苦苦思索；写到激动时，帽子会时髦地斜戴起来；文思枯竭时，帽子又会被彻底扯下来。在这种时刻，无论是谁闯进屋子都得黯然退场，不到额头上竖起欢快的蝴蝶结，谁也不敢和乔说话。

乔根本不把自己看作天才，只是一旦掉进了写作的旋涡，她会全身心地投入进去。她活得极快乐，一坐下来就能进入想象的世界，感到幸福快乐。在那个想象的世界里，她有许多和现实生活中一样亲切活泼的的朋友，令她感觉不到贫困、忧虑，甚至糟糕的天气。她废寝忘食，因为这种快乐的时光实在是太短暂了。然而，也只有在这个时候，她才感到幸福，感受到活着的意义，哪怕这段时间她别无所获。这种天才的灵感通常会持续一周或两周。之后，她会从那股"旋涡"里冒出头来，又饿又困，脾气暴躁，心灰意冷。

众所周知，这就是奥尔科特本人的工作方式。不过，她的家人不是根据头上的一顶帽子来判断她的写作状态，而是根据客厅沙发上的一个"情绪枕头"。奥尔科特成年后的大部分时间都与父母住在一起，并得到他们的经济支持。每当"写作冲动"来袭，她大都会躲进自己的卧室，在父亲为她打造的那张半月形小桌前开始写作。但是，她容易焦躁不安，有时会在想象自己的作品时走来走去。如果是坐在沙发上，那么她的父母或姐妹就敢偶尔进出扰她。依据以往的经验，他们知道如果在写作的关键时刻打断奥尔科特，那么后果不堪设想。传记作家约翰·马特森（John Matteson）曾写到奥尔科特将沙发上的一只抱枕变成了"是否欢迎交流的信号灯"。"如果抱枕倒立，那就意味家人可以随意进出，"马特森解释道，"但是，如果抱枕是侧放的，那一定要小心行事，绝不要轻举妄动。"

尽管《小妇人》对奥尔科特掉进写作旋涡的状态进行了全方位的描述，但她实际上是在缺乏创作热情的情况下完成的这本小说。她这么做只是为了取悦编辑和父亲，因为他们看到了儿童流行读物的可观前景。在 19 世纪 60 年代晚期，刚年满 35 岁的奥尔科特已经是一位经验丰富的情节剧短篇小说作家。她自称那些短篇小说是"血与雷霆的故事"，譬如《疯子新娘》（*The Maniac Bride*）和《波琳的激情与惩罚》（*Pauline's Passion and Punishment*）。她以 A. M. 巴纳德（A. M. Barnard）的笔名发表了这些作品。她在写故事挣钱的同时也在做其他工作并承担起各种家务。她一直渴望着能跨入更严肃的文学创作领域。在《情绪》这部作品中她以复杂且微妙的笔触谈论成年人的情感。但是，与其他事情一样，奥尔科特听从了父亲要她写一本"女孩的书"的建议。尽管缺乏创作动力，但是她进展很快，仅用两个半月就完成了402页的手稿。良好的市场反馈促使她的出版商提出了写作续集的要求。这一次，她写得更快。她希望自己可以一天一章，感觉能在一个月内完工。她差点儿就做到了。"我的工作太多了，没有时间停下来吃饭、睡觉，除了白天跑步之外也没时间做别的。"她写道。

在第二卷出版后，《小妇人》轰动一时。奥尔科特自此也有了书写"少女"的名号。尽管大获成功的《小妇人》让奥尔科特财务自由得以全职写作，但是她的心气却被削弱了，因为读者总是想要读到一样的东西。在默默无闻地辛勤工作了那么多年之后，奥尔科特无法拒绝这种需求。"虽然我并不喜欢为年轻人写所谓的'道德故事'，"她在1878年的一封信中承认道，"但我还是写了，因为报酬真的很好。"另外，一系列的慢性健康问题让奥尔科特无法像以前那样高强度地工作。她在1887年的一封信中感叹道："我每天只能写作两个小时，大约20页，有时会多一些。"对大多数作家来说，这已是富有成效的一天。然而，对奥尔科特来说，这却是引发她担忧和自责的原因。

艾琳·格雷

Eileen Gray，1878—1976

　　生于爱尔兰，后长期定居法国的建筑师、家具设计师艾琳·格雷在变革现代住宅外观的历史进程中做出了自己的贡献。她一直无力经营好自己的生活，但是对此也毫不在意。她曾经说："天啊，我是有多讨厌做家务。"为了避免做家务和其他的家庭劳动，她雇用了一位忠实的管家——路易丝·丹妮（Louise Dany）。从1927年到格雷去世，丹妮一直照顾着格雷的生活起居。格雷无论去哪儿都坚持坐车。在20世纪10年代，她最喜欢的司机是歌手玛丽莎·达米亚（Marisa Damia）。她们一起带着格雷的宠物豹达米亚在巴黎兜风。"艺术家原本就不应该开车。"她在给侄女的一封信中写道，"首先，他们太珍贵了；其次，开车会阻碍他们思绪飞扬；再次，开车会让他们的眼睛一直处于紧张状态。"格雷需要为了她的工作保护视力。这实际上也是她唯一关心的事情。正如她在 90 多岁时所写的那样："只有某种形式的工作才能赋予生活真正的意义，即使它无用至极。"

伊莎多拉·邓肯

Isadora Duncan，1878—1927

邓肯是蜚声国际的现代舞创始人。然而，在艺术上的伟大成就并未让她财富自由。在她职业生涯的大部分时间里，邓肯都在为如何支付各种费用而愁苦。她很多次因为无法支付工作室的取暖费而不得不在冰冷的环境里排练。然而，问题似乎不是如何挣钱，而是如何能不乱花钱。记者珍妮特·弗兰纳（Janet Flanner）曾报道说，邓肯"举办过一场家庭聚会，从巴黎开始，接着转移到威尼斯积蓄力量，几周后，在尼罗河上的一艘船屋里达到了高潮"。她在一次欧洲旅行时和姐姐开玩笑说，想要解决经济问题的最好办法就是找到一位大富翁。结果，就在她巴黎演出后的第二天一早，一位大富翁出现了。他就是帕里斯·辛格（Paris Singer），辛格缝纫机公司的财富继承人。这位身高 1.9 米、金发碧眼、留着胡子的艺术赞助人彻底爱上了她。邓肯也积极回应。辛格很快就向她求婚。但是，邓肯一贯痛恨婚姻制度。辛格一心想让这位伟大的舞者与他一起住在伦敦和他在英国乡村的庄园里，但习惯了四处巡演和崇拜者爱戴的邓肯并不确定自己是否能忍受这种安定的生活。如果天天如此，她要做什么呢？在辛格的提议下，邓肯尝试了三个月。她后来在自传中写道：

那个夏天我们去了英国的德文郡。辛格在那里有一座超级漂亮的城堡，是模仿凡尔赛宫和小特里亚农宫的模式建造的，里面有许多卧室、浴室和套房。所有这一切均由我支配。城堡的车库里停了 14 辆汽车，港口处还停泊着一艘游艇。但是，我实在是没有想到下雨这件事。英国的夏天，整天下雨。英国人似乎早已不以为意了。他们起床，吃早餐，有鸡蛋、培根、火腿、猪腰和粥，而后穿上雨衣，去潮湿的乡村吃午饭，会有很多道菜，最后一道是德文郡奶油。

从午餐结束到下午 5 点，他们忙着写信，但我觉得他们其实是去睡觉了。每天下午 5 点，他们下楼喝茶，配有各式各样的蛋糕、面包、黄油和果酱。之后，他们会一起打桥牌，接着开始做当天最重要的事情：正式着装去吃晚餐。他们通常都会穿着晚礼服，女士的礼服胸口很低，男士则穿着浆过的笔挺衬衫。晚餐会连续有20道菜。这一切都结束之后，他们会聊一些轻松的政治话题或哲学，直到回家睡觉。

无法想象这种生活方式是否真会令我满意。说实话，不过几周的时间，我已感到绝望。

邓肯拒绝了辛格的求婚，或者说再也不想过这种单调枯燥的生活。她更喜欢"在工作室里从早到晚地工作，寻求一种通过我们的身体对精神世界进行神圣表达的舞蹈"。当然，对邓肯而言，也不是每一天都能与艺术愉悦地交流。有时候，当她回望自己的一生时，她"内心会有极度的厌恶感和虚空感"。但是，邓肯相信这也是艺术家生活的一部分。"我一生中遇到过许多伟大的艺术家、聪明人和所谓的成功人士，但是没有人称得上快乐，尽管有人会虚张声势，"邓肯写道，"在一个个面具的背后，只要你足够敏锐，你就会看到他们的痛苦与不安。"

科莱特

Colette，1873—1954

法国小说家科莱特在自己第一任丈夫亨利·戈捷-维拉斯（Henry Gauthier-Villars）的要求下开始了写作。戈捷-维拉斯是一位颇受欢迎的作家，也是一个臭名昭著的浪荡子，他以笔名威利（Willy）出版作品。他觉得科莱特的成长经历会是一部引人入胜的小说，于是敦促她写下来，并渲染其中的色情内容。最终，这本《克洛蒂娜在学校》（*Claudine à l'école*）以威利的名义正式出版。这本书一经推出便在商业界和评论界大获成功。不过，威利想要的更多。据科莱特说，威利会将她关在书房内，只有完成每天的写作任务才能出来。"它可真是最好的工作室之一，"科莱特多年后写道，"我知道自己在说什么：一座真正的监狱！我听到钥匙在门锁中转动的声音。在重获自由前是长达四个小时的监禁时光。"

科莱特最终与威利离婚并开始以自己的名字出版作品。她将自己与男人和女人无数的风流韵事写成了充满感官刺激的小说。在人生尽头时，科莱特已出版了50多部作品。她成了法国家喻户晓的人物，因作品《谢里宝贝》（*Chéri*）和《吉吉》（*Gigi*）而备受喜爱。科莱特并不喜欢写作的过程。但是，由于威利的早期"训练"，她几乎每天都会强迫自己写作。她的继子伯纳德（Bernard）后来回忆道："我有机会在清晨看到她工作的样子：她裹着毯子，在蓝色的纸张上奋笔疾书。这对我来说是很好的一课，因为她轻松就能写满四五页，接着她扔掉第五页，以此类推，直到累了。"

科莱特并不总是晨起即写。她的第三任丈夫说："她很聪明，从来不在早上写作，而是会不管天气如何都出门遛狗……除非迫不得已，否则她从不在晚上工作。她的主要工作时间是下午3点到6点。"科莱特年龄大了以后患上了关节炎。她开始更喜欢在沙发上写作。她躺在自己的"木筏"上，一盏配有蓝色灯罩（蓝色是她最喜欢的颜色）的灯就悬在她膝上小桌的上方。对她来说，写作意味着，"我蜷缩在空荡的长沙发上无所事事，突然间灵感来袭，就像一个人从梦中醒来，浑身酸痛，不过一切都有回报，满载的珍宝在圆形的光影中慢慢地倾泻在空白的页面上"。一旦灵感袭来，科莱特会迅速且疯狂地写下一页又一页。尽管到了第二天，她并不一定会认可之前写下的内容。"写作就是将内心深处的自我倾注在诱人的纸上，"她写道，"引导这一切的上帝是如此的毫无耐心，在它的驱使下，我以疯狂的速度写呀写，甚至有时连我的手也在反抗。然而就在第二天，我却发现在那奇迹般令人眩晕的时刻绽放的金色树枝，已被一株枯萎的荆棘，和一朵干枯的花朵所取代。"

琳·芳登

Lynn Fontanne，1887—1983

芳登与丈夫阿尔弗雷德·伦特（Alfred Lunt）组建了可能是戏剧史上最伟大的夫妻表演团队。从 1923 年到 1960 年，他们合作出演了超过 24 部戏剧作品。他们的成功源于两个人的完美主义以及强迫性的持续排练。"芳登和我一直在排练，"伦特曾经说道，"即使离开了剧院，排练也还在继续。我们睡在同一张床上，上床前手里拿的都是剧本。你不能 8 小时之后过来告诉我们说要停止排练。"

贾里德·布朗（Jared Brown）在其传记作品《无与伦比的伦特夫妇》（*The Fabulous Lunts*）中描述了他们在位于曼哈顿东36 号大街的公寓内的排练过程：

他们为自己在家的排练工作制定了一个详细的日程安

排。记台词是第一位的。他们的公寓共有三层：一楼餐厅、二楼卧室、三楼是工作间。所以，芳登待在三楼而伦特则在一楼。如此一来，他们俩可以互不干扰地大声念出台词……当两个人都觉得台词记得差不多了的时候，他们就会在同一个房间里，面对面地坐在两张普通的木椅上，跷着二郎腿，眼睛直视着对方，开始对白。如果其中一位结结巴巴，或是说错了台词，另一位就会拍下膝盖，再来一遍。经过反复的练习，他们的膝盖很有可能都瘀青了，但是对台词的掌握也绝对是炉火纯青了。

一旦台词过关，他们就会开始排练。芳登和伦特会一遍又一遍地试戏，每一遍都会揣摩角色本身的态度和意图。多次排练之后，他们会挑出两个人都认可的表演版本，接着开始新一轮的排练，并会根据需要在中间停下来讨论表演的细节，不断打磨诸如手势、眼神、重音等每一个细节。只有完成了这份"家庭作业"之后，伦特夫妇才会和其他演员一起排练。即使到了这个阶段，他们依然会在家中反复摸索。"几周之内，每一个场景都反复修改了上百次。"布朗写道。在这个过程中，伦特夫妇并非始终和颜悦色、温文尔雅，相反，他们会互相苛责。实际上，芳登认为这可能就是他们成功的秘诀。"我们俩互相挑剔，"芳登曾经说道，"但是，我们也都学会了接受它。"

埃德娜·圣文森特·米莱

Edna St. Vincent Millay，1892—1950

　　1931 年，美国诗人埃德娜·圣文森特·米莱对一位记者说："当我在写一本书的时候，我会一直工作，床头柜上永远都放着纸和笔，可能半夜醒来就随手记录下一些东西。有时候，我也会直接坐起来在床上不停地写到天亮。即使我看上去是在花园闲逛，或是在和他人聊天，但心里想的一直是工作。这也是我为什么会如此疲惫的原因。当我完成诗集《致命采访》（*Fatal Interview*）之后，真的是筋疲力尽。我没有一刻不在想我的十四行诗。在过去一年半的时间里，我日夜都在琢磨。"

　　此时的米莱已在 Steepletop 居住数年。她和丈夫于 1925 年在这里购买了一座废弃的浆果农场，并将它改造成了一座漂亮的拥有广阔花园的乡村庄园。他们建起了户外酒吧、网球场、可以邀约客人一起裸泳的泉水池和一间专门让米莱写作的小屋，只不过她大多数的时候都是躺在主卧的床上写作的。米莱的丈夫尤金·布瓦斯万（Eugen Boissevain）原本是一位荷兰的咖啡进口商，但是他放弃了自己的生意转而经营Steepletop。事实证明，这对诗人米莱来说是最完美不过的一个安排。 当一位前来访问的记者问米莱是如何管理如此庞大的庄园时，米莱解释说这一切与她无关：

都是尤金在打理。他会雇人，带他们熟悉环境，告诉他们要做什么。我从不干涉他的安排。如果有什么我不喜欢的地方，我会告诉他。再说，我也没有时间管这些。我不想知道要吃什么、喝什么。我走进家里的餐厅就和出外就餐一样，我会说："这是多么迷人的一顿晚餐！"

正是因为有人操心，我才能免受这些会耗费时间和精力的事情的干扰。尤金和我，就像两个单身汉似的在一起生活。他经营这一切，肩负我们生存的重担，而我也有我的工作，那就是写诗。

米莱并非天生忽视家庭。"我非常关心事情是否能正确、合适地完成，"她说，"但是，我又不想让焦虑闯进来摧毁我的脾气和专注力。"她认为写诗是一个极其微妙的过程。所以，她尽力不让日常生活的烦恼侵扰写诗的过程。"当你开始写一首诗时，会有某种东西成为你思想和生活的一部分，"她说，"它会变得愈来愈清晰，就像是凭空出现的。"一旦完成了初稿，她会一遍又一遍地反复修改。一首诗通常会搁置好几个月甚至两年。"我把它收起来，直到热度凉了下来，"她说，"我会从一个评论家的角度冷静评判，就好像它不是我的作品。只有当它满足了我最深入的分析之后，我才会把它放出来见人。"

这一切都会消耗巨大的能量。但是，在客人的眼中，米莱和她的丈夫在乡下过着岁月静好的安逸生活。然而，事实上，米莱正在把自己逼迫至崩溃的边缘。她说："在花园里铲地一点也不辛苦，但是想要写诗、想要有创意的那种紧张情绪让我倍感疲惫。我一直都有头痛的问题。在创作过程中，它始终跟着我。除非不工作，否则根本没有缓解的机会。医生建议我去休养，但是有谁愿意一躺就是几个月呢？"

塔卢拉赫·班克黑德

Tallulah Bankhead，1902—1968

"我有三种恐惧症。如果能消除它们，我的生活会像一首十四行诗那样丝滑流畅，但也会像水沟里的水一样沉闷无趣：我讨厌上床睡觉、讨厌起床、讨厌一个人待着。"班克黑德在她 1952 年的自传中写道。前两种恐惧症或许可以部分归咎于这位出生在阿拉巴马州的女演员的慢性失眠症；而最后一种似乎是天生的，或许与她热爱，甚或说痴迷对话有关，尽管往往都是她在讲，别人在听。她最喜欢独白，一种好似没有尽头、混杂着陈年轶事、玩笑话和无意识的俏皮话的独白。例如："我们正在缅怀未来""喝了六杯朱利酒，有点不清醒"。班克黑德的一位朋友曾经计算过她每分钟的说话频率，估计她一天的输出量在 7 万字左右。一个很有名的报道是"我刚刚花了一个小时和班克黑德聊了几分钟"。

班克黑德声称因为记不住名字，所以叫每个人"亲爱的"，她还记不住方向、地址和电话号码。但是，在她长达五十年的戏剧生涯中，她从来都不会记不住自己的台词。的确，一站上舞台，她就能将个性鲜明的自己完全融入张扬激烈的戏剧表演之中。她也因此成了本世纪最伟大的女主角之一。不过，班克黑德却说表演是个"苦差事"，而演员也算不上是一个充满创意的职业：

> 作者写一个剧本，完成了，接着就等着收取版税。导演拍上四个星期，工作也就结束了。他们做的都是富有创意的工作。如果一位作者一年四季每天晚上都要把自己写过的东西再写一遍，他会怎么样呢？如果导演在每次演出前都要重新再导一遍，他又会怎么样呢？估计一周后他们就会像尼金斯基一样温和。其实，就连剧院里的引导员每晚都要和不同的人打交道，可是女演员呢？她们就像是关在笼子里的金丝雀。

班克黑德也不喜欢剧院里严格的演出时间表，每晚必须在8点半到11点之间出现，没有丝毫犯错或是即兴发挥的余地。"演员是时间的奴隶，比任何其他职业的人都要严重。"她写道。这不是说她会迟到，相反，班克黑德的另一个恐惧症就是害怕迟到。无论去哪儿，她至少要提前30分钟到达现场。每次首映时，她都有"演出恐惧症"。这是不知疲倦的她的一个罕见的缺陷。尽管班克黑德对迷信不以为然，但是她又承认自己的确会在某些时候宁可信其有。"自从《乳鸽农场》（*The Squab Farm*，她的第一部作品）上演以来，母亲的镶框照片在首映之夜就摆在了我的化妆室桌子上，"班克黑德写道，"我总会在舞台的幕布徐徐升起之前跪下祈祷：'哦亲爱的上帝，不要让我出丑。'接着，我会开一瓶香槟，和我的女佣一起为好运干杯。"

比尔伊特·尼尔森

Birgit Nilsson，1918—2005

尼尔森是她那个时代最伟大的歌剧演唱家之一。她以浑厚有力的女高音以及对施特劳斯的歌剧作品，尤其是瓦格纳的歌剧作品的权威诠释而闻名遐迩。尼尔森出生在瑞典南部的一个农民家庭。她在当地一个合唱团指挥的鼓励下开启了自己的歌唱生涯。从斯德哥尔摩皇家音乐学院毕业后，尼尔森逐渐在国际上广为人知。从 20 世纪 50 年代直到她退休的 1984 年，她一直备受欢迎。当有人问她如何在如此漫长的职业生涯中保养自己的嗓子时，她说："没有什么特别的。我从不抽烟，偶尔喝一点葡萄酒和啤酒。我想嗓子是父母给的。"

还有一次，有人问她成功诠释瓦格纳的作品《特里斯坦与伊索尔德》的秘密，她回答说："舒适的鞋子。"

她成功的真正秘诀是自律。尼尔森认为这一点对歌唱家来说尤为重要。"作家或画家可以等到灵感来了才投入工作"，她说，但是，歌唱家就没有那么幸运了：

一位歌手可能早上一起床就头痛，感觉很糟糕，会紧张，会觉得一切都不顺，可是你就是得积蓄能量为晚上的演出做好准备。那个感觉很艰难。你的责任感越强，你就会越紧张，越发觉得不可能。如果遇到这种情况，最好提早去剧场，在那里，一点一点地找到状态。大多数的时候，只要一上台，所有的烦恼都会被忘得一干二净。这种感觉很棒。我想和生孩子差不多，当你看到孩子躺在怀里的时候，一切都是那么地美好，之前经历的痛苦也就烟消云散了。

多年来，尼尔森的演出几乎从不间断。她从一个歌剧院到另一个歌剧院，连续几个月住在宾馆，也从来不休长假。她说："休息时间太长，声音就更难恢复了。"尽管她与自己的瑞典商人丈夫在斯德哥尔摩和巴黎都有公寓，但她并不认为这两个地方或者其他任何地方是她的家。"我不可能在成为一名艺术家的同时还有一个家，"尼尔森曾经说，"我不得不对其中一方说：'不了，谢谢。'我将这句话说给了我的家庭。我太爱自己的职业了，我的丈夫对此深表理解。"

尽管名声在外，但是尼尔森从未享受过舞台下的女主角的身份。"我不大喜欢'首席女高音'的称号，"她说，"我就是一名有工作的女高音。"尼尔森上台表演的仪式很简单：上台前，她会先进行一系列持续三至四分钟的快速开嗓热身。据听过的人说，开嗓的声音"非常糟糕"。中场休息时，她会吃一个橘子。表演结束后，她会请服务员送来一杯啤酒，一小杯阿夸维特酒，配上从她到任何地方都随身携带的个人用品中取出的瑞典鲱鱼。

佐拉·尼尔·赫斯顿

Zora Neale Hurston，1891—1960

1951 年 3 月，赫斯顿在给自己文学经纪人的一封信中，感谢对方给了她一张 100 美元的支票，并且也提到了最近写的那部小说，"稿子不小心着火了，不过我已经开始重写了"

不知道你在扎着马尾辫的年纪有没有去过马坦萨河钓鱼，而且还钓到了一条蟾蜍鱼。知道吗，如果它们被一条大鱼吃掉，它们会咬破对方的胃壁再重新杀出来。这就像是你被感召着开始写作的过程。无论如何，都要坚持写作，否则它会反过来吞噬你。

这是一个对赫斯顿工作方式的绝好比喻。她从不遵循任何的写作惯例或计划。如果什么也写不出来，她就会经历那种"可怕的阶段"。在 1938 年的一封信中，她写道："我时不时地就会对纸张和它的作品产生一种恐惧感，碰都不敢碰。有段时间，我根本无法写作、阅读或做其他任何的事情……就好像我被什么东西给抓住了，我沉默、痛苦、无助，唯一能做的就是等着它慢慢过去。我感觉自己就像是被放逐到了另外一个星球上。不过，我发现这似乎是创造性能量来袭的前奏。"

一旦她有了灵感，一切便都不一样了。1936 年的秋天，赫斯顿写下了她最著名的小说《他们的眼睛注视着上帝》（ *Their Eyes Were Watching God* ）。当时，她正拿着古根海姆奖学金（ Guggenheim Fellowship ）研究海地的巫毒文化。在之前的好几个月里，她一直在牙买加与她研究的马龙人一起生活。马龙人是美洲逃亡的黑人奴隶的后裔。这段沉浸在牙买加和海地文化中的时光让赫斯顿开始以新的眼光看待自己的国家、种族、阶级和性别问题。因此，当她开始写作《他们的眼睛注视着上帝》的时候，她以惊人的速度完成了工作。赫斯顿在自传中写道："它就在我的身体里。在内心的压力之下，我用七周就写完了。我好想能再写一遍。"

玛格丽特·伯克-怀特

Margaret Bourke-White，1904—1971

伯克-怀特是一位颇具开创性的摄影记者，在其职业生涯中开创了诸多第一次。她是第一位获准进入苏联的西方摄影师、美国的第一位战地女记者，也是第一位《生活》杂志的专职女摄影师。在杂志社工作期间，熟悉她的同事们称她是"坚不可摧的玛吉"，因为她大胆涉足全球的冲突地区，却又能毫发无损、毫不畏惧地脱险而出。由于摄影记者的工作性质，伯克-怀特无法遵循固定的时间表。她总是根据需要来处理手头的任务。伯克-怀特也是一位才华横溢的作家，出版了好几本有关自己摄影作品的书籍和一本生动的自传《自我肖像画》(*Portrait of Myself*)。不过，她在写这本书时有着极其规律的工作习惯。事实上，摄影和写作对伯克－怀特来说是一对特别理想的搭档。她写道："我希望自己的生活蕴含着一种节奏：伴随着兴奋、困难和压力的刺激冒险可以与一段平静的时光交替出现，让我能够沉下心来吸收所有的经历和感受。"她在康涅狄格州达里恩(Darien)的房子"被周围的树林层层包裹"。显然，这是她能心静下来的好去处。伯克－怀特在《自我肖像画》中写道。

可以说我是早起写作的作家，那一刻，世界是全新的。它如此新鲜，就像是为想象而生的。我有一个奇怪的作息时间表，感觉只有那些没有家庭拖累的人才能做得到。我晚上8点上床，凌晨4点即起。我喜欢在户外写作，也喜欢在户外入睡。睡在广阔的苍穹之下，那种感觉会以一种奇怪的方式成为我写作经历的一部分，成为我与世隔绝的一部分。

为了能户外写作和入眠，"我有一个带轮子的花园家具，上面有一个带着流苏的小天篷"，伯克－怀特写道，"它既宽敞又奢华。当我铺上轻薄的被子，再分别在两侧点起一支蜡烛，在游泳池倒映的光影里，你会感觉那是儿时梦想中的一张公主床"。每天晚上，她都会到一个新的位置，在夕阳西下、萤火虫亮起时安然入睡。黎明初现，她便起身开始写作，"当太阳升起时，我就像是远离了一切尘世的喧嚣，封存在了属于自己的世界里"。

最后一点至关重要。因为对伯克－怀特来说，她需要长时间的、尽可能不受打扰的独处来进行创作。她深知这一点对外人来说恐怕难以接受。"我担心自己被严格保护起来的孤独感可能时不时地让他人感到受伤，"她写道，"要怎么在不伤害他人情感的前提下来和他们解释呢？解释说我需要一个孑然独立的世界来进行创作。如果身边有人，我会需要整整两天的时间才能把他们的声音清除干净，从而重新回到那个可以听到角色声音的世界。"事实上，伯克－怀特对工作的彻底投入让她的朋友和同事感到难以应对。"我第一次见她的时候，问她是否愿意和我共进午餐，"《生活》杂志的摄影师尼娜·莱恩（Nina Leen）回忆道，"结果，她告诉我她正在忙着写一本书，而且她已经有好几年没吃过午餐了。"

无 聊 与 痛 苦

玛丽·巴什基尔采夫

Marie Bashkirtseff，1858—1884

　　出生于俄罗斯的画家、雕塑家巴什基尔采夫，自 13 岁至因肺结核去世，一直都有记日记的习惯。她曾在巴黎一所私立学院（著名的巴黎国立高等美术学院要到 1897 年才开始招收女性学员）学习绘画，并逐步确立起自己作为一名才华横溢的年轻艺术家的地位。"我讨厌节制，无论什么。"她在 1876 年写道。也正是在那一年，她开始认真地学习艺术。"我想要一种持续的热烈，又或是一种绝对的平静。"事实上，她选择的是不停地工作。多年来，她或多或少都遵循着同样的时间表：早上 6 点起床；上午 8 点到 12 点、下午 1 点到 5 点画画，中间有 1 个小时吃饭休息；之后洗澡更衣、吃晚饭，接着一直读书到晚上 11 点，最后上床睡觉。有时，她会在晚饭前借着灯光继续画画，将自己的工作时间延长 1 个小时。偶尔，她也会对这一成不变的生活心生厌倦。然而，一如她在 1880 年所写的那样："如果我一整天无所事事，心中必然多有悔意。"在得知自己患上肺结核并很有可能英年早逝之后，巴什基尔采夫更是下定决心要努力工作。她在 1883 年 5 月写道："一切都是那么地琐碎无趣，除了工作。生活，也许正因如此，才美好。"

日尔曼妮·德·斯达尔

Germaine de Staël，1766—1817

"人，终其一生，必须在无聊与痛苦之间做出选择。"德·斯达尔夫人在 1800 年夏天给一位朋友的信中这样写道。就她的一生而言，她自豪地选择了痛苦。这位瑞士及法国的文人出身显赫，父亲是法国国王路易十六执政时期的财政部部长，母亲是巴黎沙龙的核心人物。然而，由于 18 世纪 90 年代对拿破仑的公开反对，她不得已流亡海外。她大部分的时间是在自己位于瑞士科佩特的家中度过的，那里也因此成为许多西欧主要知识分子的聚会场所和思想实验基地。斯达尔也正是在科佩特写出了大量的政治和文学论文，尽管来做客的客人并没有发现这一点。"德·斯达尔夫人的工作量很大，但她只有在无事可做时才会工作；对她来说，最无足轻重的社交娱乐反而占据人生的优先地位。"她的一位客人这样写道。事实当然并非如此。J. 克里斯托弗·赫罗德（J. Christopher Herold）在斯达尔传记中对她在科佩特的生活方式进行了细致的描述：

> 大家在 10 点到 11 点之间吃早饭，而后各做自己的事。

斯达尔开始专心处理商务信函、财务账目、资产管理，如果还有时间，也会阅读、写作。在客人眼中，她好像什么也没做。事实上，她能够一心多用，同时忙好几件事。即使总被打扰，她好像也不会受到影响。她在乘坐马车时做笔记，在口述信件时又不停地聊天，而且无论身在何处又或周遭在发生什么，她都能忙于写作。即使对身边最亲近的人来说，她是如何做到在百忙之中抽出时间写作的也是一个谜。斯达尔的秘密根本不在于特殊的时间管理；相反，她对时间毫无管理可言。大多数人将自己的大部分时间都花在努力集中精力和休息上，忙着准备和放松，中间几乎没有时间留给行动。斯达尔夫人则完全不同，她总是能专心致志，且似乎不需要休息。她的大脑好似天生具备一种随心所欲、随时随地全神贯注的能力。

由于科佩特的早餐供应在上午 10 点到 11 点，午餐要到下午 5 点左右，晚餐因此顺延至了晚上 11 点。在午餐和晚餐之间，她会外出散步或开车兜风，又或和朋友聚在一起听音乐、聊天、玩游戏。晚饭后的聊天一直会持续至凌晨，至少对斯达尔和她的核心圈子来说就是这样。斯达尔每晚只睡几个小时。她也希望自己的密友有类似水平的"续航力"。"和所有失眠症患者一样，"赫罗德写道，"她讨厌看到其他人露出疲态。她认为那是一种不满的表现。"斯达尔的长期情人、政治家兼作家本杰明·康斯坦特（Benjamin Constant）说，他从未见过还有第二个人会如此"不自知地苛刻"。他写道："每个人的存在，每一个小时、每一分钟，经年累月地都必须由她支配，否则就会迎来她犹如暴风雨和地震加在一起的大爆炸。"

玛丽·德·维希-尚隆，德芳侯爵夫人

Marie de Vichy-Chamrond, Marquise du Deffand，1697—1780

德芳夫人是伏尔泰、孟德斯鸠和贺勒斯·沃波尔的密友和笔友，也是 40 年来一直处于巴黎知识分子生活中心的巴黎沙龙的女主人。哈维尔·马里亚斯（Javier Marías）在他的《书面生活》（*Written Lives*）一书中记录了德芳夫人的日常生活：

她遵循着一个略显混乱的时间表：大约下午 5 点起床，6 点接待前来吃晚餐的客人，而客人的人数也许是六七位，也许是二三十位，具体如何完全视当天的情况而定。晚餐和

聊天会一直持续到凌晨2点。但是，如果她实在不想睡觉，她会和英国政治家查尔斯·福克斯（Charles Fox）玩掷骰子的游戏一直到早上7点，尽管她一点儿也不喜欢这个游戏，尽管她已经73岁。如果没人陪在身边，她会叫醒车夫，让他带着她在空旷的林荫大道上兜风。她不喜欢上床睡觉，其中很大的一个原因是她一直饱受失眠之苦。有时候，她会等到清晨有人来给她读书，听了几个章节之后安然入睡。

晚餐是德芳夫人一天的重点。"晚餐是人的四大目标之一，"她写道，"其他三个是什么，我给忘了。"在83岁去世前，她不间断地在家中举办晚宴。她经常对她的厨师说："发挥出你所有的才能，因为我比以往任何时候都更需要社交来打发时间。"正如马里亚斯留意到的那样，德芳夫人特别不愿意晚上独自一人。当客人离开后，当仆人休息后，她写道："我，独自一人，没有比这更糟糕的了。"

多萝西·帕克

Dorothy Parker，1893—1967

"如果你有年轻的朋友渴望成为作家，那么你能为他们做的第二件好事就是送给他们几本《风格元素》(*The Elements of Style*)。当然，最大的好事是趁他们现在还快乐的时候，给他们一枪。"帕克曾这样说道。帕克是在半开玩笑，但似乎又不止是在开玩笑。尽管她是一位备受追捧的作家，在《名利场》和《纽约客》拥有高知名度且收入丰厚的工作，但是她厌恶写作的过程，勉强能按时交稿。她没有任何固定的写作习惯，在为《纽约客》撰写评论期间，她每周都会作为一名不情愿的作者与编辑来回拉扯。她的传记作者玛丽恩·米德 (Marion Meade) 曾经如此描述：

> 几乎从一开始，她就开创了迟交稿件的先例。原本每周五是《纽约客》交稿的日子。星期天一早，杂志社的人会打来电话。帕克会安抚对方说除了最后一段，其他均已完成，并承诺一小时之内一定交稿。这个模式，从一开始就循环往复。有时，她会说因为不满意，所以刚刚撕毁了已经写好的东西。或许，从那一刻开始，她才真正动笔。

帕克与所有合作的编辑都是这样一个互动模式。《星期六晚报》的一位编辑回忆说："你坐在那里干等着她完成已经开始的工作；也许应该说，如果她已经开始了的话。很有可能，并没有。"《时尚先生》的一位编辑证实帕克"写作时很痛苦"，并将她的写作过程比作一次次艰难的分娩，编辑就像产科医生。他说，手术是一次"高位产钳术"。帕克和自己的编辑一样也很讨厌这个过程，但是她又无能为力。有一次接受采访时，对方问她做什么事让她觉得好玩。她回答说："除了写作，其他都很有趣。"

埃德娜·费伯

Edna Ferber，1885—1968

　　"据我所知，还没有哪位职业作家不是像速记员、公车司机或美国总统那样每天上班，"费伯在1963年的自传《一种魔法》（*A Kind of Magic*）中写道，"不过不同之处在于，作家只对自己负责，这使他成了自己的严厉监工；作家通常每周工作7天，而非像普通人那样只工作5天。"

从 21 岁开始直至生命的尽头，费伯会每天早上 9 点坐在打字机前完成一天一千字的目标。尽管她并非总能完成这个目标，但是她在自己 50 年的职业生涯中创作了 12 部长篇小说、12 部短篇小说集、9 部戏剧和 2 本自传。1921 年，她凭借小说《如此之大》（*So Big*）获得了普利策奖。她更出名的作品或许是小说《表演船》（*Show Boat*）、《西马龙》（*Cimarron*）和《巨人》（*Giant*）。费伯认为，对作家来说，写作环境并不重要。多年来，她已经练就了可以在任何条件下进行写作的能力。她说："我曾在浴室里、在船上写作；在喷气式飞机上、在木棚里写作；在从纽约到旧金山或巴黎到马德里的火车上写作；躺在家里的床上或靠在医院的设备上写作；更不要说在地窖里、汽车旅馆或汽车里："无论状况是好是坏，无论心情是愉悦还是绝望，我都在写作。"

然而，这一点却有了一个例外。当费伯在康涅狄格州开始建造梦想中的房子时，她有了创建理想工作室的机会。那是一间位于二楼的书房，有着"焦糖色的地毯、柔和的绿色墙壁、壁炉、书架、扶手椅、办公椅、书桌、打字机"，还有三扇分别朝东、朝西和朝南的窗户面向她占地 35 英亩的庄园。然而没过多久，她就把书桌从视野开阔的窗边拉到了室内唯一的一面白墙前。她顿时感觉好多了。"一个有风景的房间，"她宣称道，"不是一个正在写作的作家可以工作的地方。"

玛格丽特·米切尔

Margaret Mitchell，1900—1949

大约在 1928 年，米切尔开始创作自己的第一部小说《乱世佳人》。1935 年秋天，她将这部书稿交给了一位来访的编辑。尽管在投身小说创作之前她已经是一名成功的记者，但是米切尔发现小说创作异常困难。"写作过程一点儿也不轻松，我对自己写的东西也不满意。"她在一封信中这样写道。她告诉一位采访者说："写作对我来说，任务艰巨。我一夜又一夜地辛苦工作，最终却只写了两页。就这样，我在第二天一早重读后又会一删再删，结果剩下不到 6 行。没办法，我只好重新再写。"她估计，除个别情况，《乱世佳人》这本书的每一章"至少重写了 20 次"。

米切尔会坐在客厅里戴着绿色眼罩、穿着男裤模拟自己熟悉的新闻编辑室的环境。在她职业生涯的早期，这么做的确有用。可是，一如她自己所说，她会在写作过程中感受到"某种奇怪的东西，某种横冲直撞、令人绝望的东西"。她并不是每天动笔，也没有严格遵守的写作时间表。事实上，她经常因为身体不适或其他情况而一连数周或数月无法写作。她的不适，究其根本，是精神上而非身体上的。米切尔是一位抑郁症患者。在创作期间，她非常注重自己文字的私密性。"我从不会让任何人帮我，哪怕是密友，我也拒绝让她读到哪怕是一行字。"她在 1936 年说。她的许多朋友压根不知道《乱世佳人》的存在。直到书即将完成了，或直到出版之后，他们才获知一二。有一次，一位朋友突然来访，让坐在打字机前的米切尔大吃一惊。她从座位上跳起来，一把将浴巾扔到了桌上。

《乱世佳人》出版后一炮而红，销售达数百万册，翻拍成了经典电影，并在 1937 年获得了普利策奖。即便如此，米切尔也没有想过再写一本书。她说："这样的过程，我不想再有第二次。"

玛丽安·安德森

Marian Anderson，1897—1993

安德森是美国的一位女低音歌唱家。1955 年，她成为第一位在纽约大都会歌剧院表演的黑人独唱家。指挥家阿图罗·托斯卡尼尼（Arturo Toscanini）称她的声音是"百年一遇"。在个人自传中，安德森提及自己练习新歌的方法。那是一个比听众想象中更复杂也更微妙的过程。

　　我喜欢先听旋律，在认真研习歌词前，先从音乐中感受到一些东西；接着，我会脱离音乐只读文字。我想知道它想要表达什么，想知道歌曲的创作方式，也想要让自己彻底沉浸其中。当我将歌词和音乐合二为一时，我希望自己触摸到了歌曲想要表达的情感深处。如果我够专心，如果一首歌没有任何意想不到的困难，那么这个任务并不难。

　　然而，想要一心一意，不受干扰并不容易。家庭事务要处理，家庭责任要承担，所有这些的确占据了我的不少时间。同时，还有其他事情的影响。不过，无论白天进展如何，我都会带着歌曲入睡。睡觉前是一天中最放松的时刻，你可以完全沉浸在音乐的世界中。有时候，我特别清醒，根本睡不着，整个人都在歌里。几个小时，趁热打铁，一首歌曲的大部分也就处理完成了。

　　"音乐是一种难以捉摸的东西。"安德森继续说道。有时，一连好几个星期，她忙着创作同一首歌却毫无进展。"可是突然间，"她写道，"一切又会豁然开朗。你不知道自己一连几天的停滞不前会在哪一刻柳暗花明。"

蕾昂泰茵·普莱斯

Leontyne Price，1927—

普莱斯 9 岁时被母亲带到了密西西比州的杰克逊去聆听玛丽安·安德森的演唱。就在安德森张口的那一瞬间，普莱斯找到了自己未来的方向。为了实现音乐之梦，她克服了重重困难，一路成长，从种族隔离的美国南方到纽约市茱莉亚音乐学院。后来，她加入了美国大都会歌剧院，并成为该剧院在 20 世纪 60 年代的首席女高音之一。传记作家休·李·里昂（Hugh Lee Lyon）说普莱斯在演出季常年遵循一成不变的日程安排。"表演当天，她通常起得很晚，吃顿早午餐：一大杯橙汁、两个煮鸡蛋和一杯牛奶咖啡，"里昂写道，"晚上 5 点，她会吃晚饭：牛排、烤土豆、沙拉和咖啡。接着，她的住家管家露露·舒马克（Lulu Schumaker）会为她准备好真空保温的热汤让她带去歌剧院。演出间隙，她会在场景转换的空档喝上几口。"比起表演期间的日常惯例，对普莱斯来说，更重要的是演出日程表。她需要在重大表演中间留出大量的休息时间。如果可以的话，普莱斯一般不会同意在 8—10 天内表演超过 2 场。"歌剧是一件很吊诡的事情，"她曾经解释说，"要求很高，需要你在表演的前一天就开始进行准备；表演当天，更是要倾尽全力；随后，再慢慢恢复。这个时候，怎么可能还继续唱歌呢？相信我，如果那么做，你肯定会筋疲力竭。我是不会的，我只想为了兴趣而非为了钱而歌唱。"

格特鲁德·劳伦斯

Gertrude Lawrence，1898—1952

劳伦斯是一位英国女演员。她最为人熟知的是在诺埃尔·科沃德（Noël Coward）的喜剧和音乐剧中的表演，其中包括 1930 年上演的《私生活》（*Private Lives*）。科沃德在最初创作这部作品时就想到了劳伦斯。无论台上台下，劳伦斯都以精力充沛著称。有一位粉丝曾经问她的医生她是否有服用什么维生素，所以才如此不知疲倦。劳伦斯的医生回答说："应该是维生素服用了劳伦斯。"1939 年秋天，劳伦斯向一位记者简要介绍了自己的典型一日：

我的一天从早上 8 点开始。人们常常为此感到难以置信，因为在大家的印象中女演员一般都会睡到中午。我为什么要起这么早呢？嗯，主要是因为我要做的事情实在是太多了。我要锻炼保持健康，接着花15分钟做足部及脚踝按摩，保证它们轻松自在。之后，我会在床上吃早餐；不过，只有水果和咖啡，其他诸如火腿、鸡蛋、果酱或煎饼什么的一概没有。然后，回复各种信件——粉丝的、剧目的、商业的、社交的等等。我是有一个秘书帮我。可是即便如此，口述答复每封信也会忙到中午。当然，有一些私人信件我会亲手回复。秘书打字的时候，我会在午饭前插花，放松一会儿……当美丽的花朵被安插进精美的瓶瓶罐罐之后，午餐时间差不多也就到了。如果还有半小时的空档，我会和秘书下会儿棋。忙碌一早过后的午餐通常很简单，只有蔬菜和沙拉。午餐结束后，我会缝会儿东西。我喜欢手工制作老物件。可惜，这样的安静时刻不会太长，我的制作人的代表会打电话过来。他们每天都来，我们一起讨论每部作品中自然会出现的一些问题。他们走了之后，我往往需要阅读新的剧本。然后，我会带着我的西高地白梗麦基出门散步。这是我们俩都需要的日常锻炼。如果我要购物或去什么地方，也是在这个时间去。但是，如果有演出，我就有一个不成文的规定，那就是在去剧院之前我必须回家休息两小时。在晚上开工前尽量放松，补补觉。去剧院之前，我不大喜欢吃东西。所以，演出结束后，我总是特别饿。那时候，我就会和朋友们一起大吃一顿。如果我一个人吃饭，我很少吃饱。午夜过后，我才会回家睡觉。这就是人们眼中所谓光鲜亮丽的浪漫生活。也许，在某些时刻，它的确迷人可爱；但是，没有人知道，在大多数的时间里，演员就是一份特别辛苦且不知疲倦的工作。我经常旅行在外，所以说不上我真有一个家。我总是说，接一部新戏等于折寿一年。

这番描述是在劳伦斯与她的第二任丈夫、海军军官理查德·奥尔德里奇（Richard Aldrich）结婚前不久说的。很快，这位军官就亲眼见证了劳伦斯的日常生活。他发现她真的会在深夜特别饿。他回忆说："那个时候，她最喜欢吃的莫过于鞑靼牛排，一道用新鲜的生牛肉剁碎后混合着葱、配上生鸡蛋而做成的一道菜。它也是许多在歌剧院演出结束后疲惫的演员们喜欢吃的一道菜。她一边吃一边喝一大杯加拿大啤酒。"劳伦斯的这个爱好让奥尔德里奇深感震惊。他写到，原来自己的新娘，那个他和无数人膜拜的"精美绝伦、梦幻飘渺的精灵，竟然在台下与开重型卡车和跑长途的司机们喜欢的是同一道菜"。

伊迪丝·海德

Edith Head, 1897—1981

海德曾经说过:"一个人要想成为一名好莱坞的优秀设计师,必须是精神科医生、艺术家、时装设计师、裁缝、针垫、历史学家、护士和采购代理的综合体。"海德在 60 余年的职业生涯中,为 1100 多部电影设计过服装,45 次获得了奥斯卡最佳服装设计奖的提名并 8 次获奖。与此同时,她凭借自己标志性的齐刘海、单色两件套西装以及室内室外随时佩戴的墨镜,成为当时的时尚偶像。26 岁那年,曾经做过老师的海德成为派拉蒙影业服装部的一名员工。她不断发展,一路晋升,成为好莱坞黄金时代的服装设计师特拉维斯·班顿(Travis Banton)的副手。1938 年,海德在班顿离开派拉蒙后成为部门主管。几十年后,海德回忆道:"没有大张旗鼓,没有戏剧性的变化,没有软木塞离开香槟瓶口的砰砰声,也没有加薪。我依然每周工作 6 天,每天 15 个小时。长期以来,一贯如此。"从 20 世纪 30 年代到 40 年代,海德每年为 30—40 部电影设计服装,经常同时为四五部电影的男女明星设计着装。

海德的成功既源于她的艺术才华和职业素养,也源于她能很好地应对好莱坞中那些暴躁脾气的大人物。她曾经说过："比起设计师，我更像是一个政治家。我知道该取悦什么人。"就理想而言，她希望自己的作品能够精益求精，然而好莱坞的现实不允许她那么做。"在内心深处，我是自己的女主角，除非按照我的方式制作服装，否则我根本不会穿。"海德说，"在人前，我是一名模范员工，易于合作且永远准时。""在好莱坞工作，"她补充说，"我学会了压制自己的艺术追求。"

她广为人知的标志性衣橱也是出于实际需要。在接手派拉蒙的服装部时，海德很快就意识到了让演员成为绝对焦点的重要性。"我从不在工作室、办公室或试衣间里使用亮眼的颜色。"她说。

我不穿彩色衣服。我的意思是从不。我的衣服大都是米色，偶尔也有灰色。我最喜欢米灰色、白色和黑色。当我站在一位身穿华服、光彩夺目的明星身后时，我不想让自己的存在分散他们的注意力。我希望演员只专注于自己，不被任何东西分心，无论是挂在墙上的画儿，还是镜子里穿着过于时尚或者颜色过于亮丽的我。我有意淡化存在感，以便让演员只关注他们自己。

"在工作室里，我就是那个戴着墨镜、穿着米色小西装的小伊迪丝，"她有一次在另一个场合说道，"我就是我的生存之道。"

玛琳·黛德丽

Marlene Dietrich，1901—1992

"黛德丽不难相处，她只不过是一个完美主义者罢了。"自20世纪30年代后期开始为这位德国女演员在数部电影中设计服装的伊迪丝·海德回忆道。

她有着令人难以置信的自律和精力。她可以整天工作，直至筋疲力尽，接着喘口气，又能通宵忙碌，只为把事情做好。有一次，我们连续工作了36个小时，从周一早上一直到周二晚上，为了一套她在周三晚上的片场要穿的衣服……说实话，她的耐性和决心让我吃惊。

另一位与黛德丽共事过的服装设计师说，她"会在下飞机后，直接穿过道具室，一动不动地站在镜子前8—9个小时让我们为她制作礼服"。在电影化妆、灯光及剪辑方面，她同样是一位完美主义者。在与导演约瑟夫·冯·斯腾伯格（Josef von Sternberg）的密切合作中，她吸收了诸多精华。黛德丽凭借斯腾伯格1930年的电影《蓝色天使》（*The Blue Angel*）和其他6部影片成了国际明星。离开工作室后，她毫不留情，更蔑视任何形式的懒惰。"什么都不做是一种罪过，"她写道，"总有一些有用的事情要做。"她将在家里做饭、做家务视作"最伟大的职业疗法"之一，并且对它们充满热情。"一个人工作越多，"她写道，"变神经质的时间就越少。"

艾达·卢皮诺

Ida Lupino，1918—1995

卢皮诺出生于一个英国的演艺世家，20世纪30年代移居美国好莱坞。在出演《黑夜飞车》（*They Drive by Night*）、《夜困摩天岭》（*High Sierra*）和《海狼》（*The Sea Wolf*）等电影后，卢皮诺成为一名成熟的女演员。然而，"从未真正喜欢过表演"的卢皮诺曾经说过，"这是一份折磨人的职业，它会严重破坏你的私人生活"。1949年，她与第二任丈夫成立了一家独立的电影制作公司，开始编写剧本并执导一系列的低成本电影，直面强奸、私生子和重婚等社会禁忌话题。1953年，她推出了自己最出色的作品《漫游者》（*The Hitch-Hiker*）。这部紧张刺激的惊悚片被看作是唯一一部由女性拍摄的黑色电影。在随后的几十年里，卢皮诺只拍摄了一部大银幕的剧情片，但依旧活跃在小银幕，并将自己的才华运用到数十部电视剧的制作之中，其中包括《阿尔弗雷德·希区柯克的礼物》（*Alfred Hitchcock Presents*）、《迷惑》（*Bewitched*）、《吉利根岛》（*Gilligan's Island*）和《暮光之城》（*The Twilight Zone*）。

对卢皮诺来说，性别歧视是职业发展的一大障碍。但是，她运用自己锲而不舍的专业精神解决这个问题。"我一拿到剧本就开始研习，"她说，"我不断学习、时刻准备；等到开机时，无论如何，都会勇往直前。"只要时间允许，卢皮诺会利用周末为接下来的一周做好准备。"我会在周六和周日去后场或片场，"她说，"当天气又好又安静的时候，我会设计好布景。"卢皮诺不是一位有计划的作家。据传记作家威廉·多纳蒂（William Donati）的说法，"卢皮诺有时会连续写作24小时，并拿起手边任何的东西，从碎纸片到购物袋涂写得到处都是"。

卢皮诺在片场展现出来的是一种有意为之的母性气质。她习惯于让所有的演职人员叫她"妈妈"。对此，她有一次解释说："凸显一种女性气质非常的重要。"

> 男人不喜欢太专横的女人。你不能告诉一个男人要做什么，你得建议他去做什么，譬如你可以说："哦，亲爱的，妈妈现在遇到一个问题，我想做这个，你能帮我吗？"我知道，这听上去怪怪的。但是，如果你问他们是否帮妈妈做某件事的时候，他们就会配合。我用这种方式得到了很多帮助。我努力让自己从不发火。女人承担不起发火的代价。他们一直等着呢……只要你不发脾气，剧组就会一直跟着你走。我喜欢在片场被人叫妈妈。

贝蒂·康登

Betty Comden，1917—2006

康登是美国百老汇历史上活跃时间最长的创作团队中的

一员，而另一员就是阿多夫·格林（Adolph Green）。康登和格林之间有着长达 60 年的创意合作。他们不仅一同制作了《锦城春色》（*On the Town*）、《奇妙小镇》（*Wonderful Town*）、《电话皇后》（*Bells Are Ringing*）和《小飞侠》（*Peter Pan*）等热门作品，还为多部好莱坞音乐剧编写了剧本，其中包括 1952 年的《雨中曲》（*Singin' in the Rain*）。几乎每一天，格林都会前往康登位于曼哈顿的公寓。他们会一起在客厅里为下一场的演出做准备。然而，他们的会面看上去并不总是在工作。康登在 1977 年说道：

> 我们互相盯着对方，无论手头是否有项目，我们都会见面。这么做只是为了保持工作的连续性。有很长一段时间，什么事也没有。这让人感到无聊和沮丧。但是，我们俩有一个理论，我们觉得没有什么会被白白浪费，哪怕是无所事事互相盯着看的日子。怎么说呢，你得有这种信念，不是吗？你必须经历过这些，而后有一天，该发生的就自然发生了。

格林说为了构思《电话皇后》（*Bells Are Ringing*），他们俩"整整坐了一年"。有时在接受采访时，他们被迫谈论更多的创作细节，但实际上收效甚微。康登曾经承认自己是那个动手写的人，最早是在写在纸上，后来用打字机，格林则会在房间里走来走去。"归根结底，"康登说，"我们也说不清楚究竟是谁提出了某个想法又或是想出了某句歌词。"

在外人眼里，康登和格林应该早已登记结婚。但是事实上，他们没有任何的恋爱关系。两个人各自有过长达数十年的婚姻。康登曾在回忆录《舞台外》（*Off Stage*）中写道："困惑依然存在。我总是说只要我们不糊涂，一切就都还好。"当被问及他们是如何保持长期的工作关系时，格林觉得他们有着共同的渴望；但是康登则有着完全不同的看法，她说："纯粹出于害怕和担心。"

毫不在意

佐伊·艾金斯

Zoe Akins，1886—1958

艾金斯年轻时的梦想是"在死前写出七首好诗"。然而，这位土生土长的密苏里州人"对戏剧也有着执着的渴望"，也正是在这一领域，艾金斯留下了自己的印记，创作并改编了40多部作品，其中有18部在百老汇的舞台上上演。1935年，她因改编伊迪丝·沃顿（Edith Wharton）的《长相思》（*The Old Maid*）而获得了普利策奖。她喜欢在长时间的闲暇之后进入一种下笔如有神的写作状态。1921年，艾金斯在为《纽约时报》撰写的一篇文章中解释道："我一旦开始写作，速度就会很快，好像刚拿起笔就结束了。"她还补充说，自己曾多次"长时间地坐着"写完一整部戏。不过，她的写作时间具有很大的灵活性，也就是说，她的日常安排极具有开放性：

我喜欢在写一出戏、一个故事或一部小说的某个片段时，为自己预留出一整个星期的时间。所有的一切取决于我最后一刻的心情。开工后进展缓慢。我在整个过程中时刻具有批判的警觉性。一个令人震惊的事实是，对于过着现代文明生活且朋友很多的人来说，提前一周去做这些事几乎是不可能的，除非环境发生变化，譬如在一个与世隔绝的陌生之地，或者放弃很多想要享受的东西，又或者拥有一种比大多数人——尤其是像我这样的人更坚毅的性格。坦白来讲，我从来没有在生活中或工作上有过什么例行顺序。结果之一就是我的大多数朋友觉得我是一个拖延症患者、一个闲散的人、一个挥霍他们的时间和自己时间的人、一个最不可靠也最令人失望的人。这么说都没有错。然而，不知为何，无从避免的时刻总会到来。在为了一个想法虚度了一段时光之后，放弃变得容易。但是，一旦摆脱了那种空无着落的拉扯，所有让生活既琐碎又愉快的东西就会被抛在脑后。这个时候，个人的命运已不再重要，作为一个艺术家的冒险开始了。

艾格尼丝·马丁

Agnes Martin，1912—2004

加拿大裔的美国画家马丁在 1997 年说："我的大脑一片空白，以便能准确地完成灵感让我做的事情。" 21 年前，她曾对另一位采访者说过同样的话："灵感来自清晰的头脑。它直愣愣地走了过来，和我们自身没有多少关系。"然而，对马丁来说，灵感并没有简单地直接抵达；相反，它有一个追寻的过程。身为一名艺术家，她必须为灵感的爆发创造合适的外在条件。马丁为此写道：

最重要的就是有一间工作室，并且能够营造并保持它的氛围。无论你是哪一类的艺术家，你都必须有一间自己的工作室。只能在家中客厅练习曲目的音乐家必然处于劣势。你必须在工作室里酝酿情绪，而且要确保自己不被打扰。因工作室氛围被打破而导致的灵感丧失和艺术作品的流失所带来的损失是无法估量的。

至于艺术家的工作时长——原则上应该是长时间的，但是，马丁却对时间表并不在意。"除非我清楚地知道自己要做什么，否则我不会起床，"她说，"有时候，我会在床上一直躺到下午3点，也不起来吃早饭。我会有一个视觉意象，但是要将它准确地变成具体想做的事情，那又是一个漫长的过程。"马丁觉得最关键的是要有一个长时间不被打扰的完整时段。没有其他的事务，更没有邻居或客人前来打扰。"与人相处时，大脑并不完全是你自己的。"她说。

这份对独处的强烈渴望让马丁在成年后的大部分时间里独居生活。她在新墨西哥州的一个偏远之地居住了数十年，只与少数的当地人来往，偶尔也接待来自纽约的画廊老板。截至20世纪70年代，马丁的作品在画廊以越来越高的价格成交。尽管如此，除了满足最基本的生活需求之外，她并没有改变自己的生活方式。多年来，她在一间既没有电也没有自来水的工作室里创作，而且睡在一辆皮卡后面的露营车里。车里有暖气、煤气炉、烤箱和冰箱，但同样没有水、没有电。她从不使用抽水马桶，而是用"古老"的便壶。她会将便壶里的排泄物倒入一个在不远处挖的洞中。

在《艾格尼丝·马丁与我》一书中，摄影师唐纳德·伍德曼（Donald Woodman）详细记述了这位艺术家在新墨西哥州的日常生活。伍德曼是马丁的邻居，也是她随叫随到的勤杂工。在1977—1984年，他在马丁的生活中扮演着某种类似房东的角色。

自认识艾格尼丝以来，她常年穿着一身标配的Bibb牌工装服，并且根据天气状况在里面搭配一件长袖或短袖的紧身卫衣。她的工作室用柴炉取暖。这对喜欢在冬季白天作画的马丁来说至关重要。随着创作的持续进行，她会一连数小时坐在一张摇椅上盯着自己的画作，仔细品味。她很少会同意其他人走进工作室观看她的作品，无论是正在创作中的还是靠在墙边的已经完成的作品。

有很多次，我都看见她坐在露营车里一动不动地看着窗外。在开始新系列的创作之前，她总是这样。而且，她不止一次透过打开的窗户大声喊道："我打赌你铁定以为我没有在工作，不对，我在工作！我在构思作品，我在思考。"

当马丁没有在创作或构思时，她喜欢阅读平装本的犯罪小说。她会一袋又一袋地从圣达菲（Santa Fe）的一家图书交易所购买这类书籍。她一度建造了一座简陋的游泳池，每天在里面游泳。她还喜欢在工作室外的花园里种菜，尽管按照伍德曼的说法，她的种植方式非同寻常。她不会一次种植不同种类的蔬菜，而是只选择一个品种。"有一年全是玉米，再来是西兰花，然后是西红柿。"他写道。马丁偶尔也会邀请伍德曼来家里吃晚饭，餐桌上可能有"她养的鸡下的蛋（偶尔也会有一只母鸡）、花生酱、果冻三明治、火腿卷等切片的包装肉类食品和她种的蔬菜"。

如上所述，马丁不仅仅是古怪，她终其一生承受着精神分裂症发作的痛苦。她很多次提到心中有声音在指挥她画画。

不过，拥有第一手资料的伍德曼认为马丁的创作不能简单地归结为"她心中的声音在指挥她画画。恰恰相反，她需要让那些声音安静下来，从而去触及自己想要的绘画核心。这是一个需要坚强意志力的过程"。马丁也承认自己需要极大的意志力。她说："你总是会跑神。只有严于律己，甚至经历巨大的失望与失败，你才能一心一意地进行创作……有时候一连数月，画的东西什么也不是，简直毫无意义。但是，你仍然需要持之以恒，尽管会有各种各样的失望情绪。"

凯瑟琳·曼斯菲尔德

Katherine Mansfield，1888—1923

出生于新西兰的曼斯菲尔德是一位短篇小说大师，从她出版的日记来看，她还是一位爱拖延、习惯自我怀疑和自我惩罚的写作艺术大师。曼斯菲尔德希望自己每日写作，但往往做不到。于是，她一边自我责备，一边自我琢磨——休息一天是不是真会那么糟糕。"好吧，我承认，我又无所事事地晃了一天，天知道这是怎么回事。"曼斯菲尔德如此描述自己自

1921 年以来的典型一天：

> 我原本要写的，但一个字也没写。我想着自己会动笔，可是喝完茶就累了。只好休息一会儿。我这么做究竟是好还是不好呢？我有一种负罪感，但又觉得能休息一下也不错……事情很多，做的很少。倘若我在假装工作的时候真有在工作，那生活就完美了。但是，这样不会太辛苦吗？看着那些站在门口等候的故事，为什么不让它们进来呢？同样等在门口的其他事情也在伺机而动，总会取代故事的位置。

比起大多数的作家，曼斯菲尔德的确有一个充足的理由让自己休息。她 17 岁时被诊断出患有肺结核。这一顽疾最终也让她在 34 岁时英年早逝。另外，她后来也承认只字未写的日子和富有成效的日子一样重要。"通常而言，如果坚持足够长的时间，就会有所突破，"曼斯菲尔德在日记中写道，"效果就像是将一块又大又平的石头扔进溪流一样。不过问题是，这种方法能有效多久。但到目前为止，可以说，它从未让我失望过……"

凯瑟琳·安·波特

Katherine Anne Porter，1890—1980

波特虽然长寿，但是一生发表的作品数量并不多：共计27部短篇小说和一部用时20年才完成的长篇小说《愚人船》（*Ship of Fools*）。其中一个原因是她直到30岁出头才开始认真写作。在此之前，她经历了两次失败的婚姻，甚至第一任丈夫还有家暴的问题。她做过各种"乏味无趣的小工作"，譬如演员、歌手、秘书、报社记者和代笔人。1918年西班牙流感爆发期间，她还差点命丧黄泉。后来，她说这次经历是她生命的一个转折点。1963年，波特在接受《巴黎评论》的采访时说："流感彻底切割了我的生活。之前的一切都像是在做准备，之后的一切发生了奇妙的改变。"

西班牙流感结束的第四年，即1922年，波特发表了第一部短篇小说。接着，她在40岁，即1930年出版了第一部短篇小说故事集。这部作品集取名《开花的犹大树》（*Flowering Judas*）。尽管评论界多有赞誉，但是销售情况并不理想。她接下来的两部故事集——1939年的《灰色马，灰色的骑手》（*Pale Horse, Pale Rider*）和1944年的《斜塔及其他故事》（*The Leaning Tower and Other Stories*）也重复了同样的命运。由于作品不挣钱，波特不得不通过演讲、驻场写作、奖金和其他的临时工作来补贴家用。这也是她无法多产的一个原因。她说："我想我只花了大约10%的精力来写作，剩下90%的力气都在挣扎着从水中露出头来保持呼吸。"

不过，有观察者认为这并不是一个具有说服力的借口。诗人玛丽安·摩尔（Marianne Moore）说波特是这个世界上最糟糕的拖延症患者。杜鲁门·卡波特（Truman Capote）在自己最后一部未完成的小说中对波特进行了描述——她的"声望完全取决于她严格控制的有限产出：在这个意义上，她很成功。她是常驻作家里的骗子王后，是掠取奖金的高手，是为了获得援助而苦苦挣扎的艺术家"。此外，波特的精力也多有分散，尤其是在人际关系方面。她在40岁生日前夕告诉一位熟人自己有过4任丈夫和多个情人。她的情人数量一直在不断增加。根据传记作家琼·吉夫纳（Joan Givner）的说法，波特"从不排斥放弃写作转而开启一段恋情的想法"。

波特自我辩护称她需要长时间的休息才能写出好的作品。1969年，她在接受采访时说："我真正写作的时间并不长。我会写得很快。但是，从思考到落笔之间，我需要长时间地慢慢积累，只有感觉准备好了之后才会开始写。"这种创作方式对写作短篇小说很有效。波特通常会在一间出租屋内用一周左右的时间集中写作。然而，这种创作方式对长篇小说而言，似乎毫无效用。这也就解释了为什么从动笔到完成《愚人船》整整用了 20 年。波特后来在康涅狄格州租到了一栋安静独立的房子，租期 3 年。正是在这里，她最终写完了这部长篇小说。每一天，她都在孜孜以求。她对《巴黎评论》说：

> 我在乡下坐了差不多 3 年。每天都写，无论何时，都会写 3—5 个小时。没错，我过去常常坐在那儿不断地思考，因为有很多人物，整部书的个头也很大……但是，在康涅狄格州居住的那段时间，我只忙写作：没有电话，没有访客，过着隐士一般的生活。除了吃饭，没有别的！叶芝曾经说过这是一份"孤独久坐的事业"。我还伺候园子、自己做饭、听音乐，当然还有读书，过得很开心！事实证明我可以过一次几个月的独居生活，这对我有好处，因为一直在忙着工作。我会起得很早，有时是凌晨 5 点，喝完黑咖啡便开始了一天的工作。

尽管波特很享受这一段孤身一人的写作之旅，但是她从未设想过永远过这样的日子。她的写作源于日常的生活。所以，她对长期寻求与世隔绝的作家不屑一顾。"任何与社会的疏远都是自取灭亡，"波特在 1961 年说，"你也许可以住在有人陪伴的阁楼里，但是无论怎么说，你首先要成为一个社会人。"

布里奇特·赖利

Bridget Riley，1931—

著名的英国画家赖利在 1998 年说："身为一名艺术家，你会觉得有必要为活着这件事'做点什么'，就好像小鸟必须歌唱一样。"然而，这并不意味着赖利的艺术创作是自然而然生发的，又或是完全被情感驱使的。事实上，一切都恰恰相反。赖利自 20 世纪 60 年代以来所坚持的绘画风格是一种被她称为"欧普艺术"（Op Art）的画布创作。她的作品震惊了伦敦艺术界。她那迷幻的黑白线条画时而戏弄、时而攻击着观众的感官，其中包含着许多的设计、大量的前期工作以及她的个人批判。赖利的所有画作都从素描开始。她会为每一幅新画作画大量尝试性的草图，通过反复的试验摸索出最有效的构图。"就像做白日梦一样，我会对自己将要做的事情有一种渴望，或者更确切地说，我希望我的画能够沉淀或者传达出一种感觉，"她在1988年说，"事实上，让这种感觉变成一种现实中的存在是很难的。塞尚将这个转换的过程称为'实现'。"

那是一个缓慢的过程，赖利认为这是一件好事。

绘画需要时间。这是绘画创作的一大优势。一个艺术家需要足够的时间去反思、去修正、从各个方向上进行探索、去改变、去打基础。你必须建立起一个工作流程，并最终能够给自己带来惊喜。最重要的是，你必须允许自己犯错。如果你是一名画家，那你很幸运，因为画画本身就包含这一切。

"无聊是一个重要的指标，"赖利说，"如果无聊，说明你的能量正在消失，你会被困在原地，什么也做不了。这就很可怕。如果有人告诉你你怎么做好像都不对，那么你必须仔细聆听，可能只需要一个小的调整，也可能需要大刀阔斧的改变。"赖利学会了相信自己的直觉。她觉得直觉高于一切。"如果感觉不对，那就是不对了。"她说。赖利认为雇用绘画助手来完成大部分的具体工作是一个优势，因为它让创作者有机会成为自己作品的旁观者。"我对从工作过程中解放出来一点兴趣也没有，"她说，"恰恰相反，与自己保持一定的距离反而让我更投入。我的一位助手曾经对我说：'我们做的部分很简单，而你做的都是最难的。' 在我看来，创作就是做决定，是拒绝还是接受，是改变还是修改。在这个过程中，艺术家更深刻、更真实的自我也就展现了出来。"

朱莉·梅雷图

Julie Mehretu，1970—

出生于埃塞俄比亚的梅雷图在美国密歇根州长大。在1999年移居纽约之前，她在卡拉马祖学院（Kalamazoo College）和罗德岛设计学院（Rhode Island School of Design）学习艺术。梅雷图以一种由抽象形状、建筑图纸和成群的书法标记组成的层次密集的绘画风格闻名于世。2009，她创作的一副23英尺乘80英尺的《壁画》被安装在了曼哈顿下城高盛大厦的入口大厅。这幅巨型作品是梅雷图及其30人的工作团队花了2年时间完成的。完成这幅《壁画》之后，梅雷图将团队规模缩减为由几名助手组成的核心团队，其中许多人已与她共事多年。"我不需要以任何方式管理他们，"梅雷图在2016

年时表示，"如果有的话，也是他们管理我。"

梅雷图住在纽约第 118 号大街，工作室则位于第 26 号大街。每天，她都会开车来回穿过西城公路（West Side Highway）上下班。"沿河开车是我减压的一部分，"她说，"开车回家是一种走出工作室，返回日常生活的释放。沿途河流的纹路、颜色，天空和云彩的颜色，都会成为我从家到工作室，再从工作室到家的一部分。"梅雷图通常每天上午 9 点至 9 点半之间抵达工作室，进门的第一件事就是查看电子邮件，尽管她不一定会回复。她说："我会忍不住看电子邮件。"接着，她会戴上耳机，通常听的是播客或有声读物，在工作室里走来走去。她会盯着自己正在创作的一幅画，试图找到一个"切入口"，而后，她说："我就会开始工作。"

梅雷图大都会一直工作到中午，接着和助手一起在工作室吃顿午餐。之后，她会戴上耳机继续画画，或者坐在椅子上阅读 30—60 分钟。下午 5 点半或 6 点之前，她会离开工作室，以便在两个年幼的儿子上床睡觉前与他们共度好几个小时。梅雷图之前总会工作很长时间。但是，自从有了孩子之后，她反而提高了工作效率。"我开始能更聪明、更有效地利用时间了，"她说，"不再浪费时间了。"偶尔，她会在孩子入睡后返回工作室。不过，她尽量避免这样做。她会利用晚上的时间好好充电以确保能在白天进行高强度的工作。

有时，在工作室的时间让人感觉飞逝而过；"有时，"梅雷图说，"进展很不顺利，整个人都在苦苦挣扎"。偶尔，也会有那么半天或一整天，她说："我一直看着画作却找不到任何的切入点。"如果是这种情况，她会选择出去散步、参观画廊或博物馆。总体来说，她在工作室里的效率不错。梅雷图称画画是"一种以时间为基础的创作"。她强调观众在欣赏画作时，要留出足够的时间让每幅画进行自我表达，匆匆一眼是绝对不够的。梅雷图会花"很多时间"看自己的画。她说看画会让她"远离现实"。有时，她补充说："我也会东想西想，但这样往往会挡住去路，把事情搞得一团糟。"所以，她需要搁置"日常生活"从而投入到创作之中。"在有了第一个孩子之后，我虽然人在工作室，但并没有工作，我会一直盯着看，之后又会有一种内疚感。"梅雷图说，"后来我意识到观看本身很重要。它可以让我以一种直观的感觉与作品产生连接……而不是理性认知。我觉得那是你和作品花时间相处之后才能得到的东西。如此一来，我就感觉舒服多了。"

瑞秋·怀特里德

Rachel Whiteread，1963—

英国雕塑家怀特里德早上 6 点半或 6 点 45 分起床，送两个儿子出门上学后会乘坐几英里的公共汽车，在早上 8 点到 9 点之间抵达自己在伦敦的工作室。她会独自一人，或与每周前来几次的助手一起，工作至下午 5 点到 7 点之间的某个时刻。怀特里德的雕塑作品通常体型巨大，需要复杂的现场搭建流程。她最出名的作品是 1993 年的《房子》(*House*)，一个安放在东伦敦维多利亚式三层联排别墅内部的混凝土模型。在工作室里，她会先画画，用墨水和纸张来梳理想法、思考构图和颜色。英国广播公司的四号电台（Radio 4）是她创作时的背景声音。有时，她会停下来吃顿午饭，坐在远离办公桌的一张舒适的椅子上阅读一个小时。她的工作室里就有一个图书馆。她说自己喜欢阅读"哲学、心理学、小说、诗歌什么的"。每当遇到创作瓶颈时，她没有什么神奇魔法。"就是继续工作、继续画画，一遍又一遍做同样的事，"她说，"我觉得坚持很重要，否则毫无出路可言。"

艾丽斯·沃克

Alice Walker，1944—

沃克在 20 世纪 70 年代末完成了自己的第三部小说《紫色》（*The Color Purple*）。在每一个工作日，她都会在女儿上学的时间，从早上 10 点半一直写到下午 3 点。沃克在获得古根海姆奖学金（Guggenheim Fellowship）之后得以在家全职写作，至少在女儿去上学时可以如此。她原本计划花 5 年的时间完成《紫色》。没想到，一年后，她就发现自己已经写到了最后一页。沃克写得很快，主要是因为她在动笔前已经花了很长的时间构思。她曾经说过自己在动笔之前需要一到两年的时间来酝酿准备。她会利用这段时间深入思考，"只为一件事——扫清视野"。她认为这是写作不可或缺的先决条件。她在 2006 年说："为了邀请各种类型的客人，包括创意，你必须腾出足够的空间。"

如果这个过程听上去让人感觉直接、简单，那么实际情况就要复杂得多。1982 年，她发表了一篇关于《紫色》创作缘起的文章。她在其中描述了自己在写作前与小说人物一起生活了一年多的感觉，尽管最后的创作用时不过一年。她最早居住在纽约的布鲁克林。但是，她说这座城市让她心中的人物倍感不快。他们问道："这些高楼大厦都是些什么？"于是，沃克收拾行囊，横穿美国搬到了旧金山。她的角色却依然不满意。他们更需要一个靠近故事的发生地，一座类似乔治亚州小镇的地方。沃克因此再次搬家。这一次，她在加利福尼亚州布恩维尔的苹果园里租下了一间小屋，位于旧金山以北几个小时路程的地方。在那里，她的角色终于和她开始说话了。"无论我坐在哪儿，我们都会坐下来和我聊天，"沃克写道，"他们乐于助人、引人入胜且喜气洋洋。他们当然早都知道自己的故事。但是，为了我，他们又从头开始讲了一遍。"后来，沃克的女儿——原本与爸爸（沃克的前夫）一起居住在东海岸的丽贝卡也来到了布恩维尔。她与沃克以及沃克笔下的角色会合了。一开始的氛围有着一份令人不安的拘谨。沃克写到自己的角色"突然变安静了，不再那么频繁地来找她了。他们似乎很坚持；嗯，好吧，拭目以待"。幸运的是，他们很快又回来了。沃克笔下的人物决定"喜欢"上她的女儿，尤其是小说的主人公西莉。沃克写道："当丽贝卡从学校回来需要妈妈和一个拥抱的时候，西莉准备都给她。"

丽贝卡·沃克后来也成了一名作家。她对这个过程的描述远没有那么轻松。在她的记述中，身为一个沉浸在笔下人物世界中的作家的孩子，她的生活其实非常不稳定。丽贝卡成年之后选择不再和母亲说话。对艾丽斯·沃克来说，她对自己选择实现毕生的梦想毫不后悔。她在 2014 年说："我不知道自己是否真在意过别人的看法。我从小就觉得自己独一无二。我必须留在我的轨道上完成我的使命。"

卡洛尔·金

Carole King，1942—

美国歌手兼词曲作者卡洛尔曾创作，或与他人一起创作了 100 多首流行歌曲。她 1971 年发行的专辑《挂毯》（*Tapestry*）是有史以来最畅销的专辑之一。卡洛尔是典型的早起的鸟儿有虫吃。她在 2012 年的回忆录《天生的女人》（*A Natural Woman*）中写道："我是那种不会体谅人的早起者，那种夜猫子一定会讨厌的早起者。我从来都不会顾及隔壁的邻居是不是还在睡觉。我把麦片盒敲得嘎嘎作响，让茶勺在杯子里叮叮当当，还会用尽全力对着一个磨蹭的孩子大声喊道：'你可快点儿，不然就错过公车了！'"

不过作为一名词曲作者，卡洛尔不得不学会放松一点，让创作能按照自己设想的时间表往前推进。在 1989 年的一次采访中，她分享了避免创作瓶颈的秘诀：

> 我发现不陷入瓶颈的关键就是不关心、不担忧。永远不。
>
> 如果你坐下来想写点东西，却什么也没写出来，那么你最好站起来去忙些别的。之后再试一次，最好以一种轻松的方式这么做。你要相信它就在那里。如果你有过那种感觉，也这样做过，那它会回来的。它总是会回来的，但问题是你不能按照自己的方式去担忧它。

卡洛尔补充说，根据她的经验，创意频道通常会在大约一小时后再次打开。不过，有时候需要一天、一周甚至几个月的时间。不管怎样，她并不担心。她在回忆录中写道，问题的核心是让潜意识去解决问题，而不是试图自我控制。"当自我掌权时，工作就会由你来做主，"她写道，"你仍然可能做得不错，但自我会让怀疑悄悄地潜入进来。"相比之下，如果"当你创造的东西通过你而来时，你会很清楚地知道它的到来。那才会是上佳之作"。

安德里亚·齐特尔

Andrea Zittel，1965—

　　美国艺术家齐特尔自 2000 年以来，一直在加利福尼亚州的约书亚树的高原沙漠中工作、生活。由于当地的极端气候——夏季最高气温超过 37.8 摄氏度而冬季最低气温降至零摄氏度以下，齐特尔例行的晨间活动也随着季节的变化而变化。在夏天，她日出即起，以带着小狗出门徒步 40 分钟开启一天。返回多年来不断扩建和更新的基地小屋之后，她会先去喂鸡、浇花、忙其他的户外杂务，而后冥想、沐浴、做早餐、穿好衣服。在冬天，她早上的作息时间则完全颠倒了过来。她会先冥想、沐浴、吃早餐。而后，如果室外温度升高，她就会出门远足、做各种杂务。2017 年，齐特尔说："其实，就是要建立一种灵活的安排，建立一个会让你在有限的时间内完成所有事情的模式。如果模式太复杂，人反而会陷入困境。"

　　齐特尔很少一个人在家。她的居住地实际上是一个名为 A-Z West 的艺术实践基地的一部分。这里既是艺术家的居所，也是他们出售作品的地方。除此之外，还经常有人组团前来参观这片占地 60 英亩的建筑群。这个艺术基地设置有永久性的雕塑装置、多个工作空间和十几个胶囊状、刚好够一个人入睡的旅行车（"Wagon Stations"）。为了避免参加 A-Z West

举办的各种活动，齐特尔将每周的周一和周五设置为私人工作日，其余三天则是她和各位助手在工作室"紧张忙碌的三天"。一到周末，她便离开这里。在个人生活方面，齐特尔希望自己尽可能地简单。长期以来，她的信念之一就是尽量摆脱外在社会价值观念的影响，最好的例证就是她的衣橱，她说："如果是一件衣服感觉不错又好看，我会一连穿三个月。"齐特尔的工作服随着季节的变化而不同，而且大都是艺术家手工定制的。她也一直渴望自己的饮食能简之又简。不过，这一点好像不大容易做到，她说："做饭可能是我永远无法解决的少数难题之一。"

梅芮迪思·蒙克

Meredith Monk，1942—

　　蒙克是作曲家、歌手、导演、编舞家以及新音乐戏剧作品、歌剧、电影和装置艺术的创作者。从 20 世纪 60 年代中期开始，她开创了"人声延展技巧"（extended vocal technique）。这是一个复杂的声乐术语，旨在表达要超越传统歌手所能演绎的曲目，扩大了人声的可能性。为了发展出新的表演形式，她在孤独地自我摸索和与他人互动之间安顿自己的生活。她的大本营在曼哈顿。从20世纪70年代初开始，她租下了位于"翠贝卡"（TriBeCa）街区的一间阁楼。在这里，她同自己自1978年以来一直作为宠物饲养的箱龟一起生活。但是，她个人独自创作的时间大都是在她位于新墨西哥州的一处房产、纽约州北部的一所"小"房子或者位于新罕布什尔州的麦克道威尔艺术村（MacDowell Colony）里完成的。多年来，她多次前往麦克道威尔艺术村静修。当她处于静修状态时，她每天大约早上7点起床，冥想30分钟或更长的时间，吃早餐，读一会儿书，然而在接下来的时间，用她的话来说，"保持自己作为一名歌手和声乐推动者的状态"。这意味着她会进行一系列的体育锻炼、发声练习和钢琴练习。之后，她吃午饭，再读一会儿书，用整个下午来构思新的表演。这是一项缓慢且充满了不确定性的工作。蒙克在2017年时表示："我喜欢从零开始创作一件作品，尽管一开始非常冒险且令人感到恐惧。有时候，恐惧会让位给兴趣和好奇心。多年来，我已经学会了如何在未知中忍耐和闲逛。也正是从那里开始有所发现。"

在这个过程中，蒙克主要通过钢琴来尝试新音乐和人声创意。她在自己的音乐笔记本上记录正在做的事情，但主要还是通过一个四轨录音机来捕捉自己的新发现。"上帝眷顾，如果这些四轨录音机不再存在可怎么办，"蒙克说，"因为我真的尝试过其他的数字设备，它们对我来说太慢了。"当她在创作跨领域的作品时，蒙克通常会画画、制作充满各种元素的图表或是创建空间地图来帮助自己把握整体的结构。对蒙克来说，典型的午后工作时间会持续大约4个小时。之后，她会吃晚饭、处理信件、会见朋友、读书或看电影。这些独自创作的时间对蒙克来说弥足珍贵，尤其是在麦克道威尔艺术村的时候。她说："你可能会度过糟糕的一天，但你知道还会有第二天。那种一个人有时间、有空间去真正思考的感觉是非常奇妙的。"

相比之下，蒙克在纽约的日常生活大都围绕着为即将到来的演出排练展开。她会在早上完成一个静修日的缩略版：冥想、发声、钢琴练习和单独工作，总共大约四个小时。在很长一段时间里，她都在家中作曲。但是因为她所在的"翠贝卡"社区正在进行"墙到墙建设"，所以她不得不前往当地一所音乐学校的排练室工作。下午或傍晚时分，蒙克的合奏团会和她一起在她的阁楼里进行排练。排练通常持续四个小时，他们会先从嗓音和身体的热身开始。蒙克通常会将自己想要在排练中完成的事情写下来或录下来。由此，她就能看到或者听到自己的团队是否完成了目标。将个人的创作带入到一个共同演绎创作的环境里必然会让作品有所改变，所以她每天早上会再次回到作品本身重新思考并做出一些调整。在这个过程的所有阶段中，蒙克始终努力地想要"与材料融为一体"，她说，"无论是创作还是表演，这是一个终极目标"。当这种情况发生时，她说："你的意识会非常精确、专注。与此同时，你又是绝对开放并深度放松的。不是说你缺乏精力，而是说一种深沉有力的放松状态，它让你觉得自己有充足的空间，并对当下正在发生的一切都清晰明了。当你和其他人一起表演时，也是一样的。我和我的合奏团会仔细聆听我们生命中的哪怕一斤一两。"

格蕾丝·佩雷

Grace Paley，1922—2007

佩雷是一名政治活动家、教师和作家。她的作品有诗歌、散文和三本文字生动且高度压缩的短篇小说集。这些短篇小说与美国小说界的其他作品均不相同。1976年，一位采访者问佩雷，她是如何在从事政治工作、教学，担负起妻子和母亲职责的同时，还能写出如此出色的作品的？她回答说："我记得曾经有人问过我这个问题，我给出的是我一贯坚信的答案：纯粹的不在意。"

> ……然而，实际上，我认为任何有趣的生活都有吸引力。所以，我被这些东西吸引是很自然的。当你有了孩子，你就不会想要把他们交给别人照料。孩子的成长过程非常有趣。如果你拱手相让，那岂不是会丧失很多乐趣。并不是说，我不想要自由。当然要，而且还要兼得。会有一种被拉扯的感觉，但是看在老天的分上，我们都只活一次。所以，能够尽你所能是种福气。我不会放弃任何一件事。关于这一点，我同很多妇女团体都聊过，因为我觉得无论你得到了什么，那都是你在这个世界上应该得到的。没有什么是你应该放弃的。我觉得恰到好处的贪婪是生活的一种方式。

佩雷的故事通常以一句话开始，一个"绝对能引起共鸣"并暗示出人物和背景的句子。在此之后，写作会缓慢推进。"我几乎总是在一页或一段之后就卡住了。这个时候，我就必须要思考我写的这个故事究竟是关于什么的，"她说，"我会

'另起炉灶'，可能和前面的段落没有直接的关系。故事的感觉才是第一位的。"让写作持续往前推进的是压力，不是来自截稿日期的压力，而是一种内在的想要将故事讲完整的压力。"艺术来自不断的精神困扰，"佩雷说，"就好像自己被窃听了一样。"

气球、宇宙飞船、
潜水艇、衣橱

苏珊·桑塔格

Susan Sontag，1933—2004

"总有一天，人们不得不在生活和项目计划之间作出选择。"桑塔格在 1978 年的一次采访中说。她从来没有怀疑过什么对她来说是最正确的选择。自从小时候在亚利桑那州图森市的一家文具贺卡店里发现了现代图书馆（Modern Library）出版的书籍之后，桑塔格就下定决心要为了自己渴慕的那个作家、知识分子的世界而逃离"童年，我那漫长的监牢"。多年以后，她说："我从不觉得我会过不上自己想要的生活，也从不觉得有什么东西会阻止我……我有一个简单的信念：那些心怀梦想出发却未能践行梦想的人只是因为他们中途放弃了。所以，我想，好吧，我不要放弃。"

在追逐梦想的道路上，桑塔格稍微浪费了点时间。她 15 岁高中毕业，16 岁进入芝加哥大学，17 岁结婚，一年半后生下了儿子。她的丈夫是一位比她大 11 岁的社会学讲师。就在他们初次见面的 10 天后，他就向她求婚了。尽管桑塔格一开始对两个人作为大学知识分子的生活感到兴奋，但是由于缺乏激情，她在 1959 年选择结束这段婚姻，并带着 7 岁的儿子搬到纽约重新开始。尽管当时生活拮据，但是桑塔格还是拒绝了前夫的赡养费或子女抚养费。她先在《评论》杂志找到了一份临时的编辑工作，后来又从事过一系列的教学工作。几年内，她出版了一部小说，并开始撰写那些让她日后成名的文章。

桑塔格的成功在很大程度上要归功于她好似永不枯竭的精力：从她到达纽约的那一刻起，她就想要读每一本书、看每一部电影、参加每一个派对、参与每一次谈话。她的一位朋友半开玩笑地回忆说，她"一周之内看了25部日本电影、读了5本法国小说"；另一位朋友说，对桑塔格而言，"每天读一本书的目标一点也不高"。她的儿子大卫·里夫（David Rieff）后来写道："如果我必须选择一个词来形容她在这个世界上的存在方式，那就是'渴求'。没有什么是她不想看、不想做或不想知道的。"桑塔格本人也认识到这种渴求的价值。1970年，她在日记中写道："再一次地，我比以往任何时候都清晰地认识到，生活就是一个人活力程度的问题。"她随后又添加道："我想要的是：活力、活力、活力。不要再想什么高贵、宁静、智慧了——你这个白痴！"

桑塔格永不厌倦的好奇心让她的作品充满了大量的参考资料和不容置疑的权威气息，但与此同时也让她难以真正安静下来进行写作。尽管她深知每天坚持写作是最好不过的，可惜她始终都未能做到。相反，通常到了截稿日期，到了无法再忽视、再拖延的最后关头，她不得不一连18个、20个甚至24个小时"被迫长时间地紧张工作"。而且，她似乎总是需要在正式动笔前不断地对自己加压，最主要的原因是她发现开始写作非常困难。"我完全不是那种信手拈来、落笔成文、稍作修改就能交稿的作家，"她在1980年时说，"我的写作过程既艰难又痛苦，初稿往往令人不堪卒读。"她说最难的部分就是写出草稿；之后，她至少有事可做。大多数情况下，她会一改再改，譬如10次、20次。所以，她往往需要好几个月才能完成一篇文章。随着时间的推移，她的出稿速度越来越慢，例如她花了5年时间才完成了她在1977年出版的具有里程碑意义的论著《论摄影》中的6篇论文。

桑塔格的另一个困难是不知如何独处。她显然是一个喜欢热闹、喜欢和人聊天的人。她讨厌一个人待着。她知道这个特点对作家来说是不利的。她在1987年说：

> 卡夫卡幻想自己能在某个建筑物的地下室里开一家店，一天两次有人在门外投喂。他说：为了写作，怎么孤单都不够。我想象自己在一只气球里、一艘宇宙飞船里、一艘潜水艇里或是一个衣橱里写作。它们会带着我去往任何一个没有人

的地方，而我两耳不闻窗外事，只专心致志地聆听自己的声音……我决定不接电话，不出去吃饭，一味地向内生活。这是一份寻求孤独的努力，因为我知道自己不是一个喜欢隐居的人。我喜欢和人在一起。我一点儿也不喜欢孤独。

不过，在写作之初，她一点儿也不孤单。在完成第一部小说《恩主》（*The Benefactor*）及其他早期散文的过程中，桑塔格不仅要照顾年幼的儿子，还要同时兼顾好几份工作、处理好几段恋情并如饥似渴地参加各种文化活动。她是怎么做到这一切的？一方面她避开了传统意义上身为母亲理应要做的一些事情，譬如做饭。她从来不觉得做饭是什么头等大事。在1990年的一次采访中，她开玩笑地说："我从不给大卫做饭，只会加热而已。"在另外一次采访中，桑塔格说大卫"是在大衣堆里长大的"。这里的大衣是指她带着儿子去参加不同的派对时，那些在床上堆放的大衣外套。至于写作冲动，桑塔格后来告诉作家西格丽德·努涅斯（Sigrid Nunez）说她只是顺其自然，让冲动自行发挥作用。她说："在写完《恩主》的最后几页时，我已经连续好几天没吃没喝、没睡觉、没换衣服了。到最后，我连自己点支烟的时间都没有。我一边打字一边让大卫站过来帮我点烟。"努涅斯补充说："她写《恩主》的最后几页时是 1962 年，大卫当时才 10 岁。"

这一切都是在桑塔格开始服用抗抑郁药物德赛美（Dexamyl）之前发生的事情。桑塔格的儿子大卫说，自 20 世纪 60 年代中期开始一直到 20 世纪 80 年代，她都依赖德赛美进行写作，尽管"剂量在逐渐减少"。

桑塔格通常会先躺在床上，伸长双手写出草稿，而后再移到桌前。她早期使用打字机，后来使用电脑修改文稿。写作对她来说意味着日渐消瘦、头痛、背痛、手指痛、膝盖痛。桑塔格说自己想要以一种不那么痛苦的方式写作，然而她从未认真尝试过改变；她似乎需要这个自我摧残的过程。1959 年，她在日记中写道："写作就是自我消耗，就是赌博。"她觉得只有长时间地逼迫自己，才会产生好的想法。另外，她也承认，在某种程度上，这一切让她感到"兴奋"。她喜欢引用演员、剧作家诺埃尔·考沃德（Noël Coward）的话："工作远比玩耍有趣。"

琼·米切尔

Joan Mitchell，1925—1992

美国画家米切尔具有一种在抽象的构图中让人联想起自然景观的超凡能力。诗人约翰·阿什贝利（John Ashbery）曾评论说："看她的画你会有一种她在描绘某个地方的感觉，尽管你不知道它在哪里。"事实上，她大都在夜间伴着荧光灯作画。20世纪50年代，米切尔住在纽约东村的一个单间工作室里，经常睡至午后才起床，日落时分才开始作画。她会放置好唱片机上的唱头，在大声的爵士乐或古典音乐的背景音中开启一天的创作。米切尔说是音乐让她"更易于触碰到自己"。同时，这也是一个信号，她的一位前邻居回忆道："让别人知道她正处于'绘画模式'，请勿打扰。"

那时的米切尔应该已经小酌了几杯，大多数日子里，她会在下午5点左右喝酒。稳定地狂饮啤酒、苏格兰威士忌、波本威士忌、杜松子酒或夏布利——她并不挑剔。但是，她又对人们关于抽象表现主义画家在醉酒后将颜料泼到画布上的说法颇为敏感。传记作家帕特里夏·阿尔伯斯（Patricia Albers）说："至少有一次，她让一位年轻的艺术家发誓永远不要告诉任何人，她或她的同事会在工作室里喝上几杯。"这当然与事实相去甚远。米切尔曾对一位朋友坦承："如果不喝酒，就没法作画。"

米切尔的创作时断时续。她会在那么决定性的几笔之后，一直退到工作室的另一头去看画布上的作品；这时候，她会更换唱片，接着再仔细端详，也许会再走上前画上几笔，也许不会。她进展缓慢，有时甚至花好几个月的时间才能完成一幅作品。"'行动绘画'这个说法很可笑，"米切尔在1991年说，"我没有什么'行动'可言，寥寥几笔之后就会坐下来看着它，有时候一看就是好几个小时。作品最终会告诉我要接着做什么。"

1959年，东村工作室的租约到期后，米切尔和同伴、蒙特利尔出生的画家让－保罗·利奥佩尔（Jean-Paul Riopelle）一起搬到了欧洲。两人先在巴黎定居多年，后来在1967年，借由从祖父那里继承的一小笔遗产，米切尔在距巴黎西北约35英里、一个名为韦特伊（Vétheuil）的小村庄购买了一处两英亩的乡村庄园。莫奈曾于19世纪70年代居住于此，但是米切尔并不喜欢这种联系。1968年，米切尔、利奥佩尔和他们的5只狗正式搬到了韦特伊。几年后，一位到访的评论家问她："你的创作日常是什么样的呢？会早起吗？"米切尔笑着说：

不总是。中午1点吃午饭。同霍利斯（她的助手和朋友）一起，或者我一个人。下午，我会玩会儿填字游戏，听会儿心理健康访谈的节目……人们给节目打电话诉说自己的问题。如果自己没有类似的困扰，就会自我感觉良好许多。

冬天时，下午4点半左右天就黑了。我会去喂狗，否则在狗窝里看不清楚。夏天时，会晚一点。让－保罗大概在晚上7点半到9点之间回来和我吃晚饭，接着看会儿电视。之后，我也许会去画画。或者，不看电视直接开始画画。一直从晚上10点画到第二天凌晨4点。大概就是这样。当然，也有状态不好的时候。

状态不好的时候，会找不到感觉，而且一切都失去了色彩。我也会抗争。它不是周期性的，可能就是一种警戒。但是，我不想耽搁于此。我听音乐，走路去城里，依然试图保持一种活跃的状态。如果再开始工作，问题就消失了。这是我唯一的乐趣。当我全身心地投入工作，我不会想到自己。

1981年，米切尔同利奥佩尔正式分手。她开始独自在韦特伊居住，尽管依然有狗以及络绎不绝的朋友和访客陪伴。米切尔是出了名的浑身带刺，但是她同时又热情好客，喜欢用美酒佳肴招待大家。晚宴结束后，她会洗好碗，而后出门步行或跟跟跄跄地前往工作室。她将住宅后方一间游戏室改成了工作室。据阿尔伯斯说，她会在"自己的救命袋里装一瓶'蓝方'威士忌、两三本诗集，偶尔也会有几封信"。这个工作室就是她的私人避难所。她常年将工作室上锁，而且睡觉时一定要把钥匙藏在枕头底下。后来，工作室的洗手间出现了问题。可是，她因为不想让水管工走进自己的私人领地便一度拖延，迟迟没有修好。她的一位朋友说："对她而言，工作室就像是能够让一只动物感到安全的隐秘天地。"

不过，事实可能恰好相反。对米切尔来说，工作室是一个让争强好胜的艺术家放松心态，愿意尝试冒险的地方。她曾经说道："没有人不是在最柔软、最脆弱的时候才开始画画、写作或感受世界的。"而且，她补充道："一个人唯有足够坚强方能真正脆弱。"

玛格丽特·杜拉斯

Marguerite Duras，1914—1996

对杜拉斯来说，写作与其说是创作还不如说是发现，或者更准确地说是对抗。写作意味着去发现在她无意识中早已存在的、完整的、等待着她去揭示的东西。她发现揭示的过程令人生畏，甚或让人恐惧。这无疑是因为她的小说就取材于她痛苦不堪的童年生活。杜拉斯最出名的作品应该是 1984 年出版的小说《情人》，讲述了一个法国女孩与一位年长且富有的中国男人之间的情感纠葛。她基本上是以小说的虚构方式真实还原了自己在法属印度支那一个贫困家庭的成长经历。杜拉斯在谈到自己的创作过程时说："就好像我要拼尽全力地处理一个危机。那是一种征服的感觉。我在写作时会感到害怕，就好像周围的一切正在摇摇欲坠。文字是危险的，犹如火药和毒药。文字是有毒的。我会有一种不能写、不能做这件事的感觉。"所以，她不经常动笔且没有时间计划表也就不足为奇了。每一次，都是"想法"先找到她，让她着迷，沉浸其中。1950 年，她在 8 个月之内写完了小说《抵挡太平洋的堤坝》（*The Sea Wall*）。传记作者劳尔·阿德勒（Laure Adler）说："从早上 5 点到晚上 11 点，她一直在伏案写作。"到了晚上，她会喝点酒让自己将一切抛诸脑后。1991年，杜拉斯在彻底戒酒后说："我是一个作家，但曾经也是一个酒鬼。一开始，我喝红酒入睡，后来换成了干邑白兰地。我每个小时喝一杯葡萄酒，早上喝完咖啡又接着喝白兰地，之后才去写作。如今回头再看，我都惊讶于自己是如何还能写作的。"

佩内洛普·菲茨杰拉德

Penelope Fitzgerald，1916—2000

菲茨杰拉德在20世纪80年代向她女婿的姐姐提出了一些写作建议。对方当时是英格兰西约克郡的作家村里一位怀抱着诗歌创作梦想的管理员。菲茨杰拉德对她说："我希望你冷酷无情，给自己买一台最好的打字机，忽视所有来找你的朋友，对村里的鸡舍或报名参加写作课程的学员情况漠不关心，否则你根本没法创作。"菲茨杰拉德的这番话源于她的切身经验。在20世纪30年代，她是牛津大学的明星学生，大家都觉得她会踏上一条卓越辉煌的文学创作之路；然而，她直到58岁才出版了自己的第一本书——一本传记。在之后的20年里，她相继出版了 9 部小说、2 本传记共 11 本书。最后一部小说《蓝花》（*The Blue Flower*）让 80 岁高龄的菲茨杰拉德成为了一位文学名人。从牛津毕业到出版第一部书，菲茨杰拉德在漫长的岁月里不得不面对家庭危机、经济窘迫以及做不完的苦差事。有很长一段时间，她甚至一度放弃了自己。她在 1969 年写道："我一直将艺术看作人生的重中之重；可是，对于自己没有用生命去追寻它，我也并不后悔。"

菲茨杰拉德其实一开始有着一个看似光明的写作前景。她毕业后成了一名影评人和书评人，同时还是英国广播公司的编剧。她还和丈夫一起编辑出版月刊文化杂志《世界评论》（*World Review*）。她曾在这本杂志上发表过大量的文章。然而，谁也没有想到，《世界评论》倒闭了。她的丈夫重回早已被耽误的法律事业，最终失败了。更糟糕的是，他开始酗酒解愁。此时的菲茨杰拉德带着 3 个年幼的孩子。她发现一家人的经济状况日趋恶化。1960 年，菲茨杰拉德搬进了一艘停泊在泰晤士河上的船屋。尽管摇摇晃晃的船屋并不适于居住，但它是当时伦敦最便宜的住所。船屋又冷又潮，涨潮时漏水，退潮时又倾斜着陷进泥泞里。菲茨杰拉德一家的船屋最终连同这个家庭的大部分财产沉没了。

就在一家人住进船屋的那一年，菲茨杰拉德开始教书赚钱。这份工作她持续做了 26 年，一直做到了 70 岁。对于一个受过良好教育却又没有其他选择的中年女人来说，教书是最显而易见的一个选择。然而，她并不喜欢。"阅读高中生粗制滥造的文章，让我有一种浪费生命的感觉。可是，现在考虑这个已经太迟了。"她在一封信中写道。实际上，她并不像信中写的那么绝望，或者说并非一直如此。在教书后期的几年里，菲茨杰拉德开始偶尔进行创作。她在学生作业的背面做笔记，在学生考试时修改草稿，并尽可能地偷取所有的片刻闲暇——"我在狭小、嘈杂的教研室里抓住所有的空档，内心涌动着疲惫不堪、种种忧虑和担心被人苛责的暗流"。

直到 1971 年，菲茨杰拉德才得以回归，或者说，真正开始自己的文学生涯。那一年，她 55 岁，最小的孩子也即将离开家独立生活，而她一路坎坷的婚姻最后也成了美好的友谊。几十年来，菲茨杰拉德第一次有了属于自己的写作时间和精神空间。她开始为第一本书——英国维多利亚时代的画家爱德华·伯恩·琼斯（Edward Burne-Jones）的传记做起了研究工作。她往往在下班后的夜晚写作，时常因为没有精力写太长的时间而心生责备。1973 年，她在给女儿玛丽亚的信中写道："我对自己晚上无法做更多的事情而感到非常恼火。这种状态必须停止。我几乎不出门，理应可以做到更多。一个人总要证明自己存在的价值。"

菲茨杰拉德用了四年的时间完成这本传记，开始了她迟来的向外输出。她在接下来的五年里出版了六本书，其中包括一系列描写她中年经历的短篇小说。例如，获得布克奖（Booker Prize）的《离岸》（*Offshore*）就取材于他们一家人在船屋的不幸经历。如果说她从不觉得自己发挥出了所有潜力，她至少知道自己找到了作为小说家的合适题材。1998年，菲茨杰拉德说："我有自己坚信的东西。我指的是那些生来注定要被打败的人的勇气，强者的弱点，以及误解和错失机会的悲剧。我尽量把所有的苦难看成一出喜剧，否则，如何能承受得起？"

芭芭拉·赫普沃斯

Barbara Hepworth，1903—1975

1961年，英国抽象雕塑家赫普沃斯说："从最根本上讲，我是一名雕刻师，始终痴迷于石头、木头的特性。"她的创作从手边的原始材料开始，在与一块木头或石头所蕴含的"生命"产生连接之后，逐渐生成雕刻的想法。在动手之前，她会先行想象出最后成品的样子。赫普沃斯在1967年解释说："我觉得首先要陷入沉思，而后它最后的样子就会展现在你的脑海中。"

赫普沃斯从不觉得自己的创作过程有多么神奇或神秘。她说"我所做的不过是一份普通的日常工作"，尽管她也承认抽象雕塑家所做的是一份"耗费心力的工作"。赫普沃斯一天工作8个小时。她觉得工作时间越长，效果越好。"你必须长时间地工作，才能看到有实质性的进步。"她曾对一位来访的采访者说，"例如，像这样的一块石头，在你花费大量时间进行雕刻创作之前，它看上去不会有什么太大的不同。我喜欢从早上8点左右一直工作到晚上6点左右。"

那是1962年，赫普沃斯59岁，四个孩子也已长大成人。在抚养照顾孩子的日子里，她的工作时间绝不会如此连贯。在谈及孩子年幼的那些日子时，赫普沃斯说：

> 我必须严于律己才能保证每天都工作一会儿，哪怕是10分钟。抱怨说"哦，今天真糟糕；孩子不舒服，厨房要收拾……明天可能就好了"，这样的话很容易。可是一旦如此，接着你可能会对自己说下周就好了，或者孩子大了就好了。

你由此也就失去了自我发展的机会。我觉得如果你始终和自己想要做的东西有密切的联系，那么你的想法会在背后一直发展，即使被打扰、有中断。你实际上会成熟得更快。也许，你的雕刻做的不多，但是一旦你有时间全身心地投入工作，那么你的作品也会快速地成熟起来。

实际上，赫普沃斯坚称生养孩子并没有阻碍她成为一名艺术家。而且，她对孩子们占用自己的时间也没有丝毫的不满。也许，她的第一任和第二任丈夫也是艺术家的事实让她获益不少，因为他们有着灵活的时间安排，至少能够在某种程度上一起照顾孩子。"我们的生活有工作，有孩子的成长，有琐碎脏乱，有涂涂画画所有这一切，"赫普沃斯说，"孩子只是其中的一部分。"

从1939年开始直至生命的尽头，赫普沃斯一直在英格兰西南端附近的康沃尔郡的圣艾夫斯（St. Ives）生活和工作。一年中的大部分时间里，只要天气允许，她就会在户外工作。"自然光和空间就像木头或石头一样，是雕塑家必不可少的材料。"她说。她通常会一次性创作多件雕塑作品。随着年龄的增长，她雇用了好几名助手来协助自己。她每天坚持工作，直至在工作室的一场火灾中意外去世，享年72岁。她将雕塑比作玩牌。她说："我自己并不玩牌，但会疯狂地对自己的作品下赌注。你必须发挥自己的直觉。你必须有一种激情，一种沉迷其间的感觉。我的想法是要拼劲全力。除非开始下一部作品，否则没有什么是我真正在乎的。"

斯特拉·鲍恩

Stella Bowen，1893—1947

澳大利亚画家鲍恩曾在伦敦学习艺术，并在那里结识了埃兹拉·庞德、T. S. 艾略特和小说家福特·马多克斯·福特等一批文学先锋派的代表人物。她与福特坠入爱河并于1918年结为夫妻。那一年，她25岁，福特44岁。婚后第二年，他们一起搬到了苏塞克斯（Sussex）的一间乡村小屋。当时，已经出版了《拥有明亮眼睛的女士们》（*Ladies Whose Bright Eyes*）和《好兵》（*The Good Soldier*）两部作品而声名鹊起的福特决心在英国乡间以养猪为生。1920年，鲍恩在此生下女儿。几年后，随着福特的农村梦想彻底破灭，他们为了逃离寒冷潮湿的英国冬季，搬去了法国南部，后来又定居巴黎。福特在此期间一直在写小说，并用一年的时间编辑了《跨大西洋评论》（*Transatlantic Review*）；而鲍恩在照料女儿的同时不仅要努力抽出时间来画画，还要拖着疲累的身心照顾有诸多需求的丈夫。鲍恩后来写道，福特"是一个制造混乱的天才。面对结果，无论好坏，他都会一惊一乍，紧张恐惧到不行"。在两个人的关系中，鲍恩就是一切动荡的"减震器"：她支付账单，对福特隐瞒家中背负的债务信息，时刻保护着他———一位敏感的作家免受世俗的惊扰。福特在一部作品即将完工时，会要求在他做完一早的工作前谁也别和他说话，谁也别让他看信件。与此同时，他还会纳闷为什么鲍恩不能像他一样持续稳定地工作。在回忆录《从生活中汲取灵感》（*Drawn from Life*）中，鲍恩写道：

> 福特总也不能明白为什么我和他一起生活时很难提笔画画。他觉得是因为我缺乏意志力。没错，但是他根本没有意识到，如果我全情投入，那我的生活轨迹将完全不同。我不会在他面对日常工作的压力时照顾他，不会在他有需要的时候陪着他走路、说话，更不会站在他与周遭环境之间保护他。艺术追求不只是有没有时间的问题，更是有没有自由灵魂的问题。后来，当我真的有了更多空闲的时间，我依然受

制于和他的关系，因为他的高需求总会让人神经紧张……我爱他，既幸福又沉迷。我没有为自己留下半点空间去滋养我独立的灵魂。

鲍恩和福特曾一度在巴黎试图找到一个可以互惠的工作模式。他们一起租用了一间带有平台的工作室，福特在上面写作，而鲍恩在下面画画。这个时候，他们五岁的女儿则和家庭教师一起住在离巴黎市区约 20 英里的盖尔芒特（Guermantes）的一间小屋里。她平时从那里去上学，鲍恩和福特则和她一起过周末。尽管鲍恩非常想念女儿，但这个安排似乎适合他们每一个人。然而，如此和平共处的创作佳期最终却被证明只是一段人生插曲。鲍恩很快便发现福特与一位名不见经传的 34 岁女作家有染。她名叫埃拉·朗格莱（Ella Lenglet），后来在福特的建议下，取了笔名简·里斯（Jean Rhys）。1928 年，鲍恩和福特正式分手。尽管他们随后又上演过诸多复杂的情况，但是离开了福特的鲍恩终于能够专心创作。在他们分手三年后，鲍恩举办了第一次个人画展。然而不幸的是，由于经济压力，鲍恩无法长时间地专注于艺术追求而不得不接受委托画肖像画。在她写回忆录的 1940 年，鲍恩终于可以欣慰地说自己成了一名受人尊敬的画家，但与此同时，她又无法避免地慨叹道，如果不曾将那么多心力倾注在他人身上，她原本可以取得更大的成就。"如果你是一个女人，想要过属于自己的生活，那你最好在 17 岁就坠入爱河，被引诱、被遗弃，孩子也离你而去，"她写道，"一旦你历经这一切并活了下来，你一定会走得更高更远！"

凯特·肖邦

Kate Chopin，1850—1904

肖邦在圣路易斯（St. Louis）长大，20 岁结婚，婚后随丈夫一起搬到了新奥尔良。在那里，她的丈夫经营着一家棉花经纪公司。在接下来的九年时间里，肖邦一共生了六个孩子。1882 年，肖邦的丈夫死于疟疾。几年后，她带着全家搬回了圣路易斯，并开始小说创作。1889 年，她发表了第一篇作品。1890 年，她出版了第一本小说《过错》（*At Fault*）。在随后的十年时间里，肖邦写了约一百篇短篇小说。随着作品在《大西洋月刊》和《时尚》等全国性杂志上成功发表，她也拥有了越来越广泛的读者群。肖邦没有什么写作时间表，甚至也没有一间单独的工作室。她的女儿说她更喜欢"在孩子堆里"写故事。在她最著名的小说《觉醒》（*The Awakening*）出版的六个月后，她在 1899 年 11 月为《圣路易斯邮报》（*St. Louis Post-Dispatch*）撰写的一篇文章中回答了有关她写作过程的常见问题：

> 我如何写作呢？在我的书桌上，放着一张白纸、一支笔和一瓶我在街角的杂货店里购买的墨水。哦，那里总有全城最好的东西。
>
> 我在哪里写作呢？我坐在窗前的一张莫里斯椅子（Morris chair）上，望着窗外的几棵树和一片天空，它或多或少总是蓝色的。
>
> 我什么时间写作呢？我真想在这里用句俗语，回答说"任何时候"，但它似乎让我流露的自信里有了些许玩笑的成分。哦，不，我想尽可能地保持写作的严肃性。所以，我会说我在早上写作，但是我又没有那种强烈的愿望想要把它变成一种惯例。一到下午，我总是无法抗拒用新的家具抛光剂翻新旧桌腿的诱惑。夜幕降临，随着年龄增长，我愈来愈觉得晚上就是用来睡觉的。

根据传记作家佩尔·塞耶斯特德（Per Seyersted）的说法，肖邦"平均每周只花一两个早晨写作"，而且是要在有灵感的时候。"有些故事似乎是它自己在倾诉，"肖邦说，"而有些故事不论你如何引诱、哄骗都无济于事。"肖邦的儿子菲利克斯曾亲眼见证过短篇小说喷薄而出的过程："我看到她连续好几个星期都毫无想法，可是突然间，她抓起笔，俯身在老旧的桌前（那是她的工作台）奋笔疾书，几小时之内就写完了，并将成品交给了出版商。"肖邦声称她几乎从不做修改，因为她觉得毫无必要，甚至会适得其反。"我完全受无意识的支配，"她写道，"在某种程度上，事实如此。所谓修改、抛光，对我的作品来说是灾难性的。所以，我避免这么做。比起人为的修饰改动，我更喜欢那种自然粗糙的完整感。"

哈丽特·雅各布斯

Harriet Jacobs，1813—1897

雅各布斯是一个出生在北卡罗来纳州伊登顿（Edenton）的农奴。在忍受了主人多年的性侵之后，她想方设法逃到了美国北方。她一开始在祖母的房子里躲藏了将近 7 年，住在一个 9 英尺乘 4 英尺大小的阁楼里，倾斜楼顶的最高处只有 3 英尺。雅各布斯只能夜间出来活动一下筋骨。这是雅各布斯在 1861 年以笔名琳达·布伦特（Linda Brent）出版的自传《女奴生平》（*Incidents in the Life of a Slave Girl*）中讲述的悲惨经历中的一件。雅各布斯原本并不想写这本书。当贵格会的废奴主义者艾米·波斯特（Amy Post）第一次提出这个想法时，她拒绝了，因为她不愿意再承受回想过去的痛苦。后来，当她意识到写作可能会"在某种程度上"为反奴隶制添砖加瓦时，她才认定这是自己的责任并开始动笔记录过往。

写作本身不是问题。雅各布斯之前的女主人曾在她小时候教过她读书写字、做缝纫。但是，如何找到写作的时间是一大挑战。到了 19 世纪 50 年代，雅各布斯终于摆脱了"逃犯"的身份。她的雇主科妮莉亚·威利斯（Cornelia Willis）在 1852 年买断了她的人身自由。她不得不工作谋生，成为了威利斯一家的保姆。她跟着他们一起在纽约和波士顿之间往返。1853 年，也就是她开始写回忆录的那一年，威利斯一家搬到了他们位于哈德逊河谷的新庄园——艾德怀尔德（Idlewild）。在这里，雅各布斯愈发孤独。她一周 7 天，一天 24 小时都在照顾威利斯家的 5 个孩子，包括那年夏天刚出生的一个小宝宝。为此，她筋疲力尽。每天晚上，只有当孩子们上床睡觉之后，她才能抽出时间写作。她在发给波斯特的一封信中吐露道："我白天连一页都写不了……要照顾小宝宝、大宝宝，还有很多的家务，真是抽不出时间来思考和写作。"在另一封信中，她抱怨说如果自己"能偷偷溜走，安静地拥有两个月"，她"会夜以继日地工作，尽管最终还是会打回原形"。其他时候，她也会语气乐观地说："这本书正可怜地处于蛹化阶段，虽然我现在无法将它变成蝴蝶，但我很满意让它同一些更卑微的虫子一起缓慢地往前爬行。"

几年下来，这本书终于有了它最后的样子。雅各布斯继续"不定期地，从家务中抽出来一个小时"进行写作，记录生活。经过四年的创作，她在1857年3月完成了这本书。在写序言时，她回忆道自己"时常会被打断或叫走，所以有时，她连自己写到了哪儿都不太清楚"。出版是另一项严峻的挑战。在多年的寻求之后，就在这本书出版的档口，美国南北战争爆发，雅各布斯的故事没能引发多少关注，甚至在随后的几十年里被人们彻底遗忘。一直到20世纪后期，这本回忆录才被人们再次发现，并得到了它应有的地位。雅各布斯的这本自传让我们看到了一个人在难以想象的逆境中坚持不懈并如实表达的力量。

玛丽·居里

Marie Curie，1867—1934

玛丽·居里和皮埃尔·居里连续在1898年7月和12月发表论文，宣布发现了钋和镭。为了证明自己的发现确定无疑，他们接下来着手分离出了它们的纯净形态。在早期的研究中，这对科学家夫妻假定在沥青铀矿中含有微量的新元素。但是，从沥青铀矿中分离出这两种新元素是一个异常艰巨的任务。居里夫人下定决心要排除万难进行尝试。皮埃尔曾向一位朋友吐露心声说，如果是他，他永远也不会这样做。他写道："我会走另一条路。"多年后，玛丽和皮埃尔的女儿艾琳（出生于居里夫妇发现新元素的前一年）也认为她的母亲是整个项目背后的主要推动力。"人们可以看到，"艾琳写道，"正是我的母亲，在没有人员、资金、资源的支持下，在一个仓库改建的实验室里，毫不畏惧地投入到了处理成吨的沥青铀矿，从而浓缩并分离出镭元素的艰巨任务之中。"

居里夫妇在缺乏研究机构和充足设施支持的情况下所取得的成就已经成为传奇。当索邦大学拒绝给他们提供实验室之后，这对夫妇在皮埃尔任教的学院里找到了一个大型仓库。这里之前曾被医学院的学生用作解剖室。后来，因为不合适而被弃用。里面几乎没有任何家具，而且屋顶漏水，唯一的取暖设备是一个古老的铸铁炉子。"它看上去就像一个马厩或者存放土豆的地窖，"一位曾经来过这里的化学家写道，"如果不是亲眼看到一个摆放着化学设备的工作台，我会觉得一切不过是场骗局。"不过，这个仓库至少还通往一个庭院。事实证明，它对居里夫妇存放成吨的沥青混合料残渣来说，是不可或缺的。

从项目的一开始，皮埃尔就主要处理物理问题，而玛丽负责需要付出艰苦劳动的化学问题。"我一次不得不处理重达20公斤的材料，"她写道，"所以仓库里堆满了装有沉淀物和液体的大容器。移动容器、转移液体、用铁棒搅拌铸铁盆里的沸腾材料（一次搅拌好几个小时）等等，任何一件都是累人的工作。"在分离工作之初，她有时不得不一整天站在沸腾的材料旁边，用一根和她一样重的铁棒不断地搅拌。"一天结束时，真是累到崩溃。"她写道。

尽管如此，居里夫妇在精神上却感到非常满足。"那是我们俩一起奋斗的英雄岁月，"玛丽写道，"尽管工作条件极其艰苦，但是我们感到幸福。"她后来回忆说："我们的日子是在实验室里度过的。在那个简陋的棚子里，我们享受着一种巨大的平静。有时候，在注意观察实验进展时，我们会走来走去，聊一聊现在和未来要做的工作。天太冷的时候，我们会走到炉火旁喝上一杯热茶让自己缓和起来。那种一心一意只做一件事的感觉，如今回想起来，犹如是在梦中。"

1899 年，居里夫人在写给姐姐的一封信中详细说明了他们那段时期的日常生活：

> 日复一日如此。工作很多，好在睡眠一直还不错，所以健康没有受到什么影响。晚上的时间都用来照顾孩子了。早上，我给她穿好衣服，吃完早餐，通常能在 9 点左右出门。今年这一年，我们没去过一次剧院，也没有听过一场音乐会，甚至都没有去过别人家做客。怎么说呢，我们感觉还挺好的。

实验的进度特别缓慢。就在居里夫人尝试提炼新元素的第三个年头，他们的资金开始短缺。皮埃尔又让自己多带了一门课，玛丽则成了一家年轻女子学院的物理学教授。她单程通勤的时间就要一个半小时，这大大减少了她在实验室里的工作时间。由于担心他们的健康状态，他们的一位朋友、同行写信给皮埃尔说：

你们俩不好好吃饭。两个人都是。我不止一次看到玛丽就着一杯茶咬两片香肠了事……我们有必要不让自己正在从事的科学工作不断地侵入生活的每时每刻……最起码，你们俩不要在吃饭的时候读物理、聊物理。

然而，居里夫妇没有听从朋友的建议。最后，经过45个月的艰辛努力，他们成功分离出了10克的纯镭，并成功地测定了它的原子量，正式证明了镭元素的存在。第二年，居里夫妇与首次发现天然放射性的亨利·贝克勒尔一起获得了诺贝尔物理学奖。居里夫妇一开始以工作量太大为由拒绝了在斯德哥尔摩发表演讲的邀请。不过，在1905年，为了能顺利领取奖金，他们只好踏上了前往瑞典的旅程。正是因为有这笔奖金，他们才得以聘请了实验室的第一位助手。尽管这笔钱解了燃眉之急，但是获得诺贝尔奖所带来的关注又让他们深受干扰。他们不想因此分心，只想安静地投入到科学工作当中。就在诺贝尔颁奖典礼结束后的第二天，玛丽写信给哥哥说他们被记者和摄影师重重包围，邀请函更是如潮水般涌来，但是他们大都拒绝了。"我们带着一种失望的情绪拒绝了他们，"她写道，"大家也都明白，我们也是无能为力。"

退隐与解脱

乔治·艾略特

George Eliot，1819—1880

玛丽·安妮·埃文斯以乔治·艾略特为笔名出版了包括《米德尔马契》（*Middlemarch*）在内的七部小说。《米德尔马契》被公认为英语文学中最伟大的小说之一。然而，对艾略特来说，写作从来都不容易。每次开始新作时，她都觉得自己江郎才尽，不会再达到之前的高度。就在她为了写作《米德尔马契》苦苦挣扎的时候，她重读了自己 1866 年的小说《费利克斯·霍尔特》（*Felix Holt*）。她告诉自己的长期伴侣乔治·亨利·刘易斯（George Henry Lewes）说："我再也无法写出那样的作品了，现在手里的东西就像是清洗木桶的漂洗液。"

那是 1872 年。就在那年夏天，为了不受干扰地工作，艾略特和刘易斯从伦敦搬到了乡下。除了艾略特的牙医和一位密友之外，没有人知道他们搬去了哪里。这种退隐之策在过去曾十分有效。住在乡下的艾略特通常上午写作，下午和刘易斯一起散步。正是以这种方式，她痛苦却也稳定地前进着。然而，写作中的艾略特总是疾病缠身；也许，恰恰是写作引发了疾病。在创作《米德尔马契》期间，艾略特饱受牙齿及牙龈疼痛的折磨；在 1876 年写作《丹尼尔·德隆达》（*Daniel*

Deronda）期间，她出现了抑郁症状。"写作时，我几乎没有一天是身体健康的。"她写道。艾略特在持续的痛苦中完成创作，这既证明了她的坚韧，也证明了刘易斯对她持久的影响。刘易斯不仅鼓励艾略特创作，更竭尽全力地为她提供各种有利条件。"我们彼此之间的爱与陪伴让我们如此幸福，"艾略特写道，"然而，我们最终也不得不面对生老病死。"

伊迪丝·华顿

Edith Wharton，1862—1937

在自传《我的纯真年代》（*A Backward Glance*）中，华顿将自己的生活截然分为两个"同样真实但毫不相关的世界"，它们"并肩而行，一样地引人入胜，却又完全地彼此隔绝"。一面是她的婚姻、家庭、朋友和邻居所组成的现实世界；另一面则是她每天早晨在床上创造出来的虚拟世界，那个她随手写在纸上并扔到地板上，再由秘书捡拾起来用打字机打出来的世界。华顿在马萨诸塞州的莱诺克斯（Lenox）有一座占地113英亩的庄园。她在这里完成了包括《欢乐之家》（*The House of Mirth*）和《伊桑·弗洛美》（*Ethan Frome*）在内的好几部小说。华顿总在早上工作，所以来庄园做客的朋友只能一早自娱自乐。到了上午11点或中午，他们等待的女主人才从私人空间里走出来，准备外出散步或是去花园劳作。但是，如果客人们需要一早找她聊天，华顿也会在卧室里接待他们。历史学家盖拉德·拉普斯利（Gaillard Lapsley）就是华顿庄园的一位访客。他后来对躺在床上工作的华顿进行了令人难忘的描述："在两侧的床头柜上放着电话、时钟和阅读灯。"他接着写道：

> 她穿着一件袖子宽松、领口处装饰有蕾丝花边的丝薄睡衣，头上戴着一顶同样材质也点缀着蕾丝花边的睡帽，帽檐垂过额头和耳朵，就好似灯罩一般……华顿雕塑般的脸庞就凸显在它的下方。膝盖处放了一块写字板，让人感到危险的是墨水瓶就放在上面，那时养的狗就蜷缩着躺在她的左手肘处，床上散落着信件、报纸和书。

这里强调的"那时养的狗"，是因为华顿一生养过很多条狗，有银狐犬、蝴蝶犬、贵宾犬、北京哈巴狗和一对名叫咪咪和咪萨的长毛吉娃娃。从孩提时代起，狗就给华顿带来了极大的安慰。在她生命的最后几年，华顿列出了自己一生的"主要热爱"，其中狗排第二位，仅次于"正义与秩序"，之后才是书籍、鲜花、建筑、旅行和"一个不错的笑话"。

在庄园的夜晚，华顿会对着客人朗读自己正在写的小说片段或是她最喜欢的作家作品。尽管她很高兴分享自己的写作进展，但却很少提及自己的写作过程。曾经做客庄园的一位客人回忆道："她很少或者几乎从不提及自己痛苦的创作过程，也不谈及自己为了尽善尽美而在寻找各种所需材料时所付出的巨大耐心。"不过，华顿有一个不言而喻的要求，那就是她必须每天遵循同样的工作时间表，尽量不要有任何变化。正如她在 1905 年的一封信中所说："家庭的日常琐事，哪怕是最轻微的干扰，都会让我彻底崩溃。"

安娜·巴甫洛娃

Anna Pavlova，1881—1931

俄罗斯首席芭蕾舞演员巴甫洛娃曾经宣称："在表演当天，大多数的芭蕾舞演员都不吃东西，但我不是！早上 5 点，我就会喝一杯肉汤、吃一块炸肉排和一份奶油甜点。表演时,喝带有面包屑的水。它让我精力充沛。演出结束后,我总是饿得要命,必须外出饱餐一顿。回家后,会再来杯茶。"

年轻的巴甫洛娃这时正在接受芭蕾舞演员训练。随着年龄的增长,她日益成熟,成为那个时代最伟大的舞者之一。她曾在俄罗斯帝国芭蕾舞团任职,并短暂地与谢尔盖·佳吉列夫(Serge Diaghilev)的俄罗斯芭蕾舞团有过合作。巴甫洛娃还是第一位全球巡演的芭蕾舞演员。她曾前往北美、南美、新西兰、澳大利亚、印度、中国和日本等地演出,传播芭蕾舞艺术。根据巴甫洛娃的丈夫兼经纪人维克多·丹德雷(Victor Dandré)的说法,巴甫洛娃即使是在世界各地巡演期间,"也依然严格遵循着时间表。她不允许自己的日常惯例受到任何干扰"。通常,她早上9点起床,10点在剧院开始大量的准备练习,先把杆后登台。这种练习会持续90—120分钟。训练结束后,她才和舞伴一起排练。下午1点,彩排结束,大家返回酒店吃午饭。午饭后,巴甫洛娃大约花30分钟看看周围的景点,下午6点左右再次返回剧院。不过,在此之前,她会先休息90分钟。

一到剧场,巴甫洛娃会自己化妆,接着最后一次走台,再戴上假发、补妆、穿好戏服,忍受演出正式开始前等待的折磨。"当灯光就位、大幕拉开时,她往往处于一种极度兴奋的状态。"丹德雷写道。在演出间隙,巴甫洛娃会根据需要更换服装、假发和妆容,并喝杯清茶。这个时候,她不会在更衣室里见任何人。演出结束后,她才会在后台热情地与当地观众见面。回到酒店的巴甫洛娃会吃一顿清淡的晚餐,喝不少茶,在睡前读书或聊天一个小时。她的每一次表演都会重复这个流程,多年来毫无变化。"在人们的想象中,芭蕾舞演员似乎过着轻佻浮夸的生活,但事实并非如此,"巴甫洛娃在第一次巡演结束后说,"我们必须在轻浮和艺术之间作出选择。两者无法相容。"

弗吉尼亚·伍尔夫

Virginia Woolf,1882—1941

在 1925 年为《时尚》杂志撰写的一篇文章中,伍尔夫称赞爱尔兰小说家乔治·摩尔(George Moore)"呕心沥血地送上了一份精美的礼物"。这句话完全可以用来形容伍尔夫自己的写作历程:断断续续、困难重重、不可预知。她在 1936 年

6月的日记中写道："美好的一天，糟糕的一天，交替轮回，周而复始。我想，很少有人像我一样写得如此煎熬；如果有，可能也就是福楼拜吧。"同福楼拜一样，伍尔夫也有着规律的工作习惯。在一生的大部分时间里，她坚持每天从上午10点工作至下午1点。她会在日记中详细记录工作进度，也会因产出不高而自责。传记作家赫敏·李（Hermione Lee）写道："她有着严格执行的日常安排。这一点，对她来说必不可少。上午，她先写小说或评论，午饭前后修改，再出门散步或打印。喝过下午茶之后，她会花时间写日记或写信。晚上用来阅读和会客。"她从不在晚上写作。"我不知道那些伟大的作家在晚上是如何工作的，"她在日记中写道，"我很久之前也尝试过。可惜，我发现自己的脑袋里装的全是枕芯，昏昏欲睡，一片空白。"

伍尔夫的规律生活得到了丈夫伦纳德（Leonard）的积极鼓励和支持。当然，这其中还有其他理由。就在他们1912年结婚后不久，伍尔夫经历了长时间的精神崩溃。这是她一生中多次精神崩溃中的一次。也正是从那时起，伦纳德承担起了不同的角色。他是伍尔夫的监护人、守护者、准父母，哄着她遵从医嘱。他监管她的社交生活，确保她不过度兴奋；记录她的饮食、写作，甚至生理期。在与几位医生和伍尔夫的姐姐凡妮莎·贝尔（Vanessa Bell）商议后，他们决定不要孩子，因为他们相信怀孕会摧毁伍尔夫脆弱的心理健康。许多传记作家都觉得伦纳德实属控制过度，但毋庸置疑的是，他相信伍尔夫的写作才华，并为它的蓬勃发展创造了有利条件。伍尔夫曾在一封信中写道："伦纳德觉得我的文字是我最好的地方。我们将一起携手努力。"他们的确做到了。"除非是因为生病，或是有安排好的旅行，否则我们不会休假，"伦纳德写道，"如果一周七天、一年中十一个月不是每天早上都在工作，我们会觉得这是不对的，并且感到不快。"

无论有规律的例行日常是否对伍尔夫的心理健康真有必要，她都发现这对她的写作大有裨益。伍尔夫认为写作需要一种持续的梦幻感。她在 1933 年的一次演讲中说：

> 小说家最主要的愿望是尽可能地处于一种不自觉的无意识状态。嗯，我希望自己没有泄露职业机密。必须让自己陷入一种长久昏睡的状态。让生活能够以一种特别安宁且充满规律的方式往前推进。写作时，想要日复一日地见同样的人、读同样的书、做同样的事。如此一来，没有什么会打破生活的幻境，也没有什么会扰乱或搅动那围绕在四周不易觉察、充满幻象、蓦然闪现的想象力和神秘感。

散步对保持这种状态至关重要。伍尔夫在伦敦时就喜欢"在街上闲逛";住到乡下后,她写道:"我特别喜欢走在低洼处……我喜欢广阔的天地,自由地漫步。"她形容自己在其他地方时总是在"四处追寻,咬文嚼字",唯有到了乡下,她才"能轻而易举地从写作的状态转入外出散步的状态,穿行在随风起伏的草地"。沐浴对伍尔夫的创作也至关重要。他们的佣人路易·埃弗雷斯特(Louie Everest)回忆说,伍尔夫在早餐后沐浴时总在自言自语,"她一直不停地说话,不停地说话,自问自答,让我感觉好像浴室里有两三个人一样"。

真有人在身边,对伍尔夫来说,反而是个问题。她写道:"如果真有人来,我也高兴;但他们一走,我是真欢喜。"在朋友眼里,她是一个漫不经心,甚至还有些粗鲁无礼的女主人。小说家 E. M. 福斯特曾做客伍尔夫位于东苏塞克斯郡的一间名为"僧侣之家"(Monk's House)的度假屋。他回忆道:"我对自己被他们'弃之不顾'多少有些恼火。这两个人,各读各的:伦纳德拿着《观察家》(Observer),伍尔夫捧着《周日泰晤士报》。他们忙于文学研究,直到午饭时间才现身。"不过,对伍尔夫来说,保护自己在工作时间不受干扰是一个明智之举。她在 1930 年的一封信中写道:"我一觉醒来,内心充盈着令人震颤却又稳定的狂喜。就在我带着装满了清澈深水的水罐穿过花园时，却不得不将它们全部抛洒出去，哦天，因为有人来了。"

凡妮莎·贝尔

Vanessa Bell，1879—1961

  如果说弗吉尼亚·伍尔夫是一位超然独立的观察家，在孤独的沉思中汲取创造的养分，那么她的姐姐凡妮莎·贝尔则完全相反。贝尔是一位有着忙乱生活的艺术家，在创作的同时养育孩子、经营恋情、照顾朋友，让出现在她生命轨迹里的每一个人、每一件事都感受到她的创造力。作为一名画家和装饰艺术家，贝尔在肖像画、静物画、书面设计和室内装饰方面都发展出了独特的风格。在个人生活方面，她蔑视传统，以一种打破成规、令人意想不到的方式让她不同时期的恋人们和平相处，甚至共处一室。所有这一切都得益于她看似与生俱来的魅力以及——用她之前一位情人的话来说——"惊人的处理实际问题的能力"。

  正是这些个人品质让她从 1906 年开始，成为具有传奇色彩的，由英国知名作家、艺术家和知识分子组成的布卢姆斯伯里（Bloomsbury）团体的主心骨。西里尔·康诺利（Cyril Connolly）称她是"布卢姆斯伯里团体里最坚定不移的支点"。不过，见证这个团体最活跃时期的不是伦敦的布卢姆斯伯里，而是贝尔1916年租用的一处偏远农庄——查尔斯顿。伍尔夫最早发现了这处农庄，而她自己的乡间小屋就在4英里外。在接下来的三年时间里，贝尔及家人就居住在查尔斯顿杂乱无章的三层农庄里；在之后的几十年里，它一直都是贝尔一家的度假之地。对访客来说，查尔斯顿就是一首优美的田园诗，是布卢姆斯伯里的理想在苏塞克斯乡间的完美延续。一位拜访过那里的客人曾这样回忆道，"全盛时期的查尔斯顿是如此地令人着迷。它铿锵有力的独特气质让我每一次离开它时都心怀感激。它让我感受到了那么多的快乐，体验到了无比丰富的视觉美好，还有那些价值连城的谈话。它所有一切都让你觉得那里的生命正在强而有力且充满意义地活着"。

除了贝尔，查尔斯顿还有其他的常住居民。首先是她的丈夫克莱夫（Clive），接着是保持了数十年亲密关系的邓肯·格兰特（Duncan Grant）。还有小说家大卫·"邦尼"·加内特（David "Bunny" Garnett），以及诸多轮流来访的朋友。他们当中最常来的有艺术评论家罗杰·弗莱、小说家 E. M. 福斯特、经济学家约翰·梅纳德·凯恩斯和伍尔夫夫妇。查尔斯顿的农庄里还有一位至关重要的人物——住家厨师，正是他的存在让贝尔的艺术追求脱离了家务劳动的干扰。信差到达后，克莱夫会抓起《泰晤士报》直接带去书房，而贝尔和格兰特会前往他们共用的画室。这间画室是在之前鸡舍的位置上建造的。尽管许多艺术家在创作时都无法忍受有人在场，但是贝尔和格兰特却能相安无事。他们经常一边工作一边用留声机播放古典音乐。贝尔的儿子昆汀（Quentin）如此形容他们俩的工作状态："他们俩就像是在马槽里并排站立的两匹身体健壮的马，各自心满意足地嚼着干草，无须交谈，只要对方在身边就很开心。"不过，贝尔最终还是想要一个属于自己的空间。她在1925年之后将顶层的一间客卧改造成了私人工作室。

在伍尔夫眼中，姐姐贝尔是一个平凡的天才，在脚踏实地的同时敢于抓住任何她想要的东西，令人羡慕。在与贝尔和格兰特共度一天后，她写道："我从未见过有人会像他们俩一样在炎热的天气里，犹如向日葵一般兴高采烈地哼唱着愉快的歌曲。"在他们的身上，"流淌着生命纯粹的欢喜，"伍尔夫继续写道，"他们并不璀璨夺目，但是却默默地有着自己自由的光芒"。尽管周围的人将贝尔生动地描述为一个通情达理，洋溢着幸福和创造力的女人，但是她本人的真实状态始终是一个谜。她停留在其他人热情洋溢的文字里，至于她内心深处的想法却似乎永远只属于她自己。她有时会对身边的密友表示，别人钦佩她的那些品质，她深表怀疑，她也担心社交活动会冲淡她的艺术感觉。她曾对伍尔夫说："我太过让自己三头六臂了。"

玛吉·汉布林

Maggi Hambling，1945—

汉布林是一位英国的画家和雕塑家。她令人回味却也颇具争议的肖像画、她表现滔天巨浪和汹涌大海的油画、她1998 年在伦敦西区安放的公共雕像《奥斯卡·王尔德》（*Oscar Wilde*）以及她 2003 年致敬作曲家本杰明·布里顿（Benjamin Britten）的海滨雕塑作品《扇贝》（*Scallop*）都让她闻名于世。自 20 世纪 70 年代以来，汉布林一直遵循例行日常。2017 年，汉布林说："唯有工作会搅动我的情绪，每天的工作几乎是一样的，所以我只能鼓起勇气前去冒险，让自己的作品进入前所未知的领域。"

汉布林每天清早 5 点准时醒来，她会喜滋滋地端着一杯茶直接去工作室。然而，一旦进入工作室，她原本乐观的情绪就会开始消退。"就像哈姆雷特一样，那种不确定性会立刻出现，"汉布林说，"怀疑是我永恒的伴侣。我每天做的第一件事就是在素描本上画画，重新找回感觉，就像钢琴家练习音阶一样。"接着，她会来一杯浓咖啡。这有助于她"做好准备"，迎接她那反复无常的缪斯女神。汉布林说："就在我认真考虑是不是要放弃的几天后，女神又突然降临，哦，这一切或许并非巧合。"她喜欢套用布朗库西（Brancusi）的话说："做一件艺术品并不难，难的是在合适的状态下去做它。"

上午 9 点，汉布林会稍作休息，吃下"健康却令人作呕的牛奶谷物片早餐和 12 颗维生素药丸"。下午 1 点吃午饭，之后带着她的西藏梗勒克斯（Lux）去散步，回来后打开电视满足她的网球瘾。另外一个让她着迷的电视节目是长期上演的晚间肥皂剧《加冕街》（*Coronation Street*）。"我总在晚上 9 点它结束前就在沙发上睡着了。"她说。

在观看网球节目和《加冕街》之间，每天晚上 6 点，"威士忌在招手"。汉布林会返回工作室和自己正在创作的作品

"说说话"。"看着它，我会有一种喜悦感，"她说，"可是第二天一早，我又会纳闷有什么可高兴的。"她毁掉过很多作品。她曾拿着史丹利刀在画布上"横冲直撞"，接着将残余物丢进篝火中。她在亲手毁掉作品的那一刻是什么感觉呢？"放弃和解脱。"即使是在稳定工作60年之后，她仍然对创作充满了巨大的不确定感。不过，在她看来，这是一件好事。"一切都必须是充满未知的实验，"汉布林曾在一部有关她作品的纪录片中说道，"否则，死定了。"

卡洛琳·史尼曼

Carolee Schneemann，1939—2019

先驱表演艺术家史尼曼自1964年以来一直住在纽约上州[①]一栋建造于18世纪的石头房子中。她早上醒来后会立刻开始写作，坐在床上，试图捕捉依然残留的梦境影像和想法。"我早上的头脑最清醒，"史尼曼在2017年时说，"梦境的片

[①] 纽约上州（upstate New York），美国口语中泛指纽约市及长岛地区以外的所有地区。

段还在，有时候，我会直接受到启发开始创作，而接下来的时间都在等待日常生活会散落下来的碎片。"史尼曼在床四周任何一张能找到的纸片上留下笔记，她从来都不担心如何组织或是事后找不到。"摆得到处都是，有时会收拾整理，有时就随意地堆在一起，"她说，"如果特别重要的，我会打字存入电脑。"

如果没有什么要紧事，史尼曼会在床上写一两个小时。而后，起身，喂两只猫，做早餐，去工作。她有两个工作室。一个是由楼上几个房间和走廊组成的"小工作室"；另一个则是从门前穿过田野才能到达的一栋独立建筑，她的"大工作室"。史尼曼的助手一周四天，每天从上午10点到下午5点来大工作室工作。史尼曼经常和助手一起花很多时间处理行政事务。随着她的绘画、艺术装置、表演、摄影和电影作品近几年来在美国愈来愈受到欢迎和认可，处理各式信件、后勤和行政的工作量也激增。创作新作品其实都是在办公时间之外完成的，只要她能抽出时间。"我无时无刻不在战斗！"她说，"一直在冲啊，冲啊，把所有的事情都搞定，这样我才能静下心来投入创作。而且，每个月，情况都在变得糟糕。得到的赞赏越多，我对时间的掌控就越少。账单越多，债务越多，税收越多，需要关注的人也就越多。"

史尼曼大概只能在晚上创作，尽管她已不可能像之前一样工作到很晚。"我仍然希望能工作到凌晨2点，但只能设法到午夜了。"她说。她每天工作，包括周末。当有人问她周末是否休息时，史尼曼笑了，"多么可笑的想法！"她说，"周末休息？去度个假怎么样？放个小假怎么样？退休怎么样？哦，不，不管怎么样，对我来说，需要有持续性。"除了处理办公室的杂务和照顾猫咪之外，她还有一件不得不做的事，那就是打扫卫生。尽管她能忍受乱七八糟的大工作室，但是她对自己居住空间的要求是一尘不染。"我是那种必须先洗完碗，把家里收拾干净，才能工作的艺术家。"她说，"这个癖好很烦人，但也只能如此了。"

玛丽莲·明特

Marilyn Minter，1948—

2017年，居住在纽约的画家玛丽莲·明特说："面对工作，我好像有强迫症。我喜欢工作，能从中汲取不可思议的能量，哪怕没有报酬，我甚至会花钱请人去做我做的事。"工作日的时候，明特大约凌晨2点上床睡觉，早上9点半左右起床。"我从来没有早起过，以后也不会。"她说。醒来后的第一件事是和丈夫以及他们的狗一起赖在床上"喝很多咖啡"并读书约一个小时。而后，她会步行或搭地铁从曼哈顿下城的公寓去往中城的工作室。出发之前，她通常会先和自己几位助理中的一位通个电话，梳理当天的优先事项，因为每天都不一样。明特的创作从照片开始。她会用图像处理软件 Photoshop 将照片进行组合、处理来得到自己想要绘画的图像。因此，她的一天是在拍摄照片、编辑图像、画画或将它们融合在一起中度过的。她尽可能地每天都抽出时间来画画。"当我真的很放松的时候，我才会画画，"她说，"画画的过程很治愈。我的绘画技术里包含一层又一层的半透明珐琅彩绘，所以非常耗费体力，感觉就像在做编织一样。特别有意思。"

明特往往及时完成工作以便能和丈夫共进晚餐。她会在睡前花几个小时放松身心，阅读书籍。她周末不工作。"一到周末，我的时间都属于我丈夫，"明特说，"我们互相妥协，或者说，我不被允许在周末工作。"明特没有过创作障碍，至少在她摆脱了长期的吸毒、酗酒之后，的确如此。回顾过去，她说："那段时间糟透了。"1985 年戒毒戒酒是她事业的决定性转折点。"从那以后，我一直处于一种兴奋的状态。"明特说。

约瑟芬·梅克塞珀

Josephine Meckseper，1964—

2017 年，梅克塞珀说："身为一名艺术家，最棒的是你可以创造时间，而不是被时间支配。"梅克塞珀出生于德国，现居纽约。长期以来，在如何以自己喜欢的方式度过时间方面，她经验丰富：小时候，她喜欢晚睡，因此拒绝早上 10 点前去上学。"我在卧室门上贴了一张纸条，上面写着：不要在 9 点半以前叫醒我。"她说，"我总是自己安排时间。"这或许是因为梅克塞珀从小在德国艺术家的聚集地沃普斯维德（Worpswede），与同样是艺术家的父母一起生活，而她的叔祖父、画家兼建筑师海因里希·沃格勒（Heinrich Vogeler）正是这个艺术村的创建人之一。

作为一名年轻的艺术家，梅克塞珀一直睡得很晚。她喜欢晚上工作，中午或更晚的时间才起床。现在，她每天早上 10 点起床。"我发现早上的时候会有比较不错的想法，"她说，"为了保护好或者延长那种美好的感觉，我不想冒险过早地进入现实世界。"在家时，她淋浴、吃早餐、做运动，喝一天当中的头两杯浓缩咖啡。大约到了中午的时候，梅克塞珀会从家穿过两个街区去工作室。她的工作室位于曼哈顿下东区一栋工业建筑的四楼。她会在那里喝第三杯浓缩咖啡，听助手们做简报。而后，她就开始着手"解决作品的概念和执行问题"。由于她的创作涉及大大小小的装置、绘画、摄影、录像等不同的媒介，所以她的工作非常多样化；在某个特定的下午，她也许正在查看一个3D模型或技术图纸，检查材料样本，会见制造商、制作设计师、电影摄影师和其他的合作者。

下午2点，梅克塞珀会停下来吃顿午饭。她的午饭总是当地咖啡馆的送餐员骑自行车送来的沙拉和冰咖啡。午餐后，她继续在工作室工作直到晚上8点。如果需要休息，大约一年也就一次，她会步行到附近的唐人街公园，她说："我会在那里看人群来来往往，打羽毛球或表演传统舞蹈。在一个与我的世界完全不同的世界里找到平静。"下班后，她会和朋友聚餐，直到凌晨一两点才去睡觉。

梅克塞珀并非必须遵循这个时间表，她也不认为这是一个时间表。"对我来说，一切都围绕着创作展开，而不是相反，"她说，"我不需要什么时间表或例行安排，因为你的想法和工作会自动将你填满。"所以，梅克塞珀从不觉得陷入了困境或是遇到了阻碍。实际情况刚好相反，她说，"我经常想法太多，不得不把自己拉回来，先专心完成一个项目"。她觉得自己往往在下雨天更有创意，所以一直希望纽约能多下雨。她工作时只有一个要求，那就是"无论如何，要喝咖啡，否则没法工作。我一天大概喝五杯浓缩咖啡。它们让我状态在线，同时也让我平静下来"。

杰西·诺曼

Jessye Norman，1945—2019

美国歌剧女演员诺曼在 2014 年的自传中写道：

我不太喜欢在上台前有任何仪式性的东西，事实上，我在开始表演生涯后不久就意识到，如果想要把演出做好，就需要尽可能地减少有仪式感的东西。当然，作为柏林德意志歌剧院一名相当年轻的歌手，我留意过更有经验的前辈是如何照顾自己和自己的声音的。我甚至也尝试过把他们常做的一些仪式纳入我在后台的准备当中。我记得有一位歌手表示，上台前喝一杯带生鸡蛋的茶，对她来说简直就是灵丹妙药。可是，茶里放生鸡蛋对我来说毫无吸引力，但我尝试过许多歌手习惯喝的"蜂蜜茶"。我曾经一度带着装有蜂蜜茶的保温杯去后台。有一次，我匆忙冲出维也纳的一家酒店去参加一场独唱会。没想到，我那老式的玻璃内胆热水瓶从包里掉了出来，摔在了地板上。玻璃破碎的声音吓了我一跳。怎么办呢？我的蜂蜜茶没有了！我还能唱得出来吗？要怎么才能上台？就在那一刻，我跟那个"仪式"说了声再见。说实话，蜂蜜茶当时对我来说已经是某种心理支柱。

从那以后，诺曼在表演前只喝水和果汁，不再需要任何特殊的"补品"。"补水，"她写道，"是我唯一需要的。"

玛吉·尼尔森

Maggie Nelson，1973—

尼尔森是好几本诗集和散文集的作者。她的作品包括《阿尔戈》(*The Argonauts*)、《残酷的艺术》(*The Art of Cruelty*)和《蓝》(*Blues*)。这些非小说类的作品结合了自传、学术理论、艺术以及文学、文化批评。在接受有关写作习惯的采访时，尼尔森说自己是"一个无趣的人"。年轻时，她每天写诗，但是现在，她觉得没必要了。"我觉得我是一个以写作计划或项目为导向的人，"她说，"如果手头有项目，我可能每天多写一些，处于一种有点兴奋的状态。如果没有项目，那我觉得就没有必要坐在电脑前去啄食了。"

尼尔森并不是全职作家。她实际上是一名南加州大学的教授。所以，她的生活节奏在很大程度上取决于她的教学计划和学术发展。她的教学也在丰富她的写作。尼尔森曾说过，她的很多作品都是从一个密集的"阅读周期"开始的。她会在阅读过程中用自动铅笔在书页的空白处做笔记。当阅读周期快结束的时候，她会回看一遍并将所有的笔记进行整理。到了某个时间点，她会觉得是时候开始写作了。"听上去一点也不神奇，我会在脑海里写句子，"她说，"就好像我到了某个临界点，研读结束了，写作就可以开始了。"

尼尔森通常在位于洛杉矶的家中写。她会坐在厨房的桌子旁、后门廊上，或者在后院安装的一个预制凝灰岩的棚子里。这个棚子就犹如一间写作小屋。这是她之前的写作老师安妮·迪拉德提出的建议。不过，尼尔森说自己并没有像她之前预想的那样频繁使用这间棚子。当被问及她是否觉得很难将写作融入学术工作时，尼尔森承认它是个挑战，但并非无法解决。她说："我会利用好我有的时间。"

尼基·乔瓦尼

Nikki Giovanni，1943—2024

诗人乔瓦尼出生在田纳西州的诺克斯维尔，但是在辛辛那提长大。在纳什维尔的菲斯克大学（Fisk University）读书时，她开始认真写作。毕业后，她借钱出版了第一本诗集《黑色情感，黑色谈话》（*Black Feeling, Black Talk*），并在第一年就售出了一万多册。乔瓦尼接着用第一本诗集的收入出版了她的第二本诗集《黑色审判》（*Black Judgement*）。从那时起，她以诗人和活动家的身份生活，靠出书、演讲和教书来养活自己。直到1987年，她加入了弗吉尼亚理工大学，才算是有了第一份"真正的"工作。70多岁时，她仍是那里的一名教授，一周教学两天，并在有触动时写作。她从来都不是那种埋头苦干，每天工作两小时的作家。乔瓦尼在2017年说："我从来没有过固定的作息时间表。你要知道我们这一代人是参与黑人民权运动的一代人。我们总是在路上，总有事情要做，总有一些地方要去。所以，我们习惯了边走边写。"

乔瓦尼早上6点或7点起床。"我做的第一件事就是在房子周围闲逛，"她说，"如果有了一个想法，或者有什么从脑海中闪过，我会喝杯咖啡，坐到电脑前开始写作。"但是，她经常一连好多天只字未写。对此，她也不会感到焦虑。"我每天都做的事情只有阅读，"乔瓦尼说，"哪怕是看漫画书，无论怎样，总在读一些东西。我会对我的学生说：我认为阅读比写作更重要。"

乔瓦尼在日常生活中会定期做笔记，而她的作品通常就来自于这些笔记。"我没有写作压力，"她说，"只是感兴趣而已。"她坐在电脑前的感觉是，"很好，不是吗？让我们看看接着会发生什么"。最棘手的问题是如何辨别该追求什么，而不是该写什么。"如果不值得写，我就会放手。"她说。

乔瓦尼可以随时进入写作状态。不过，她觉得自己在晚间的状态最好。"都差不多的时候，我更喜欢熬夜，"她说，"因为晚上的世界很安静，周围什么都没有，就连狗也睡着了。如果可以的话，我会从 10 点或 11 点 一直写到凌晨 2 点左右。"当被问到是否有写作瓶颈时，她笑着说："从来没有。如果有写作瓶颈，那是因为你读得不够多，思考得不够多。我不觉得有瓶颈这回事。所谓瓶颈，真正的意思可能是，你不知道自己想要表达什么。每个人都会有无话可说的时候，倘若如此，那就接受好了。"当被问到是否经常会无话可说时，乔瓦尼又笑了笑，说："很少。"

非同寻常的生活

安妮·布拉德斯特里特

Anne Bradstreet，1612—1672

1630 年，18 岁的布拉德斯特里特与新婚的丈夫、父亲以及一批新教教徒抵达了今天的马萨诸塞州。他们是新大陆的第一批定居者。两年后，在久病痊愈后，她写下了自己的第一首诗作《生病时》(Upon a Fit of Sickness)。第二年夏天，布拉德斯特里特怀孕了。在接下来的 6 年时间里，她未能再写下哪怕一行诗。然而，从 1638 年到 1648 年，她写下了 6 000 多行。一如传记作家夏洛特·戈登（Charlotte Gordon）所说："比大西洋两岸几乎所有英语作家一生创作的诗句都多。"戈登还说："在这十年里，她不是在怀孕，就是在产后恢复，要不就是正在哺乳。"布拉德斯特里特最终一共有 8 个孩子。她在养育儿女，煮菜做饭，监督家中一两个女仆操劳繁重家务的同时，一直在构思诗作。她只在晚上写作。当家人和仆人安然入睡后，她才有了自己唯一的独处时间。她在一封信中写道："沉静的夜晚最适合潜吟低唱。"

艾米莉·狄金森

Emily Dickinson, 1830—1886

有关狄金森日常生活的唯一完整记录来自她在 1847 年 11 月写给朋友的一封信。那年，她 17 岁，就读于离家乡马萨诸塞州的阿默斯特（Amherst）7 英里的曼荷莲女子学院（Mount Holyoke Female Seminary）。"因为你那么好心地把你的生活日常与我分享，我也想告诉你我一天的时间安排。"狄金森写道：

> 早上 6 点，大家就都起了。7 点吃早饭。学习时间从 8 点开始。9 点，我们会在学院礼堂集合，敬拜。10 点 25 分，我会念诵一篇古代历史的评论。它与我们正在阅读的两本教材，戈德史密斯（Goldsmith）和格里姆肖（Grimshaw）的历史著作有关。11 点，我会背诵蒲伯《论人类》做个调剂。12 点，做柔软体操，12 点 15 分开始阅读，12 点半吃午餐。午餐结束后，从下午 1 点半到 2 点，在礼堂唱歌。从下午 2 点 45 分到 3 点 45 分，练琴。下午 3 点 45 分，我到校部汇报一天的情况，事无巨细，包括是否缺勤、是否迟到、是否与人交流、是否有人陪伴等等。在这里，我就不花时间详述了。下午 4 点半，我们会回到学院礼堂聆听校长里昂女士的

教诲。下午6点吃晚饭，之后是安静的自习时间，直到晚上8点45分第一次打铃。第二次打铃在晚上9点45分，所以我们通常不怎么理会第一次的铃声。

尽管这封信生动地描绘了19世纪新英格兰宗教学校的学生生活，但是它并没有展现太多狄金森的个性，也没有涉及任何她日后成为作家的生活习惯。遗憾的是，有关她的写作日常没有任何的详细记载，我们甚至无法确知她开始写作的时间。但是，可以肯定的是，从1858年开始，28岁的狄金森将自己的诗作加以整理并手工制作成了小册子。她这么做不是为了分发阅读。尽管她时常会在私人信件中附上自己的诗作或诗作片段，但是在有生之年，她从未与任何人分享过她最终编定的40本小册子。所有这些作品都是她离世后才被发现的。她写作时也从未有过想要出版的念头。她说："这与我的想法完全不同，就好像天空对鱼鳍一般。"她生前只发表了近1800首诗作中的10首，而且这10首的面世也并非她的本意。

至于狄金森的写作习惯，有材料表明她主要在家人熟睡后写东西，无论是书信还是诗歌。除了在曼荷莲读书的那一年，狄金森一直同家人——保守且对她过度保护的父亲、焦虑多病的母亲、终身未婚的妹妹和一个对她爱护有加的哥哥——居住。

狄金森的哥哥于 1856 年成婚，随后搬到了阿默斯特旁边一座意大利风格的住宅。阿默斯特是狄金森的祖父建造的一栋石头豪宅。她在 9 岁前以及 1855 年到离世前一直居住于此。中间因为经济困难，狄金森的父亲曾卖掉这栋房子的部分房产，但后来又全都买了回来。狄金森在楼上有一间大卧室，窗户恰好能看到外面的主街和哥哥在几百码外取名常青树的房子。走进狄金森的房间，角落里摆放着一张小写字台和一个富兰克林炉。如此，她便能在寒冷的夜晚里，在烛光下温暖地写作。

众所周知，1865 年之后的狄金森几乎足不出户，很少或从不离开自己的家。她有可能患有广场恐惧症，也有可能是 19 世纪 60 年代的眼疾让她选择避世而居。然而，狄金森的妹妹表示是因为母亲常年患病，"我们的母亲有段时间生活无法自理，我们身为子女必须有人常年在家照顾，姐姐艾米莉选择承担起这部分的责任。后来，她发现只有书籍和自然的生活是如此惬意，于是她选择继续过这样的日子"。无论出于什么原因，狄金森享受着隐居的生活。她拥有一个专注于阅读和写作，并伴有大量书信往来的私人小世界。她每天与家人互动，参与家务劳作，而且还擅长烘焙和制作甜点。她避开大多数的访客，偶尔也会在家里接待客人。她会花好几个小时精心照料家里的大花园。尽管有成年人靠近时，她会躲进屋内，但是她在忙于园艺的时候欢迎小朋友在四周玩耍。即使她人在室内，她也会默默从窗户给孩子们放下一篮姜饼。

有客人前来拜访被当地人称作"谜"的狄金森时，他们的确看到了一位说话轻声细语、举止孩子气的诗人。在她的身上，他们也感受到了一股强烈的奇怪气息。1870 年 8 月，评论家兼学者托马斯·温特沃斯·希金森（Thomas Wentworth Higginson）在与狄金森通信数年后来阿默斯特拜访了她。多年后，他回忆道："让我印象最深刻的是，你能感受到在她非同寻常的生活中所蕴含的某种令人紧张不安的气息。"就在他们会面后的第二天，希金森在给妻子的一封信中写道："我从来没有遇到过像她这样让我如此耗神的人。我没有碰她，但是感觉我的精气神似乎全被她抽走了。真庆幸，我没有住在她的周围。"

为了写作，狄金森似乎需要驾驭那股紧张的能量。然而，她无法掌控自如。因此，她的文学创作更像是在逐浪，而非依靠固定的写作计划。在她生命力最旺盛的时期，即 1862—1863 年，她创作了上百首诗歌；接着又多年不动笔。她在 1862 年的一封信中写道："我的生命中没有君主，没有可以掌控的力量，我只能尽力维持；就在我的小宇宙爆发的瞬间，留下了一片被烧焦的荒芜。"

哈里特·霍斯默

Harriet Hosmer，1830—1908

1870 年，美国新古典主义雕塑家霍斯默在自己位于罗马的工作室中写道："我忙得像一窝蜂，一只蜜蜂完全不足以形容我放在火炉中的那些铸铁。"自从 18 年前作为学徒抵达罗马这座"永恒之城"后，霍斯默几乎一直在工作。她从清晨一直雕刻到晚餐前。她的朋友科妮莉亚·卡尔（Cornelia Carr）回忆道："她从不闲着，忙于做任何自己喜欢的事，更是对规划充满兴致。"她对创作的全情投入没有给她留下太多的私人空间。事实上，霍斯默从非常年轻时就发誓要放弃浪漫的爱恋，因为她觉得，对女性艺术家来说，这是一种羁绊和妥协。"我是独身主义的拥护者。一个人生活的越久就越能感受到它的迷人之处，"她在自己抵达罗马 4 年后的 1854 年的夏天写道，"即使有想法，艺术家也没有必要结婚。对于男性来说，也许结婚挺好；但是对于在婚姻家庭生活中需要承担更多责任的女性来说，如果她为了事业放弃家庭，人们会在道德上对她指指点点。最后的结果就是，既没有做好贤妻良母，也没有成为优秀的艺术家。我的梦想是后者，所以，我与永结同心无缘。"

范妮·特罗洛普

Fanny Trollope，1779—1863

特罗洛普 30 岁结婚，并在接下来的 9 年时间里，生了 4 个儿子、3 个女儿。她的丈夫一开始做律师，后来又经营农场。可惜，两份事业均以失败告终。家里的经济状况可想而知。为了摆脱困窘，特罗洛普同丈夫以及 3 个年幼的儿子乘船前往了美国。抵达美国后，他们在孟菲斯帮忙建立了一个乌托邦式的英国殖民地，并在辛辛那提开设了一个出售高档进口商品的集市。然而，这两次冒险也没有让他们赚到钱。3 年后，他们又举家返回了英格兰。然而，美国的冒险之旅却为特罗洛普日后高额利润的事业埋下了种子。还在美国的时候，她就开始为写游记做笔记，因为她预感到她的英国同胞会喜欢阅读新世界里"千奇百怪"的人物故事。这一次，她赌赢了。1832 年，她的游记《美国人的家庭礼仪》（*Domestic Manners of the Americans*）一经出版就成了畅销书。随着这本书大获成功，特罗洛普找到了自己的使命，在接下来的 25 年里，她出版了 5 篇游记和 34 部小说。

特罗洛普的两个儿子长大后也成了作家。其中，托马斯·阿道夫·特罗洛普（Thomas Adolphus Trollope）出版了

40多卷游记、历史书和小说；安东尼·特罗洛普（Anthony Trollope）出版了47本小说以及许多的短篇小说、传记和报告文学，成为维多利亚时代最伟大的小说家之一。安东尼同时还以勤奋著称。身为公务员，他在每天早晨去邮政总局上班之前都会先写上3个小时。而且，完成一本书之后，他会立即拿出一张干净的纸开始写下一本。他的兢兢业业似乎只是在模仿自己的母亲。他在自传中写道："她性格中的快乐与勤奋会让你觉得怎么赞美都不够。她暗自勤奋，并不有意让周围人看到。她凌晨4点就坐在书桌前开始写东西。在整个世界苏醒之前，她已经完成了她的工作。"之后，她会操持家务，在一对仆人的帮助下照顾好一家老小。据安东尼说，虽然母亲事务繁杂，但是她始终都是乐呵呵的。"她要承受很多痛苦，"他写道，"写作有时很难，需要大量的付出……但是，她是我认识的人当中最快乐，或者说，是最能够快乐起来的人。"

哈里特·马蒂诺

Harriet Martineau，1802—1876

　　马蒂诺被认为是第一位女社会学家和首批女记者之一。在漫长的职业生涯中，她撰写过无数篇有关经济学、社会理论的文章以及游记、自传和数本小说，其中最著名的是 1839 年的《迪尔布鲁克》(*Deerbrook*)。她的经济收入足以让她以写作为生。这对生活在维多利亚时代的英国女性来说是极为罕见的。可想而知，她有多努力。"从 15 岁起直到我开始写作的那一刻，我总是因为太过努力而被人以这种或那种方式诟病。"马蒂诺在自传中写道。她继而坦承自己喜欢脑力劳动。"我这么做不是为了名利，也不是出于好玩或其他的什么原因，仅仅是因为我抑制不住地想要思考。事情总在推着你往前走。只不过，我很少提及。"

　　马蒂诺似乎从未有过写作的瓶颈期，但实际情况并非如此。只不过，她一直都自我消化。而且，她认为摆脱困境的唯一方法就是多写。"走了那么长的路，我自然深有体会。"她在自传中写道：

　　　　同其他作家一样，我也会因为提不起精神、优柔寡断、看不上自己的作品、缺乏"灵感"而备受煎熬。但是我发现，只要坐下来，无论有多不情愿，将笔拿在手中，用不了15分钟我就能步入正轨。所以，当我回看那些充满了辩论、怀疑和犹豫的15分钟时，我会觉得当初因为经验不足而自我怀疑的过程都是在浪费时间。不仅如此，更糟糕的是，它也在消耗我的精力。据我所知，我唯一一次不得不放弃的时候是我生病的那一天。

对马蒂诺来说，能在15分钟之内进入状态让她感到如释重负。她知道自己与那些"总是在等待中备受煎熬，却从不积极行动的作家"不一样。马蒂诺后来可以做到随时随地进入状态。

至于写作时间，不难发现她属于早起型。"我没有一天不写作，往往都是在早上。"她写道。在伦敦居住时，她早上7点或7点半起床煮咖啡，而后一直工作至下午2点。她在描述自己的日常生活时完全不提及午餐。2点后她会在家中接待来访的客人两个小时，接着出门散步一个小时。回家后，她换好晚装开始看报纸。没多久，朋友的马车便前来接她去吃晚餐并在晚上拜访一两个朋友。她争取在午夜12点或12点半前到家，如此便能在凌晨1点或2点睡觉前回信或阅读。

这也就是说马蒂诺平均每天的工作时间是六个半或七个小时。晚上的睡眠时间刚好也差不多。不过，她在早上那杯咖啡后，白天几乎不会再喝。实际上，她对当时大多数作家用咖啡因、酒精甚或鸦片来刺激工作的方式不屑一顾。她说："新鲜空气和冰水就是我的兴奋剂。"

范妮·赫斯特

Fannie Hurst，1889—1968

19 世纪的英国记者沃尔特·白芝浩（Walter Bagehot）曾写道："作家和牙齿一样，可以分为门牙和磨牙。"毫无疑问，赫斯特属于后者。她一生发表了 300 多篇短篇小说、19 部长篇小说和多部戏剧，是 20 世纪读者最多的女作家之一，也是收入最高的美国作家之一。尽管如此，写作对她来说，从来都不轻松。她在自传中写道："想法与诉诸文字之间有着顽固的裂痕。在我的脑海中生动、喧闹的想法，一旦要落到纸上就缓慢且痛苦，我常常因为词不达意而倍受折磨。"她继续说道："我背上的那只猴子这么多年从来就没有放手过。写作的冲动与表达的痛苦总是在彼此拉扯。"尽管如此，赫斯特在成年后几乎每天都会写作数个小时。"我的写作习惯是，每天伏案五到七个小时。这么多年，一贯如此，"她写道，"就像女人的家务活一样，从来就没有做完的时候。"

艾米丽·波斯特

Emily Post，1872—1960

1922 年，随着《礼仪》(*Etiquette*) 一书的出版，波斯特的名字开始家喻户晓。后来，这本书在十年之内更新再版了两次。她同时还撰写联合报纸专栏并回复读者有关家庭、职场和社交礼仪等各方面的问题。好在，波斯特喜欢工作。她的儿子内德（Ned）在母亲的传记中写道："我们常开玩笑说，她只要一开始工作就像是一只闻到气味的猎犬。"

纵观波斯特的一生，她每天早上 6 点半准时醒来，接着躺在床上开始处理当天的事情，毫不停歇地一直工作到中午。她的儿子写道：

她养成了一种习惯，想在还赖床的时候就能尽早地吃上早餐。所以，每晚临睡前，她都会在床头柜上放好一个托盘，上面有一小瓶热咖啡、一小瓶奶油、一块装在冰镇容器中的黄油、茨维巴克牌小饼干和她喜爱的深色荞麦蜂蜜。她会在床上吃完早餐后接着写作、校对，并根据秘书到达的时间安排信件往来。在她工作的时段，没有电话，没有访客，没有家务。她不想被任何事打扰。12点过后，她从床上起来穿好衣服，准时在中午1点吃午饭。

她喜欢跟朋友在别人家或者她身为特许会员的"殖民地俱乐部"（Colony Club）里共进午餐。她会断然拒绝去餐厅吃午饭。她喜欢在下午开车兜风，但又决不同意自己买一辆。下午茶的时候，她喜欢招待一两位客人。这已然是她日常生活仪式中的一部分。她经常请客人共进晚餐，或者和老朋友一起外出就餐。他们在房间里聊得热火朝天。她不打桥牌，讨厌八卦，从不沉迷其中。

波斯特不喜欢在餐厅吃饭的主要原因是她吃饭特别快，在家吃饭的时间不超过10—15分钟。而且，她觉得吃饭太久是在浪费工作时间。当然，波斯特总有能力雇好几个佣人，从来不用自己做饭，说实话，她也不擅长。就连放在床头柜上的早餐盘也是前一天晚上由佣人准备的。正如波斯特曾在采访中承认的那样，"如果被逼无奈，必须自己做饭，那我只好面包就水"。

珍妮特·斯卡德

Janet Scudder，1869—1940

斯卡德是一位出生在美国印第安纳州的雕塑家。她凭借自己异想天开的喷泉和雕像作品在 20 世纪初广受欢迎。她不仅赢得了布杂艺术①建筑师斯坦福·怀特（Stanford White）的赞许，更是将作品放进了大都会艺术博物馆以及约翰·洛克菲勒和其他顶级富豪的花园中。然而，在获得成功之前，斯卡德有着一段极其艰难的学徒生涯。她一路从辛辛那提到芝加哥再到巴黎，不断地学习；中间还有一段在纽约从建筑师和其他客户那里收取佣金，经济窘迫的日子。她在自传《塑造我的生活》（*Modeling My Life*）中描述了初到纽约的夏天。当时

---

① 布杂艺术是 Beaux-Arts 的音译，是一种由巴黎美术学院教授的、带有学院派色彩的新古典主义晚期的建筑流派，强调建筑的宏伟、对称和秩序性。

她 26 岁，默默无闻，独自一人租住在联合广场一间陈设简陋、每月租金 14 美元的工作室里。

　　那些漫长而炎热的日子从一顿只有牛奶和面包的节俭早餐开始。接着，我会稍作整理，清除掉晚上睡觉的所有痕迹，把它重新变回白天的工作室。早上剩下的时间，我都用来画画；尽管很多时候，我觉得自己理应看一看其他人的作品，或者步行去趟大都会艺术博物馆。我总会在博物馆里一连好几个小时研习雕塑和绘画作品……到了午饭时间，我返回工作室准备一成不变的简单午餐——一罐烤豆和一杯牛奶，不花时间，不花心思。我听说豆子富含营养；再说，它也是我花 15 美分能买到的最有饱腹感的东西。下午的时候，我会从一个建筑师的办公室走进另一个，每次怀抱希望而去，结果次次失望而归……在经历了一个下午的拒绝、脚痛、炎热和疲倦之后，我会，嗯，不是每一天，但几乎隔一天，去一家位于第六大道的友好小餐馆。在那里，只需要 25 美分，我就能吃顿晚饭。这是我一天当中唯一的正餐。所有的东西一下就上齐了，从汤到冰淇淋，每一道菜都在滴滴答答，我还没喝完汤肉就变冷了，冰淇淋也融化了。在我觉得花 25 美分吃顿晚餐都太过奢侈的夜晚，怎么说呢，毕竟我在白天已经浪费了 10 美分坐有轨电车，我会回到工作室里再吃一遍豆子配牛奶。最难熬的还是夏日漫长无尽的夜晚。还有什么是比无人倾诉的夏日长夜更让人难过的！如果实在闷的难受，我会去联合广场上走走，一个人在一张长椅上坐一两个小时。毫无疑问，它反过来又在加重我的孤独感和沮丧感。其他的长椅上也坐满了被遗弃的人、游手好闲的人，他们都是人生输家。年轻的我对他们毫无悲悯，反而在心里有一种厌恶，同时也会激发起想要努力工作的强烈渴望。我相信努力且令人满意的工作会驱散我内心的空落，让我充盈起来。在我实在受不了的时候，我便起身离开，慢慢走回工作室，灯也不开，直接爬上沙发床。

斯卡德的坚持终于有了回报。通过在艺术学校上学期间认识的一位家境富有的朋友的父亲，她获得了一笔为纽约律师协会设计印章的报酬，并由此打开了通往其他工作机会以及更好食物的大门。斯卡德在自传中写道："现在一看到烤豆，我都会不由地心头一紧。"

莎拉·伯恩哈特

Sarah Bernhardt，1844—1923

几十年来，伯恩哈特一直是欧洲最著名的戏剧女演员。评论界对她赞誉有加，崇拜者在她所到之处夹道欢迎，媒体更是密切关注着她的一举一动，甚至称她是世界第八大奇迹。1880 年，美国心理学家威廉·詹姆斯（William James）在伦敦观看完她的表演后，写信给妻子说："伯恩哈特昨晚的表演是我见过的最精彩的表演，整个人感觉像是被人用针尖刺扎了一般。她是我见过的最自信满满、最意气风发的人，她简直有着最完美的骨架。"伯恩哈特令人难以置信的瘦弱只是她传奇故事的一部分。传言，她睡在一口华丽的红木棺材里并带着这口棺材四处旅行。事实上，她的确在卧室里放了一口这样的棺材，看上去令人毛骨悚然，但是她没有睡在里面。她戴的帽子上装饰着一对皮制的蝙蝠翅膀。在她的卧室里，除了前面提到的棺材，还有一个吸血蝙蝠的标本。她将自己在美国巡演期间得到的一只宠物鳄鱼命名为"阿里嘎嘎"（Ali-Gaga）。她坚持只用金币支付报酬。她把金币放在一个随身携带的旧麂皮包或小手提箱里。每次，她都极不情愿地将金币拿出来给其他的表演者、仆人和债权人。尽管她待人苛刻，可是在自己的生活用度上却大手大脚。她会雇 8—10 名仆人、租 2 辆马车和几匹马，不厌其烦地在家中举办豪华宴会，而她自己却几乎什么也不吃。

对与她同时代的剧院演员来说，伯恩哈特最显著的特点是她源源不断、看似永远也不会枯竭的能量，让她能够连轴转却毫无疲态。"我认识的人当中还没有谁像伯恩哈特这样拥有如此惊人的精力，"戏剧制作人乔治·泰瑞尔（George Tyrell）说，"在她的体内似乎有什么东西像一团火焰一般在燃烧，但同时又没有让她燃成灰烬。她做得越多，灵感就越多。"伯恩哈特在诗人兼剧作家埃德蒙德·罗斯坦德（Edmond Rostand）的戏剧作品《雄鹰》（*L'Aiglon*）中饰演的角色是她标志性的角色之一。1899 年，罗斯坦德曾描述这位女演员典型的工作日常，一切从她下午抵达剧院开始：

> 一辆四轮马车停在了剧院门口，一位全身被皮草包裹的女人从车上跳了下来，她微笑着穿过被马具上的铃铛声吸引而来的人群，走上一截蜿蜒的楼梯，进入了一间鲜花盛开、温暖如春的房间。她顺手将自己系着缎带的小手提包和里面显然用不完的东西扔到一个角落，又把带蝴蝶结的帽子扔到另一个角落。就在她褪去皮草大衣的瞬间，整个人立即缩成

了一柄白丝剑鞘。她冲上灯光昏暗的舞台，立即给原本无精打采、无所事事的人群注入新鲜活力。她在台上跳来跑去，用自己的火热激情点燃在场的每一个人。她走进提词员的包厢，安排自己的场景，指出正确的手势和语调，突然勃然大怒，坚持要求一切重来。她怒吼着，继而坐下，笑了笑，喝了口茶，开始排练自己的部分……

根据罗斯坦德的说法，伯恩哈特在排练中的表演会让其他驻足观看的演员泪流满面。不过，演出前的准备工作更会让剧院的工作人员叫苦连天。伯恩哈特会在后台疯狂又无情地斥责和纠缠他们，让造型师按她的喜好重新设计，教服装师如何为她着装，监督灯光师的工作，更逼得电工出现"短暂的精神错乱"。罗斯坦德接着说道：

伯恩哈特回到自己的房间吃晚饭。她坐在桌前，脸色因疲惫而显得苍白。她反复琢磨自己的计划，一边吃一边发出肆无忌惮的笑声。没时间吃完了。就在经理在幕布的另一头报幕时，她穿好了晚间表演的服装。在舞台上，她全情投入。在转场的空隙，她也会闲聊两句。演出结束后，她接着留在剧场处理事情一直到凌晨3点。看到所有的员工都在毕恭毕敬地努力保持清醒，她才会想起该走了。她走进马车，蜷缩在皮草里，终于有了一丝躺下休息的轻松感。她突然想起还有人等着给她读一部五幕剧，就放声大笑起来。她回到家，听着乐曲，又兴奋起来，动情处潸然泪下。这时候，她知道自己一时是睡不着了，于是索性抓住机会，先练习上一段！

"这就是我认识的伯恩哈特，"罗斯坦德总结道："我从来没见过传言中的棺材和鳄鱼。我认识的伯恩哈特就是那个永远在工作的伯恩哈特。"伯恩哈特一定会很感激这份敬意。她曾经说过："生命孕育生命，能量产生能量。一个人唯有投入，方能饱满。"

帕特里克·坎贝尔夫人

Mrs. Patrick Campbell，1865—1940

坎贝尔夫人是英国爱德华时代最伟大的戏剧女演员之

一。[①] 除了演戏，她对剧院外的世界毫无兴趣。也正因此，她给戏剧创作留出了大量的时间。"舞台人生何其艰难，需要你做出巨大的个人牺牲，"她写道，"紧绷的神经和必不可少的敏感让你不可能拥有正常平静的生活。一切都是加班加点、情绪压力、快速思考和敏锐的感觉引发的……"坎贝尔夫人对表演的执着和较真让她在别人看来难以合作。她的传记作家玛戈特·彼得斯（Margot Peters）曾经说过，同她合作过的人不可能没有领教过她"近乎苛刻的完美主义、可怕的尖酸刻薄、狂躁的愤怒以及控制和支配他人的霸道"。不过，即使走出了剧院，坎贝尔夫人的完美主义倾向也只是稍有收敛。在家里，她想和两个孩子享受一种小资情调的舒适感。如果未能如愿，她也会很生气。"她的整洁有序让我感到惊讶，"她的一位熟人朋友回忆道，"不知为什么，人们会希望像她这么伟大的艺术家不在意小节，但是事实上，她对任何事都一丝不苟。家里的任何细节都会让她抓狂。就像现在，我都能想象到她走进女儿的卧室，满眼悲愤得大声喊道：'他们告诉我家里没有卫生纸了。天啊，你们怎么能指望我既扮演浪漫的角色又操心订购厕纸！'"

---

① 爱德华时代，指 1901 至 1910 年英国国王爱德华七世在位期间。

微妙且深入的计划

妮基·德·圣法勒

Niki de Saint Phalle，1930—2002

1959 年春天，圣法勒与丈夫及两个孩子同画家琼·米切尔及其伴侣让－保罗·里奥佩尔一起度过了一周长假。他们在巴黎生活和工作期间成了朋友。圣法勒当时 29 岁，一边画画一边照顾孩子；丈夫哈里·马修斯（Harry Mathews）是位作家，正忙着创作自己的第一本小说；而米切尔和里奥佩尔则已是知名艺术家。度假期间，有一天晚餐时，米切尔转过来对圣法勒说："所以，你是那些作家的妻子中会画画的一位。"圣法勒多年后写道，米切尔的这句话"一下子就击中了我，就像一把利箭瞬间扎在了我心中最敏感的地方"。

回到巴黎后，圣法勒下定决心如果她想要成为别人眼中真正的艺术家，就必须要用尽全力。自从 18 岁嫁给马修斯以来，她做过模特，上过戏剧学校，经历过一次精神崩溃，但同时也发现了自己的艺术天分和创作热情。但是，她从未有机会将精力投放在一件事情上。1960 年，仍然对于米切尔的言论耿耿于怀的圣法勒离开了丈夫和年仅 5 岁和 9 岁的孩子，一个人"全身心地踏上了追寻艺术的旅程。她再也不用考虑要如何在创作、马修斯和两个孩子之间寻求平衡了"。她原本打算保持单身，但是没想到很快就与瑞士艺术家让·丁格利（Jean Tinguely）坠入爱河。两个人的关系一直持续到丁格利离世的1991年。不过，对圣法勒来说，她真正付诸一生的还是创作。她写道：

> 我隐秘且爱争风吃醋的情人（我的工作）始终在那里等着我。他又高又帅，就像德古拉伯爵（Count Dracula）一样穿着黑色的斗篷。[①] 他在我耳边轻声低语，说留给我做我想做的事情的时间不多了。他特别爱争风吃醋，只要不和他在一起，哪怕一分一秒，他也不开心。他甚至都嫉妒我卧室的大门。有时候，他会在夜间化身为一只巨大的蝙蝠，从我房间敞开的窗户里飞进来。当他张开翅膀拥抱我的时候，我浑身颤抖。有那么一刻，我穿着长长的白色睡衣为自己辩护。他的尖牙深入我的灵魂，告诉我我是他的。

开启艺术之旅仅仅几年的时间，圣法勒就因为"射击画"（shooting paintings）出了名。她将成袋或成罐的颜料附着到一个组合部件上，而后用步枪、手枪或小型火炮将颜料打在艺术作品上。几年后，圣法勒开始主要从事雕塑创作。1978年，她

---

① 　德古拉是1897年歌德式恐怖小说《德古拉》的同名角色，是各种小说和影视剧中吸血僵尸经典形象的来源。

踏上了创建塔罗花园（Tarot Garden）的旅程。这座花园是她历经20年在托斯卡纳州建造的一座巨大的雕塑公园。当她完成了其中最大的一座雕塑———一座房屋大小的女性身体之后，圣法勒自己搬了进去，将一个乳房变成了她的卧室，另一个变成了她的厨房。雕塑作品上的乳头则成了两个房间仅有的两扇窗户。在大雕塑内生活了七年后，她写道："我想要过修道士的生活，但这样的日子并不总是令人满意。地面有一个大洞，我用来存放食物。我用一个很小的野营炉子做饭。每个炎热的夜晚，我一醒来就会看到从周围池塘飞来的一大群昆虫围着我嗡嗡乱叫，整个场景犹如童年的噩梦一般。"

圣法勒的富豪朋友送给了她创建塔罗花园的土地，但是多年来她不断地想方设法地筹集施工资金。她尝试过各种办法，甚至包括出售自己的同名香水。与此同时，她依赖于各种无偿的帮助。圣法勒凭借自己的个人魅力让很多人志愿服务。她很清楚自己的影响力，所以多有运用。"激情就像是一种病毒。我能够将它轻易地传播出去，因为我正是在它的驱使下去做我想做的事情，无论有多难。"她写道。她并不关心一件事情是不是符合朋友或合作者的最大利益。"人很重要，"圣法勒写道，"必不可少，但又不是最重要的。真正最重要的还是创作本身，是投入，是激情这种病毒。"

鲁思·阿萨瓦

Ruth Asawa，1926—2013 年

日裔美国艺术家阿萨瓦在第二次世界大战的拘留营中学会了绘画。在 20 世纪 40 年代，她在北卡罗来纳州的黑山学院学习期间，开创了一种极具个性的环形钢丝雕塑风格。在黑山学院，她师从安尼和约瑟夫·亚伯斯（Josef Albers）和巴克明斯特·富勒（Buckminster Fuller），与默斯·坎宁汉（Merce Cunningham）和罗伯特·劳申伯格（Robert Rauschenberg）成了朋友，更遇到了未来的丈夫阿尔伯特·拉尼尔（Albert Lanier）。1949 年，她与拉尼尔一起来到了旧金山。在那里，拉尼尔做建筑师，而阿萨瓦则忙于照顾他们从 1950 年到 1959 年相继出生的六个孩子，与此同时她也在进行雕塑实验。阿萨瓦自己就来自一个大家庭，她的父母是从日本移民到加利福尼亚的农民，她在家中七个孩子中排行老四。阿萨瓦从来不觉得孩子会妨碍自己的艺术创作。相反，她认为艺术原本就应该是日常生活的一部分。每当能在日常家务的琐事中挤出一点时间的时候，她会在孩子身边制作雕塑作品。"我的材料非常简单，"她说，"只要有片刻空闲，我就会坐下来做一做。雕塑就像农民种地，只要坚持不懈，必然会有所收获。"

莉拉·卡岑

Lila Katzen，1932—1998

生于布鲁克林的雕塑家卡岑最早是位画家，在 1960 年左右开始进行三维创作。她运用塑料、水和荧光灯等各种材料营造出一种沉浸式的环境体验。后来，她又用美国的考顿钢（Cor-Ten steel，又名耐候钢）创作了具有纪念性的雕塑作品。卡岑很小就知道自己想要成为一名艺术家。她说："我甚至在上幼儿园的时候就想要成为一名艺术家。"多年来，尽管遇到各种阻碍，但她还是抽出时间实现梦想。高中毕业后，卡岑因为无法负担在艺术学校全职学习的费用，便白天去上班，晚上去夜校。此时的她与母亲和继父一起生活。由于她的继父"坚决反对在家创作"，卡岑后来回忆道，她只能在他入睡后拿出东西，一直画画至凌晨两三点，再悄无声息地收拾好东西，回去睡觉。

卡岑 19 岁结婚，完成学业后同丈夫一起搬到了巴尔的摩。她在成为一名艺术家的同时也是两个年幼孩子的母亲。卡岑将家里的二楼当作自己的工作室，通常在孩子睡午觉或晚上入睡后开始工作。在 20 世纪 70 年代，美国艺术史学家辛迪·内姆瑟（Cindy Nemser）问她是如何管理工作和生活的，她说：

我从晚上8点一直工作到凌晨2点。我也制定工作时间表，知道自己想每周工作44个小时。我觉得我必须做够这么多。一开始很难，我会圈出这一周我可以支配的时间。比如，这周我只有4个小时，那就很糟糕。这周有8个小时，那就还好，但并不够。后来我就下定决心，哪怕什么也没做，就是坐在那里；有时候事情一团糟，甚至还会弄坏东西（我真有过什么也没做反而把之前做好的东西给弄坏了的经历）。总之，不论怎么样吧，我都要让自己把那部分时间放在工作室里。这就是我的管理方式……当孩子们午睡的时候，我有时也会午睡或者上楼去工作。

如果卡岑正在工作，而孩子们突然醒了，这可怎么办呢？我们的这位艺术家会大喊一声，"看，这儿有一些彩笔和纸"，说着就把它们扔下了楼梯。

海伦·弗兰肯瑟勒

Helen Frankenthaler，1928—2011

"一张真正好的画作会让人感觉是一气呵成的，"抽象表现主义画家弗兰肯瑟勒说，"即刻成像……看上去就像是在一分钟之内诞生的。"当然，弗兰肯瑟勒也承认在达到这种出神入化的状态之前，她可能需要反复琢磨创作至少 10 遍。她认为要达到这种境界不仅需要练习或试验，还需要画家将自己所有的资源融会贯通。"当一个人做好了准备，将自己的整个身心、知识投入其中，无论是从精神上、情感上、智力上、身体上都发挥至极致时，"弗兰肯瑟勒说，"你才会经常遇到那样一个瞬间，所有的感觉都是对的，一击即中。"

为了获得这样的时刻，弗兰肯瑟勒在不断地重复中摸爬滚打。在一段收获颇丰的创作之后紧跟着是一个对作品怎么都不满意甚或根本没有产出的阶段。"我会集中投入在一件作品上。有一天，放下刷子，你又会觉得全是虚空，"她说，"我意识到在继续做这个作品之前，我需要换换脑子，做点别的。"弗兰肯瑟勒觉得稍事休息会让人重新焕发活力，但是如果休息的时间太长，又会让人发怵：

我经常会在稍作调整之后再次回到之前的某个作品，但是一时之间不知道要从何下手，心里会有一种恐慌感。我好像又回到了最初开始的地方。我坐下来削铅笔，打电话，吃把开心果，去游泳。我觉得自己应该、必须、可以开始画画。但是，迎接我的只有痛苦和无聊，我整个人变得不耐烦、生气，直到我到了那个点，感觉自己必须开始了，接着就做一个标记，真的就是一个标记。然后，满怀希望地，慢慢地进入到下一个工作阶段中。

　　弗兰肯瑟勒在厨房的节奏也差不多。她说当自己饮食健康时，就会有更多的精力，绘画也会更好，但是她偶尔也需要用垃圾食品来"宣泄情绪"。"我的日常饮食里没有脂肪、没有盐、没有黄油、没有糖、没有面包、没有奶油，只有自制脱脂酸奶。"弗兰肯瑟勒对一本1977年出版的烹饪书的作者说。但是，当自我克制了太久之后，她也会吃巧克力、冰淇淋或各种零食。"加工奶酪、犹太蒟蒻泡菜、花生酱、廉价沙丁鱼和博洛尼亚香肠等垃圾食品，这些都是我会定期渴望并毫无抵抗力的东西。"

艾琳·法瑞尔

Eileen Farrell, 1920—2002

20世纪美国最著名的歌唱家之一，接受过古典训练的女高音歌唱家法瑞尔在其长达60年的歌唱生涯中同时成功地演绎了古典和流行音乐。当她在纽约大都会歌剧院有演出时，她有一个演出前一贯遵循的例行程序。大约在中午，她会走进自己在斯塔滕岛（Staten Island）家中的音乐室将当晚要表演的曲目完整地唱一遍。法瑞尔在1999年的回忆录中写道："有人会觉得这很疯狂。但是，我觉得，如果那晚的曲目需要你唱到高音C，那么你最好在下午就排练到位。"傍晚时分，法瑞尔会搭乘斯塔滕岛上的渡轮前往曼哈顿，接着再换乘出租车去往大都会歌剧院。尽管许多歌剧演员在演出前都会小心翼翼地吃一点或者不吃东西，但法瑞尔从来都不会那么在意。"街对面就有一家小餐馆，"她写道，"我大约六点过去吃顿晚餐。"

　　我每一次点的东西都一样：一份牛排、一个烤土豆、一份绿色沙拉和一杯柠檬热茶。因为裹满奶油的餐后甜点会让嗓子感觉黏黏的，所以我会点一份很容易就滑下喉咙的果冻。然后，我穿过马路，回到化妆间，开始化妆穿衣。当我走进化妆间，我唯一坚持要有的东西就是一大瓶的热可口可乐。穿上表演服之后，我会喝几杯暖暖的可口可乐，接着开始打嗝。我发现这个动作对开嗓有着神奇的作用。正如我常年的声乐老师麦克小姐（Miss Mac）经常对我说的那样："它可以减少对直肠的摩擦和损伤。"

在20世纪50年代初期，著名的歌剧歌唱家贝弗利·希尔斯（Beverly Sills）与法瑞尔在纽约同台合作。结果，希尔斯被从法瑞尔化妆室里传来的打嗝声给吓了一跳。希尔斯后来回忆说："那可不是什么轻声的打嗝，它们简直就是一出交响乐。"

埃莉诺·安廷

Eleanor Antin，1935—

安廷作为画家开启了自己的职业生涯，但是很快就转向了概念艺术，成为影像、表演以及装置艺术的开创性人物。最让她出名的是她会一连数天或数周在生活中扮演复杂的虚构人物，譬如国王、护士以及最为大众熟知的埃莉诺拉·安蒂诺娃（Eleanora Antinova）。安蒂诺娃是安廷在20世纪70年代后期创造的一位具有传奇色彩的黑人首席芭蕾舞女演员。在接下来的十年间，安廷不断地通过表演、装置艺术、电影、剧本和回忆录等不同的形式来挖掘和塑造安蒂诺娃这个现实世界中并不存在的人物。创造出像安蒂诺娃这样的虚构自我，用安廷自己的话来说，"让我得以走出自己的皮囊，去探索其他的现实"。然而，她的探索同时也让她不得不把自己的生活降至一个最基本的层面。她在1998年接受采访时说："在我的生命中最重要，最让我倾注一生去做的事就是艺术创作。除此之外，一切都要特别的简单。"

　　我教学，有一个非常爱我的丈夫，有一个儿子，现在还有一个儿媳妇，我还有朋友，所以说，我非常幸运。但是，我经常没有时间照顾他们。我非常努力地工作，每晚只睡5个小时，如果走运的话，我会一直工作，没有时间做别的。所以，我活在自己的大脑中，一直在构思新的故事。我确实喜欢过一种，就像你所说的，不带有一点讽刺意味的所谓的"传统"女性的生活。我就像那些18、19世纪的女人一样被困在自己的角色和阶级之中。她们因为无处可逃，所以会写浪漫小说。但是，我和她们不一样，我选择过这样的生活。我塑造的人物，我的历史小说，实际上都是我不会去过的生活，因为我自己选择不去过那样的日子……对我来说，没有发明创造的生活，套用一句陈词滥调，是不值得过的人生。

安廷在职业生涯早期就看到了这些问题。她在1997年的一次采访中说："在我看来，你必须让自己的生活尽量简单，不占据太多时间。否则，你无法进行艺术创作。如果你是一位艺术家，不管别人怎么说，你都应该和另一位艺术家结婚。如果不是，那就算了。如果不和艺术家结婚，你们之间又能聊些什么呢？"

朱莉娅·沃尔夫

Julia Wolfe，1958—

沃尔夫是一位纽约作曲家。她凭借清唱剧《石炭采场》（*Anthracite Fields*）在2015年获得了普利策奖。这部作品描绘的是19、20世纪宾夕法尼亚州煤矿工人的生活。她同丈夫、作曲家迈克尔·戈登（Michael Gordon）在纽约翠贝卡区的一间阁楼里一起工作。他们俩连同作曲家大卫·朗（David Lang）在 1987 年创建了新音乐组织"敲响罐头"（Bang on a Can）。沃尔夫同丈夫分别在阁楼两端有一间小工作室。尽管他们俩的日程并不总是重叠的，但是，沃尔夫在 2017 年时说，"一天中的大多数时间，我们俩都在自己的小洞穴里工作"。对沃尔夫来说，理想的一天是从早上 7 点半或 8 点开始的。起床，带着狗沿着哈德逊河散步，接着回来吃早餐、喝咖啡，开始工作。当交稿日期在即，沃尔夫会全天候地投入创作，一直到晚上 11 点或午夜才上床睡觉。她觉得自己在早上最高效。"我觉得早上的思维更清晰，"她说，"我不是那种早上迷糊的类型，我是说身体可能还有点昏昏沉沉，不想锻炼，但是如果说把心思放在工作上，那么早上就是最好的时间。"

如果没有其他的安排，沃尔夫会从早上大约 9 点开始作曲，忙到下午的早些时候。在她的工作室里，有一台立式钢琴、一个放着大显示器的小写字台和一个装有乐谱、音乐书、CD 和笔记本的书架。她会随时用笔记本记录下有关音乐作品的想法。她通常一次只写一部作品，喜欢长时间沉浸其中的感觉。她在台式电脑上没有开通电子邮件的访问权限。尽管还是会时不时地用放在工作室里的手提电脑收发邮件，但是她会尽量把处理邮件的时间拖到很晚。

下午的时候，沃尔夫最主要的任务是授课。她是纽约大学斯坦哈特学院（Steinhardt School）的一名音乐作曲教授。或者，她也会去"敲响罐头"位于布鲁克林的总部与同事见面合作。又或者，她也会在家中彩排。但是因为家里的狗总会在听到高音后尖叫，所以如果彩排，她需要先将狗送往宠物中心。有时，下午的晚些时候，沃尔夫会出门散步。这对她的工作非常有帮助。但是，也许对她来说，最关键的东西来自于她和"敲响罐头"的合作创始人的交流。他们三人会习惯性地交流音乐想法，有时候将手机放在电脑扬声器上播放一些东西，接着快速地给出回应。这不仅仅是一种积极的互相强化，他们三人都有自己的观点，而且各抒己见，直言以告。也正是这一点让沃尔夫觉得见面讨论富有价值。她说："我们之间经常有非常严肃的对话。对此，我非常珍视，因为它会点燃你的激情。"

夏洛特·布雷

Charlotte Bray，1982—

常住柏林的英国作曲家布雷通常会在早上 7 点醒来，喝咖啡吃早餐，而后在居家办公室开始工作。2017 年，布雷说："我发现我在上午的时候最富有创造力，所以除了作曲，我尽量不想别的事情。"好些日子，她需要有意识地运用自己的意志力。"当我需要作曲时，我必须刻意不让自己做其他事情，"布雷说，"很多时候，我只需要坐在音乐作品前，看上一会儿，试着清空自己的头脑。"她会和自己说："这是我现在要做的事。"通常，布雷会一直作曲到吃午饭的时间，大约是下午 1 点。如果截止日期将近，或者进展顺利，布雷都会在午饭后继续工作。但是，一般来说，她会在下午处理她一大早避免触碰的各种闲杂琐事，尤其是积压下来的电子邮件。

当布雷创作时，她在钢琴、大提琴（她的主要乐器）和桌子之间来回游走。她通常会先用笔在纸上涂涂画画进行构思，大概到整体三分之二的时候才会转向电脑。除非出外旅行，否则布雷一周工作六个早晨。她很少遇到困难或者障碍，可是即便如此，新作品的推进速度依然很慢。一早上状态不错的话也就能写出 30 秒到 1 分钟的音乐，在接下来的几天，她通常会花时间对之前的想法加以审视或微调。一段 20 分钟的大提琴协奏曲会让布雷花费约 6 个月的时间去完成。尽管她以一种非常努力、严谨有序的方式在工作，但是布雷说，创作的过程从来都不是直给的。"就我个人而言，我需要有一个例行程序，我需要让自己去做这件事，"布雷说，"我从来都不奢望它会自然而然地到来。"

海登·邓纳姆

Hayden Dunham，1988—

邓纳姆出生于得克萨斯州，现居洛杉矶，她设计制造的雕塑装置源于她对材料的着迷，例如她会探究它们如何从一个形态转变为另一个形态，又或是在字面意义上和抽象意义上与人体有一种互动。"这也是我对制作实体物品感兴趣的原因，"邓纳姆在 2017 年说道，"我真的相信物体携带着能量，会改变我们的内在气质。"

邓纳姆的创作过程完全由心境决定。一般来说，她早上 7 点醒来，躺到 7 点半起身，接着去工作室兼住所中的厨房做一款"身体滋补剂",至于成分,她说:"完全视当天的需要来定。有时醒来,感觉整个人轻飘飘的,那我就需要沉下来,这个时候我会放一点苹果醋和蔬菜;有些日子呢,醒来的时候就觉得自己沉甸甸的,那我会吃一些清淡的东西。'滋补剂'就像一面镜子,让我看到自己的状态。"

之后,邓纳姆会走到住处后面的小院写20分钟左右。"就是拿起笔在纸上尝试去表达一些东西。"她说。再来吃早餐——通常是燕麦粥,穿好衣服准备工作。"我会为工作打扮自己,"她说,"我从不穿汗衫之类的衣服工作。相反,我会穿上高跟鞋,着装很正式,因为我觉得这么做有助于调整我的能量……这是另一种看待自己、自己的状态的方式。因为从事这一类的工作,怎么过好这一天完全取决于你的内在状态。"

邓纳姆接着开始工作。她首先做的往往是在洛杉矶四处奔波,为了自己的作品或拿或交一些物料,和供应商、其他合作者见面等。真正的创作或制作基本上要到下午4点才能开始。那时,邓纳姆回到工作室,开始集中精力地构建一个新的雕塑作品或者对手头正在进行的某个项目进行修改。此时,时间显得有些紧迫。因为她还需要操心晚餐,所以,下午的晚些时候就会特别匆忙。她会一直工作到不得不离开的那一刻。如果是她请客,她会在客人到达前结束工作。晚餐结束后，她会再回去忙一会儿，但这段时间往往都在忙一些电脑任务。晚上 11 点左右，上床睡觉。

邓纳姆经常不吃午餐，有时候也会在下午为自己做杯果汁。她也会根据需要，随时喝自己的晨间"滋补剂"。如果感觉工作进展不顺利，她就会来点"小零食"让自己重新启动起来。"来杯格雷伯爵茶，或者一个巧克力……棉花糖也不错。"邓纳姆说。另外一个她让自己摆脱困境的方法是跳舞。"如果我陷入了某种奇怪的状态或者感觉被困住了，我就会来段编舞，"她说，"有时会录下来，有时不会。"其他类型的运动好像并不怎么吸引她。她说："我不散步，不锻炼。就是不喜欢。我想让自己爱上锻炼，可惜做不到。"

邓纳姆强调自己的这个工作时间表仅适用于她在洛杉矶的时候。她经常旅行，也在伦敦、纽约和得克萨斯州工作。所以，很有可能接下来一周的安排完全不同。她说："我觉得我的时间不是按天、按小时来安排的。"事实上，她一周工作七天，她不觉得周末和平时有什么区别。她偶尔会在雕塑创作中休息几天，往往就是在当天早上突然决定的。也就是说，决定因素是她的内在状态；她想要让自己处于一种"充满活力的状态"，由此再来进行创作。从根本上来说，她不把自己看作是雕塑作品的创造者，相反，她觉得自己只是它们的提升者。"更像是我在为它们工作，"邓纳姆说，"我只是在尽可能地给它们需要的支持，让它们能够更有效地进行交流。"

伊莎贝尔·阿连德

Isabel Allende，1942—

智利裔的美国作家阿连德每次开始写新书的时间都是1月8日。1981年1月8日，她开始给自己即将离世的爷爷写信，这后来成为她的第一本小说《幽灵之家》(*The House of the Spirits*)。2016年，阿连德说："我有一个写作的开始日期，起初是因为我觉得这一天是我的幸运日，但是现在它更像是一种自律，就好像我的生活、日历、所有的一切都要围绕这一天展开。我知道就在1月8日这一天，我要远离周围的一切。有时候，这种远离会长达几个月。"

在这段"与世隔绝"的日子里，阿连德不会旅行，不接受邀请、采访或其他任何会占用她时间的请求，直到写完第一稿。在这之后，她会稍有放松，尽管她仍然每天早上从散步回来到午饭前都在写作，连周末也不例外。"我属于早起型，"她说，"早上 6 点起床，有时候更早……我和我的狗一起喝咖啡，然后我会换衣服、化妆、穿高跟鞋，即使我不见任何人，但这种仪式感会让我这一天的情绪都是对的。如果一直穿着睡衣，那我什么也做不了。"

阿连德在自己旧金山湾区房子的阁楼上有两间工作室。一间装的是她为正在写作的书籍搜集的各种研究资料以及各种珠子。阿连德酷爱串珠子，她喜欢把做好的项链作为礼物送给朋友。在另一个房间里，则摆放着一个祭坛和一张大桌子，桌子上有一台未连网的电脑。"只是为了写作，"她说，"里面存放的也只有书和参考资料。"

到了午餐时间，阿连德会停下来随便在家吃点东西。接着，作为世界上阅读人群最广泛的西班牙语作者，她需要处理很多事情。首先就要浏览助手转发的各种邮件。下午其余的时间，她没有特别具体的计划。如果没什么事，她会连着一个下午都在写作，或者为自己的作品，无论是小说还是非小说类的，做各种调查研究。不过，她一天必做两次的事情就是遛狗。她会一边走一边思考自己的写作计划。到了晚上，她会简单做顿晚餐，而后在晚上 10 点或 11 点上床睡觉。"我经常会幻想，在工作了一整天之后，坐下来，喝点酒，听点音乐，享受一顿美好的晚餐，"她说，"哦，还是算了吧，我往往只有时间洗把脸睡觉。"

尽管她现在一周7天，一天7个小时都在写作，但是根据阿连德的标准，这已经算是轻松的了。在创作《幽灵之家》的时候，她还有一份学校管理员的全职工作，同时还要照顾两个孩子。"所以，我只能晚上写，尽管我不是个夜猫子，而且周末也不会停。"那时候，她使用的是放在厨房台面上的一台手提打字机。后来，当她终于辞去工作，一心扑在写作上之后，时间表依旧排得满满的。从周一到周六，她从早上9点一直写到晚上7点；有时，因为已经深入了某个特定的场景，她会写得更晚。阿连德现在承认她过去给自己施加了太多的压力。这一点与她由祖父培养长大密切相关。她的祖父曾是一名军人，始终坚持强调努力的重要性。"这对我来说有好处，因为它带领着我度过了生命中的跌宕起伏，"阿连德说，"如今，我稳定了下来，过着平静的生活，也写了那么多书，所以，我不觉得还有必要去逼迫自己做点什么。"但是与此同时，阿连德并不打算退休。即使已经出版了20多本书，她依然享受写作的过程。"我为什么还要写，"她说，"当然是因为我喜欢讲故事，我爱讲故事。"

扎迪·史密斯

Zadie Smith，1975—

　　伦敦出生的小说家史密斯多年来在采访中说她并非每天写作，虽然她有时候希望自己能够有那份冲劲，但是她也知道只有当自己感觉有需要的时候，写作才有价值。"我觉得你需要有一种想要动起来，想要写出来的紧迫感，"她在 2009 年说，"否则你在读的时候，也体会不到。所以，除非我特别想，否则我不会动笔。"然而，即使史密斯感受到了某种想要表达的紧迫感，她的写作进度也依然"非常缓慢"。她在 2012 年说："我总在重写，每一天，一遍又一遍……每天，我都会从头读一遍，把前面写的东西进行修改、调整，然后再接着往前写，所以很辛苦，尤其到了一部长篇小说快结尾的部分，简直是煎熬。"

　　史密斯也曾公开谈到在如今这样一个被无线数码干扰的环境里，静下心来写作其实非常困难。她在 2012 年的小说 *NW* 的致谢语中专门感谢了名为 Freedom 和 Self Control 的互联网屏蔽软件。她感谢它们为她"创造了时间"。史密斯不用社交媒体，而且直到 2016 年年底也没有一部智能手机。她也不打算购买。"我有笔记本电脑，所以说我不是远离尘世的修女，"她说，"我只是没有每天随时随地翻着口袋查看邮件。"

希拉里·曼特尔

Hilary Mantel，1952—2022

作家曼特尔是布克奖获奖作品《狼厅》(*Wolf Hall*) 和《提堂》(*Bring Up the Bodies*) 以及其他几本小说及一本回忆录的作者。她发现小说创作是一个极度消耗身心却又完全无法预知的过程。"有些作家声称能够像挤牙膏一般匀速地完成一本书，或者像砌墙一样每天按固定的量写出内容。"曼特尔在2016 年写道：

> 他们坐在桌前，完成文字配额，接着就能在闲暇的夜晚彻底放松，打扮自己。哦，这对我来说完全是陌生的。我真怀疑他们做的是另外一个行业。写论文或者写评论，任何非小说类的东西，我觉得还可以像做其他工作一样：分配时间、调动资源，往下做。可是，提到写小说，整个过程没有明确的起始时间和截止时间，也无法衡量产出后的结果，我就像是被牵着走的奴仆。我没法按部就班的往下写。我可能对同一个场景有十几种版本的设计。我可能要花一周的时间将某一个形象穿插进故事中，可是整个叙述却没有往前移动哪怕一寸。一本小说的推进是一个微妙且深入的计划。直到最后

一刻，我才能明白那个计划究竟是什么。

曼特尔每天一睁眼就开始写作，她试图在梦境完全消逝之前抓住部分的残留片段。有时，她甚至半夜起来写上好几个小时，然后再接着睡觉。她写作的日子大致可以分为两大类："行云流畅的日子"，她"轻轻松松就能写上万千把字"；"磕磕绊绊的日子"，"焦虑难熬但事后又会发现富有成果的日子"。她既用笔写也用电脑写，她认为自己是一位"要花很长时间思考但动笔很快"的作家。换句话说，她大部分时间都花在了远离书桌的思考上。当她坐在电脑前写作时，曼特尔有时会"感到身体紧绷，就好像被锁住了一般"，她在2016年写道："我必须站起来去冲个热水澡让自己不那么僵硬。如果我实在写不下去，我也会去冲澡。我应该是我认识的人里面最干净的。"

对于其他也感到写不下去的作家，曼特尔建议最好先离开书桌，去"散散步、泡个澡、睡一觉、做个派、画画儿、听音乐、冥想、锻炼，随便做点什么，就是不要坐在那儿，皱着眉头，苦思冥想。不过，千万不要煲电话粥或去参加聚会；一旦这样做，其他人的表达就会一下子涌进来，让你丧失自己的表达方式。你需要的只是打开一个空隙，给自己一点空间，同时还要有耐心"。在曼特尔的职业生涯中，她学会了如何特别地有耐心。她第一次思考有关小说人物托马斯·克伦威尔（Thomas Cromwell）的系列小说是在 20 多岁的时候，可是直到 30 年后她才开始写作整个系列的第一本——《狼厅》。不过，当她开始动笔之后，她以惊人的速度工作，每天工作 8—12 个小时，在 5 个月内写了 400 多页。

2012 年，曼特尔对一位前来采访的记者说：

> 人们有时候会问，写作让你感到快乐吗？但是，我觉得这不是重点。写作会让你感到焦虑，让你不断地处于一种不稳定的状态。你很少会感到平静和安宁，就像童话故事《红舞鞋》中的人物一样，不停地跳呀跳呀，没有安宁的时候。我不觉得写作会让人快乐……我觉得写作创造了一种本质上无法安定的生活。一旦安定下来，也就无从创作了。

凯瑟琳·奥佩

Catherine Opie，1961—

20世纪80年代早期，奥佩还是旧金山艺术学院的一名学生，在城里的一家度假酒店打工换取食宿。她在2016年说，"那是一个瘾君子聚集、混乱不堪的地方"。在那些日子里，奥佩凌晨2点半起床，从凌晨3点到早上8点一直在前台工作，吃完早饭就去上课。放学后，她还要去基督教青年会（YMCA）的一个早教班工作。她会一直工作到晚上7点左右，然后回家吃晚饭，强迫自己在晚上9点入睡，或者彻底不睡觉，在学校的暗房里工作至凌晨3点，接着前去酒店上夜班。

奥佩漫长的工作时间终于得到了回报。她如今是美国最著名的摄影师之一。她最为人所知的作品应该是她拍摄的旧金山酷儿社区的人像，尽管她也拍摄过冲浪者、茶党集会、美国国家公园、洛杉矶高速公路、青少年橄榄球运动员以及伊丽莎白·泰勒别墅内部的系列照片。她现在的时间表没有上学时那么紧张，但也没有宽松多少。除了忙碌的艺术实践之外，奥佩还是加州大学洛杉矶分校的终身教授，因此她每周没有多少闲暇时光。"我其实不愿意有一个例行的日常安排，"奥佩说，"我更想要自由、随性。但是，我又是一名教授、一位母亲、一个运营着一家工作室的艺术家，所以我不得不有一个严丝合缝的日程表。"

截至 2016 年秋季，她还是周内每天一早 5:50 醒来，照顾十几岁的儿子出门上学，然后去锻炼身体或上节网球课。周一到周三，她要去加州大学洛杉矶分校教书授课；周四和周五会在自己的工作室。无论哪种情况，她都会从早忙到晚。下班后，她一周总有几顿商务晚餐；否则，她会回家和家人一起吃晚饭。因为日程安排紧张，她往往要到暑假、春假和寒假期间才有时间创作新的作品。"我没有不能创作的时候，"她说，"就像你要安排生活中的其他事情一样，创作也需要做好安排，没有什么是偶然发生的。"

话虽如此，奥佩还是希望自己能过上退休后的自由生活。奥佩和自己的伴侣谈论购买一辆房车，"纯粹为了玩而漫游国家公园"。但是，教学对她来说也非常重要，因为她相信建立和指导艺术家社区会让自己打破固定的思维习惯。她认为这一点对一个艺术家来说至关重要。"需要记住的是，在某些时候，艺术家在实践过程中会有一份孤傲或自恋，"她说，"有些时候，你所要考虑的并不是你自己，而是如何应对你的社区、家庭以及你身而为人的其他东西。因此，我努力在它们之间找到一个非常好的平衡。"

琼·乔纳斯

Joan Jonas，1936—

　　自从 1974 年租下曼哈顿 SoHo 的一处阁楼之后，具有开创性的影像和表演艺术家乔纳斯便一直居住于此。尽管她并不遵循每日完全一样的例行安排，但是她通常早上 7 点半左右起床，带着迷你贵宾犬小津（Ozu）出门遛弯，而后在附近一家她最喜欢的咖啡店喝咖啡、读报纸。返回公寓后，乔纳斯会打开背景音乐开始工作，往往持续一整天。莫顿·费尔德曼的音乐是她的最爱。乔纳斯试图每天都画会儿画，经常会在一天工作开始前做这件事。如果她需要为新视频写脚本，那她又会先忙这件事。如果有助手前来，他们通常会早上 10 点左右到她家，一直待到下午 6 点。乔纳斯有 3 位兼职助手：一个负责视频剪辑；一个负责为博物馆、画廊出展览计划；一个负责解决其他问题，像是有关搭建和安装问题。研究也是乔纳斯工作的重要组成部分。"我总是在寻找故事，"乔纳斯在 2017 年说道，"为此我不断阅读，做研究。我的日常生活中有一项就是去书店，买书、读书、翻书来寻找灵感。"

　　乔纳斯在外出时也经常携带一个小笔记本来随时记录想

法。如果没带笔记本，她就会使用自己的 iPhone 手机。但是，能不能有新想法并不是她的关注点。"我觉得哪怕是同样的想法，我每一次的表达方式也不一样，"乔纳斯说，"它就像是我自己开发的语言。我不确定到底有多少全新的想法，我会将曾经用过的想法再度翻新创造，或者将它们放置在完全不同的背景下。"

乔纳斯午饭后会休息一个小时。和小津一起出外散步也点缀或穿插在她的一天之中。"需要多遛狗，"她说，"我喜欢在附近散步，跟周围商店里我认识的人打招呼；或者去附近的画廊。但是，我往往一整天都在工作。"晚上，她会和朋友们见面共进晚餐。她大约每个月都会在她的阁楼公寓里举办一次晚宴。用餐结束，她会看书或在有线电视上看老电影。乔纳斯通常晚上 11 点上床睡觉，但有时也会熬到午夜或凌晨 1 点。"我经常睡不着，所以只好在晚上读书，"乔纳斯说，"或者在电脑上看电影。"

乔纳斯从来没有过创作瓶颈期。她觉得从日常生活中获得灵感很容易——去公园散步、和朋友相聚、去大都会艺术博物馆或去个新地方等等。"我觉得获得灵感的方式就是清空头脑，让新的东西走进来。"她说。她认为灵感并不是什么非常稀有或者特别不寻常的东西。"我从不把灵感和所做的研究、对事物的那份好奇心截然分开，"乔纳斯说，"我不把它们分门别类。它们都是你对这个世界感到好奇的一部分。我从中获得灵感，我是说从我周围的这个世界。"

毅然决然

玛丽 - 泰蕾丝·罗德·杰弗兰

Marie-Thérèse Rodet Geoffrin，1699—1777

杰弗兰夫人是法国启蒙运动中最重要的沙龙女主人之一。她与朱莉·德·莱斯皮纳斯（Julie de Lespinasse）和苏珊·内克（Suzanne Necker）一起将巴黎的沙龙从休闲的社交娱乐聚会转变成了严肃的知识和艺术的交流中心。杰弗兰出生于巴黎，年幼时成了一名孤儿，14岁时嫁给了一位30多岁的富有制造商。两年后，她生下了他们的第一个孩子。由于没有受过正规教育，杰弗兰在自己的邻居坦钦夫人（Madame de Tencin）家的沙龙里得到了滋养，因为当时许多重要的作家都会在那里出现。坦钦夫人1749年去世时，杰弗兰已经建立起自己的沙龙。正如历史学家德娜·古德曼（Dena Goodman）所说，她有两个关键性的创新："首先，她将1点的午餐，而非传统的深夜晚餐，变作了日常的社交用餐，由此为一下午的高谈阔论提供了时间；其次，她为这些餐间聚会制定规则，将不同的讨论设定在每周的某一天，譬如周一是艺术家的聚会，而周三是文学家的聚会。杰弗兰的沙龙设置和规定后来成为其他巴黎女性效仿的模版，使得沙龙成为启蒙运动的一个关键场所。当经常参加杰弗兰沙龙的一位意大利经济学家离开巴黎去那不勒斯后，他和他的朋友们试图在当地复制杰弗兰的模式，建立一个每周五的聚会。然而，他们发现这其中其实需要不少技巧。"我们的星期五正在变成那不勒斯式的星期五，"他写道，"尽管我们已经尽力，但是似乎离法国的那些人物和风格越来越远了……除非我们找到一个像杰弗兰那样主持、组织聚会的女主人，否则那不勒斯永远也不会成为巴黎。"

杰弗兰夫人对自己的生活一如对沙龙一样精心管理。她在1766年从华沙写给女儿的一封信中，透露了自己无论在家还是旅行时都会遵循的日常生活习惯：

> 同在巴黎一样，我在这里也是每天5点起床。喝两大杯热水，再喝咖啡。我一个人时会写点东西，尽管这样的时候并不多。我喜欢有人陪着做头发，每天和这里的国王或其他贵族一起用餐。晚饭后，我会去拜访朋友、看戏。晚上10点回到住的地方，喝杯热水就上床睡觉了。第二天一大早，周而复始。在那些盛大的宴会上，我通常吃得很少，所以不得不再喝第三杯水来缓解饥饿感。我的健康应该归功于这种严格的饮食习惯。我想我会一直坚持到生命的最后一刻。

伊丽莎白·卡特

Elizabeth Carter，1717—1806

卡特是一位英国的知识分子、诗人和翻译家。她为《绅士季刊》(*The Gentleman's Quarterly*) 和塞缪尔·约翰逊的《漫步者》(*Rambler*) 撰写文章，出版了两本诗集，并在 1749 年开始翻译爱比克泰德（Epictetus）的著作。译作于 1758 年出版后广受好评。作为牧师的女儿，卡特自幼学习拉丁语、希腊语和希伯来语，她后来又学习了法语、德语、意大利语、西班牙语、葡萄牙语和阿拉伯语。她还学习天文学、古代地理学、古代历史、现代历史和音乐。卡特终生未婚。一如她的侄子在一篇回忆录中所写到的那样："在很早的时候，她似乎就已下定决心要独居生活，要将自己彻底地投入到无尽的学习之中。"她同父亲一直生活至他去世的 1774 年。那个时候，她翻译的作品《爱比克泰德全著》(*All the Works of Epictetus*) 的预售成绩已足以让她买下一座面朝大海的大房子。尽管她一生都居住在肯特海岸的渔港迪尔（Deal），但是每年冬天她都会前往伦敦过冬。她是伦敦蓝袜社（Blue Stockings Society）的一员，这是一个由富有的女性伊丽莎白·蒙塔古（Elizabeth Montagu）资助的女性文学团体。

卡特的成就，在一定程度上，要归功于她早起的生活习惯。对此，她声称如果没有额外的帮助，她也做不到。她在1746年的一封信中写道：

> 既然你想要对我的全部生活和交谈都有所了解，那么首先要了解我被叫醒的独特方式。在我的床头，有一个铃铛。它被绑在一根麻绳和一块铅上。而它们……又通过我窗户下方的一个裂缝连到下面的花园。花园的园丁会在凌晨四五点起床。他们一起来，就会用心地拉动我之前提到的那根麻绳，就好像在敲钟一样。通过这个奇妙的发明，我才能早早起来。哦，我真是太蠢了，没人叫我，就起不来。我认识的一些坏家伙总心怀不轨地威胁我说要剪断我的麻绳；若真如此，我将一败涂地，整个夏天都会睡过去。

以上这段话是卡特在快30岁时写的。据她的侄子说，她在大部分的日子里都是这样醒来的。被铃声唤醒后，卡特会坐下来"像个小学生一样"开始"几个固定的课程，储备知识好在早餐时有所表现"。但是在吃早餐前，她会拿上散步手杖，独自一人或与她的姐姐，又或与一位被她叫醒、拖拽起来，整个人还半梦半醒的邻居一起在清晨6点出外漫步。吃完早餐，回到房间的卡特会在几个活动之间分配自己的时间。

> 我的第一件事就是给散布在房间20多处不同地方的石竹花和玫瑰花浇水；完成之后，我会在斯平纳琴（一种小型的大键琴）前坐下来煞有介事地弹会儿琴，就好像知道要如何演奏一般。在制造噪音约半个小时后，我开始玩别的。每次时间都差不多，我缺乏长时间做一件事的习惯。所以，我一会儿读书、做手工、写作、玩地球仪，一会儿又跑上跑下，爬楼梯一百多次，看看大家都在哪儿，在做什么，还会闲聊两句。这样一来，我很少会觉得自己没做事或没得玩。

卡特终生都在践行这种每工作30分钟就休息一次的习惯。据她的侄子说，她"几乎从没有一次读书或工作超过30分钟。她会到点儿就停下来，看看其他来访的亲朋好友在房间里忙些什么，或者去花园逛一圈"。尽管卡特凌晨四五点就醒了，但她仍然工作到很晚。年轻时，由于要同时掌握三门古代的语言，所以她养成了吸鼻烟保持清醒的习惯。随着时间的推移，她又发展出了其他额外的抵抗疲劳的方法。"除了吸鼻烟，卡特坦承她曾把湿毛巾绑在头上，将湿布裹在腹部，或者干嚼绿茶和咖啡，"卡特的侄子写道，"为了让父亲高兴，她努力想要戒掉吸鼻烟的习惯，并且答应没有他的允许，她不会再碰。然而，看到女儿失去鼻烟后是如此痛苦，她的父亲最终还是不情愿地同意了。"

玛丽·沃斯通克拉夫特

Mary Wollstonecraft，1759—1797

沃斯通克拉夫特花了 6 周时间写出了一篇 300 页的论文《女权辩护》（"A Vindication of the Rights of Woman"）。她写得很快，大部分作品都是在差不多的时间内完成的。有时候，这么做会对文章不利。正如她的丈夫威廉·戈德温（William Godwin）所说，《女权辩护》一文"毫无疑问看上去很不平衡，方法和结构安排都有明显的不足之处"。但是，沃斯通克拉夫特的大胆和不满让她的论文瑕不掩瑜。1792 年发表的这篇论文让她成为欧洲最著名也最有影响力的妇女之一。然而，沃斯通克拉夫特并不是一个沉迷于成功的人，她很快就转而开始写新的作品。她在一封信中写道："生活是一场耐心的劳作：总要将一块巨石推上山顶，因为，在找到安顿之处前，你觉得它应该已经放好了，不想，它又滚了下来，所有的一切又从头开始！"

玛丽·雪莱

Mary Shelley，1797—1851

　　雪莱在 9 个月内，从 1816 年 6 月至 1817 年 3 月，完成了她的第一部也是最著名的小说《弗兰肯斯坦》（*Frankenstein*）。对于首次写小说的作家来说，这是一项了不起的成就，更何况雪莱在写作的前几个月还怀孕了，并在 1816 年 12 月生下了孩子。她的丈夫，浪漫派诗人珀西·比希·雪莱对她的写作多有帮助。他是高明的编辑，并与妻子就小说情节和形式多有讨论。在 1831 年版的《序言》中，玛丽写道，在这本小说中"有太多内容来自于我们的散步、坐车和对话"。然而，丈夫的帮助并没有延伸至照顾孩子、监管家佣、接待客人的范围。根据传记作者夏洛特·戈登（Charlotte Gordon）的描述："他从未主动提出要帮忙做家务。作为家里的天才，无论白天还是夜晚，他随时随地任意进出。"与此同时，玛丽·雪莱却需要严格执行日程安排：早上写作，下午散步、处理各种琐事杂物，晚上阅读。尽管如此，她似乎对丈夫的"自私"多有包容。1822 年，在年轻的天才溺水而亡之后，玛丽时常回想起他们共同度过的美好时光。她在 1831 年版的《序言》中写道："此刻，我再一次想要我并不漂亮的后代延续下去，旺盛起来。我爱这一切，因为他们源于那些快乐美好的日子。"

克拉拉·舒曼

Clara Schumann，1819—1896

舒曼是一位德国的钢琴神童。她先是在家乡莱比锡（Leipzig）名声大噪，然后扬名全欧。她被邀请为皇室表演，并受到媒体和观众的大力追捧。这位年轻的演奏家并没有因为成功的压力而畏缩不前，但是她在 1840 年嫁给作曲家罗伯特·舒曼（Robert Schumann）之后却差点自毁前程。罗伯特需要安静的创作环境，所以在他灵感爆发的那几天或那几周里，克拉拉无法练习钢琴，更不可能追求自己想要成为作曲家的抱负。她曾在 1841 年 6 月的一段时间里抱怨道："我的钢琴演奏正在落后。罗伯特每次开始创作都会这样。我一整天连可怜的一小时也没有!"最后,她好不容易在晚上6点到8点挤出了一点时间。根据传记作家南希·B(Nancy B.)的说法,罗伯特会在那段时间去"附近的一家酒馆喝自己常喝的啤酒"。

罗伯特知道自己带给妻子的痛苦,可是他又觉得,这种不幸大抵也只能如此。他写道:"克拉拉知道我必须充分利用现在的所有精力,在我精力最旺盛的青春年华进行创作。哦,艺术家结婚,也许必然如此,只要两个人彼此相爱,那就足够了。"他从来没有想过要帮忙做家务。虽然他们有雇佣仆人,但总有很多事情要做。1841年,克拉拉生下了他们8个孩子中的第1个。尽管要照顾孩子,还要满足罗伯特对安静的需求,克拉拉还是成功地继续了自己的表演生涯。在他们14年的婚姻生活中,她至少举办了139场公开音乐会。这的确是她的毅力和自律的最佳证明。演奏会也是整个家庭收入的重要来源之一;但是,对克拉拉来说,这不过是她最方便的一个借口。她写道:"没有什么能超越创造性的活动,哪怕一天中只有几个小时我可以在音乐的世界里忘我的自我沉醉。"

夏洛特·勃朗特

Charlotte Brontë，1816—1855

勃朗特童年时经历了母亲和两位姐姐的死亡，青年时代又因为做老师和家庭女教师而倍感悲哀。她在写给妹妹艾米莉的信中说："我比以往任何时候都清楚地看到家庭女教师毫无存在感。除非要履行各种繁重的职责，否则她不会被看作是一个活生生的、有理性的人。"随着姑姑伊丽莎白在 1842 年去世，勃朗特及两位妹妹继承了遗产，得以开始全职写作，或者至少不用完全被家务琐事裹挟。她们姐妹三人在霍沃思教区的家中度过了人生的大部分时光，并写出了各自的作品：夏洛特的《简·爱》《谢利》和《维莱特》、艾米莉的《呼啸山庄》、安妮的《阿格尼斯·格雷》（*Anne's Agnes Grey*）和《女房客》（*The Tenant of Wildfell Hall*）。

即使不再为生计奔波，夏洛特也没能，或者说不能，每天写作。她的朋友兼传记作者伊丽莎白·加斯凯尔（Elizabeth Gaskell）写道：

> 有时过了几周甚至几个月，她才感到有点什么东西可以添加进已经写好的故事中。有时，一觉醒来，她发现故事的

进展清晰又明亮，近在眼前。这个时候，她会立即放下所有的家庭职责或义务，转而抓住闲暇时光坐下来将所有的想法一股脑地全部写下来。这个时候，她心中的想法远比实际的生活更真实、更亲切。然而，根据她的日常和家庭伙伴们留下的"证词"，我们可以清楚地看到，尽管有这种一心一意、"尽在掌握"的创作时刻，她也从未忽视过任何职责上的要求或其他人的求助。

至于写作的时间，加斯凯尔表示勃朗特和妹妹们会在每晚9点放下手头的工作，转而聚在一起讨论各自的进度。她们在客厅里来回踱步，描述自己的小说情节。一周还有那么一两次，她们会大声读出自己的评论和建议。"夏洛特对我说，"加斯凯尔写道，"妹妹们给出的建议，她其实很少采纳，因为她深信自己已经描述了现实的感觉。但是，大家都对这个环节感兴趣，因为面对反复出现的压力，它至少让她们有了一丝喘息和释放的机会。"

克里斯蒂娜·罗塞蒂

Christina Rossetti，1830—1894

根据英国诗人罗塞蒂的哥哥威廉的说法，罗塞蒂的诗作完全"是随意且自发的"。罗塞蒂相信优秀的诗歌会自然产生，任何试图有意为之的努力，或多或少，都是在浪费时间。"我从来无法掌控自己的诗歌创作能力，指望着它能运用自如。"她写道。在第一辑诗集出版后，出版商问她能否再出第二辑，罗塞蒂回答说："我没法按要求写作。当然不是说我现在不能写出很多东西；但是，如果写的东西不值得，那最好还是等到恰当的时机。如果可能的话，我希望自己被铭记，不是作为一本书的作者，而是一本有可读性的、有创意的书的作者。"

茱莉亚·沃德·豪

Julia Ward Howe，1819—1910

豪以创作了诗歌《共和国的战斗赞歌》（*Battle Hymn of the*

Republic）而闻名。这首 1862 年的诗歌在美国南北战争时期传颂一时，让豪成为广为人知、备受尊崇的作家。她在抚养 6 个孩子长大的同时还写了几本诗集和剧本。尽管丈夫多有反对，但是豪坚持自己的文学追求，同时还积极参与和支持废奴、妇女选举权以及其他的社会改革。在豪与世长辞一年后，她的女儿莫德出版了一本介绍母亲晚年生活的回忆录。她在书中试图解释为什么母亲能够完成那么多的工作。莫德写道："一直以来，母亲从头到尾都在工作、工作、工作，像大自然一样持之以恒，无休无止，不急不忙。"我们从豪的例行日常中也可以看到她似乎找到了理想中的工作与休闲的平衡。豪每天早晨 7 点起床后会立即冲个冷水澡（晚年时改为了温水）。接着，和家人一起吃早餐，氛围既喧闹又轻松。"因为豪每天早上的精神最好。"莫德写道。早餐时，她会喝杯茶，晚餐时则会喝点酒，这是专属于她的兴奋剂。"她总是精神饱满，"莫德写道，"整个人流露出一种欢天喜地的活力。我们称她是'全家的香槟'。"

早餐一结束，豪便开始读信、读报纸。"而后晨间散步、做体操或打球，"莫德写道，"接着就投入到真正严肃的工作之中。早上 10 点，她坐在了书桌前。"为了"调试自己的脑子"，豪会以最具挑战性的任务开始自己的一天，譬如阅读德国哲学、希腊戏剧、历史和哲学类的书籍。她50岁时自学希腊文。之后，她会投入到文学创作中，"一切都在筹划中"。她会一直工作到午饭前，但在用餐前会先休息20分钟。吃饭时，她总是吃自己喜欢的食物，不会有任何不适。据莫德说，"家里每个人都说她的消化系统像鸵鸟一样好"。

午餐结束后，她会返回书桌继续早上开始的工作，回信，并在最后读一些轻松的东西，譬如意大利诗歌、一本旅行游记或法国小说。豪从不在天黑后工作。如果没有其他安排或会面，她和家人一起吃晚饭，而后"交谈、玩纸牌、听音乐和朗诵"。

如果说豪很享受自己的晚年生活，其中的部分原因在于她不幸的婚姻未能让她在早年享受人生。豪24岁结婚，很快就发现这段婚姻和自己对婚姻的期望大相径庭。她渴望得到一份彼此支持、相对平等、充满智识的陪伴，而她的丈夫则希望拥有一个庞大的家庭和一位操持家务的妻子，而自己可以畅游在追求写作事业的自由中。豪感到自己日渐朽腐：在婚姻的头几年，她整个人"处于梦游状态，忙着吃饭、睡觉、生孩子"，"感觉就像行尸走肉，看不到任何的美好"。她开始试图反抗，一开始还小心翼翼，但随着时间的推移，她的胆子愈来愈大，最终在未经丈夫同意且不知情的情况下，于1853年出版了诗集《热情之花》（*Passion-Flowers*）。在接下来的几年里，她反复如此操作，令丈夫大为恼火。直到他1876年去世后，豪才得以充分享受她已获得的崇高声望。所以，难怪她人生的最后十几年充满了明快的色调。在生命的尽头，豪的女儿问她："什么是快意人生？"当时已91岁的豪略有停顿，接着总结说："去学习、去教导、去服务、去享受！"

哈里埃特·比彻·斯托

Harriet Beecher Stowe，1811—1896

"如果要写作，我必须拥有一个属于自己的房间，我的房间。"斯托在1841年给丈夫的一封信中写道。这句话比弗吉尼亚·伍尔夫的"一间自己的房间"几乎早了一个世纪。那一年，斯托30岁，已经在国家级的杂志上发表了好几年的短篇小说，并将很快出版自己的第一本书，一本有关家庭故事的短篇小说集。她同时还是4个孩子的母亲。斯托夫妇一共生养了7个孩子。斯托的丈夫是一位神学教授，但是受到当时先进思想的启发，他鼓励斯托继续写作并欣然同意了她想要一个自己房间的要求，尽管他仍然期望妻子能肩负起操持家务、照顾孩子的重任。斯托在 1850 年写给嫂子的一封信中，这样描述自己的典型一天：

> 就在我写信的这段工夫，我已经被叫走十几次了——一次是去买鳕鱼，一次是接待送来一篮水果的客人，一次是见一位书商……还有喂奶、去厨房做晚上的鱼汤。此时此刻，我终于又回来可以写上几笔。我就是毅然决然，一心要写，好似一艘迎着风浪却誓要前行的小舟。

令人惊讶的是，在应对繁杂家务的同时，斯托却仍然坚持每天写作 3 个小时。她后来说："育婴房和厨房是我的主战场。"1852 年，随着《汤姆叔叔的小屋》的正式出版，斯托的生活发生了翻天覆地的变化。这本一年销售了 30 万册的小说让她一夜之间名利双收。斯托的成功也带来了令人头疼的问题：在小说出版的几个月之后，斯托就被"请求经济援助的人给包围了"。不过，此时也再没有人提出她的写作是否会妨碍做家务的问题了。当斯托开始着手创作《汤姆叔叔的小屋》的续集时，她的丈夫写信给出版商保证："我们将竭尽所能地减轻她的家务负担。"

罗莎·博纳尔

Rosa Bonheur，1822—1899

博纳尔是 19 世纪最著名的女艺术家之一。她以画动物闻名于世，尤其是她在 1853 年创作的画作《马市》(*The Horse Fair*)。与当时其他的女艺术家不同，博纳尔坚持描摹细节，从而为自己赢得了"男性化"风格的赞誉。与此同时，她也因为喜着男装而名声在外。在 19 世纪的法国，女人穿男装不仅影响声誉更是非法的。在 19 世纪 50 年代，博纳尔是巴黎警方特许可以穿男装的 12 位女性之一。乔治·桑（George Sand）也名列其中。博纳尔以自己需要穿裤装工作为由获得了特许令。她的确需要去实地参观屠宰场来获取有关动物解剖学的知识。她说："对于那些拒绝正常穿戴，一心想要假扮成男人的女人，我坚决反对……如果你看到我穿成这样，可别忘了，我和她们不一样，我不是为了突出自己，我是为了工作，我可是要在屠宰场里待上好几天的人！哦，为了艺术，我不得不让自己和屠夫们一起站在血污中。"

事实上，博纳尔经常在家里和工作室里穿男装。这是一个公开的秘密。但是，她有足够的理由充分淡化这件事。高调炫耀穿男装会导致舆情反感，这不仅会影响她的画作出售，更有可能招致对她和其他女性关系的不友好审查。年轻的美国画家安娜·克伦普克（Anna Klumpke）曾前来拜访；8 年后，克伦普克请求再次返回为博纳尔画肖像画。博纳尔同意了。但她在画作完成之后的第二年便与世长辞。

博纳尔生前近 40 年一直居住在自己在枫丹白露附近购买的一处房产中。她和米卡斯将之昵称为"完美情感之境"。当克伦普克 1898 年来到这里为博纳尔画像时，她很快就掌握了这位伟大艺术家的日常作息。博纳尔告诉她："我日落而息，清晨 5 点即起。早上 7 点到 9 点，我会和佣人一起带着两只狗出外兜风，接着一直工作到中午，继而读报、午休。下午 2 点，我的时间就全是你的了。"博纳尔对克伦普克说自己之前会工作很长时间，但是现在她觉得没有必要了。"如今，我更悠闲，做得少，想得多。"她说。

后来，克伦普克发现博纳尔的晨间惯例还有关键的一项。她的卧室里摆满了鸟笼，共计养了 60 多只鸟。"它们各式各样、五彩斑斓，从早到晚，聒噪地震耳欲聋。"克伦普克写道。每天早上醒来后，博纳尔都会从一个鸟笼走到另外一个鸟笼，喂养自己的心爱之物。克伦普克疑惑地问她，难道这些鸟不会打扰她休息吗？博纳尔回答道："一点儿也不。我从来不拉窗帘，每天清晨，早在小鸟啁啾前，太阳就已经把我叫醒了。我喜欢看到清晨的第一缕阳光。这也是为什么每当我看到没有云彩蔽日便满心欢喜的原因。"

鸟不是博纳尔饲养的唯一动物。克伦普克说博纳尔还养了"狗、马、驴、牛、绵羊、山羊、红鹿、獐、蜥蜴、野山羊、野猪、猴子、最可爱也最凶猛的狮子"。其中一头狮子名为法蒂玛，因为好似一只贵妇犬一样时常跟在博纳尔身边而人尽皆知。博纳尔饲养的宠物猴也可以在房间内自由活动。其中有一只名叫拉塔塔的猴子，博纳尔写道："她每天晚上都会过来帮我梳头。我想她大概误以为我是她族内的一只老公猴！"

实际上，这座占地广阔的动物园不过是为了给博纳尔提供充足的绘画对象，让她能够在自己的庄园里开展工作，而无须东奔西跑，去农场、畜栏、动物市场和马市。为了能在田野里画动物，博纳尔还找人建造了一辆不同寻常的马车，让她可以不受恶劣天气的影响。她的一位朋友描述道，那是一个"四轮马车上的小木屋"，一侧"全是玻璃，罗莎·博纳尔就坐在后面免受冷空气的侵袭"。有动物、有绘画、有爱人，开始是米卡斯，后来是克伦普克，可以说博纳尔拥有自己想要的一切。"我是一只衰老的老鼠，"这位艺术家在 1867 年写道，这也是她入住庄园后的第 7 年，"在嗅遍山丘之后，满意地退回了自己的洞穴；可是，又因为没能亲身参与到那个自己看到的世界而不免有些伤感。"

埃莉诺·罗斯福

Eleanor Roosevelt，1884—1962

罗斯福或许不是传统意义上的艺术家，但她无疑是一股创造的力量。她通过自己的乐观主义、务实主义以及顽强且持续不断的努力而引发了社会变革。作为美国任职时间最长的第一夫人，她每月都会巡回演讲，每周都在电台广播，定期为女性记者举办新闻发布会，而且自1936年开始撰写报纸专栏《我的一天》（*My Day*）。她以一周6天的频率，连续26年发表专栏文章，几乎没有中断。在丈夫于1945年去世后，罗斯福成为新成立的联合国的首位美国代表，并在次年成为联合国人权理事会的第一任主席，负责起草了1948年《世界人权宣言》。她同时还积极参与很多其他的事业：在全国范围内发表演讲，是美国民主政治背后的一股力量，不断地写书、写信——根据自传所说，她每天会收到大约100封信。这些信都会被一一回复，其中她的三位助手回答大部分的问题，而她每天亲自回复10—15封信。

在《人生的学问》一书中，罗斯福提到了要如何最好地利用时间。显然，她有明确的建议和发言权：

> 有三种方式解决时间的问题。第一，要心平气和。唯有如此，才会不受周围事物的干扰而集中精力做事。第二，专注处理手头的事情。第三，形成例行安排，将特定的活动安排在特定的时段，提早计划，但与此同时又保持灵活，为处理任何意外的状况留出时间。

罗斯福的日常生活总是被各种活动排满。她写道："一天之中，我没有多少个人的安静时刻。"她通常早上7点半醒来，然后会一直工作至凌晨1点入睡。给《我的一天》专栏写文章往往是她最后会做的几件事之一。罗斯福经常在晚上11点在床上发表专栏文章。她的一位多年老友说："她每晚只睡5—6个小时，但看上去完全没事。她好像从来不知道还有'疲劳'一词。"

罗斯福树立的榜样令人鼓舞。但是，对她的助手们来说，那意味着极其艰苦的工作。根据她的女儿安娜的说法，罗斯福的职业道德感高到令人可怕的程度：

> 以前，到了晚上 11 点，听到母亲给她的长期秘书马尔维娜·汤米·汤姆森说"我还有一篇专栏要写"，我就很难受。那个已经疲惫不堪的女人只好坐在一台打字机前，听母亲给她口述内容。她们俩其实都已经筋疲力尽。我记得有一次汤米生气地说："你要说大声点，我听不清楚。"母亲回答说："如果你仔细听，自然就能听得很清楚。"

多萝西·汤普森

Dorothy Thompson，1893—1961

汤普森是一位著名的言辞尖锐、行事大胆的美国记者。她一周三次在新闻专栏《记录》上发表文章，而读者更是遍布全球，达数百万。根据传记作家彼得·库尔斯（Peter Kurth）的说法，她撰写专栏文章的过程如下：

> 在床上，用手写。她大多数的时候都会在床上从一早

躺到中午：读报纸、给朋友打电话、回邮件、喝黑咖啡、抽骆驼牌香烟。她的一位秘书在旁边记录下她的口述内容。除非还有其他的任务，譬如写演讲稿、文章或者定期的广播节目，否则她会一直这么躺着。她更喜欢自己一个人写专栏。当对文章感到满意的时候，她会站起来，大声读给房间里的其他人听。一篇专栏文章完成后，她会匆忙地打字完成并通过信使送到《国际先驱论坛报》的办公室，在那里进行校对、修改语法，但很少会对文字进行编辑。最后的成稿会通过航空邮件或电报发送至全国各地的订阅报纸。这时候，汤普森就可以自由地起身、穿衣，用剩下来的时间在公寓里来回踱步，手里始终握着一张黄色便签纸来随时记录灵感。因为汤普森自己也不知道何时会突然"变得好奇"，想要写点东西，所以她的屋子里满是"傻瓜信纸"、帕克钢笔，还有一台 L. C. 史密斯牌打字机。她会这样不停地写文章、写注释、打电话、聊天，一直等到朋友们过来一起喝一杯。那是属于她们的"鸡尾酒时刻"。

汤普森的专栏文章每一篇都有 1 000 字。仅在 1938 年，她就写了 132 篇，还有十几篇较长的杂志文章，超过 50 篇的演讲和杂文，数不清的广播节目以及一本关于当年难民危机的书。汤普森认为促使她创作的真正动力来自她长期以来对人类无能的不满。"我生活在大量的肾上腺素中,"汤普森写道,"这是我从每一个清醒的瞬间所感受到的愤怒中提炼出来的。我为那些妥协的人,那些在这个悲惨的世界上百无聊赖、冷漠自私、愚蠢至极的人感到愤怒和悲哀。"

偶然的激荡

詹妮特·弗雷姆

Janet Frame，1924—2004

弗雷姆是一位新西兰作家，著有 12 本小说、4 本短篇小说集、1 本诗集和一部 3 卷的自传。她从新西兰南岛的一个工人阶级家庭中长大，家中有兄弟姐妹 5 人。她在当地一家教育学院毕业后做了一名老师。但是，在一次自杀未遂后，她被送进了精神病院，并被误诊为精神分裂症。在接下来 8 年的大部分时间里，弗雷姆都在精神病院里度过并接受了 200 次的电击治疗。尽管如此，她还是设法专注于小说创作，并在 1951 年出版了她的第一本书《潟湖和其他故事》（*The Lagoon and Other Stories*）。当时，她是居住在锡克里夫疯人院里（Seacliff Lunatic Asylum）的一位"病人"。按计划，弗雷姆即将接受一次脑叶切除手术，但是当医生听闻她的作品获得了新西兰最负盛名的文学奖之后便取消了手术。随后，她便被"释放"了。

离开疯人院之后，弗雷姆去了姐姐家。姐姐又带她去拜访了当地的著名作家弗兰克·萨杰森（Frank Sargeson）。被弗雷姆的故事深深吸引的萨杰森主动邀请她入住自己房后的军营小屋，并帮忙安排新西兰的国家医保福利。从精神病院走出来的一个月后，弗雷姆搬进了萨杰森提供的小屋，并惊讶地发现自己竟然成了一名全职作家。"我有了一个军营小屋，里面有一张床，一张放着一盏煤油灯的内置书桌，一块放在地上的草席，一个前面挂着一块旧窗帘的小衣柜和一扇开在床头的小窗户，"弗雷姆在自传第二卷中写道，"萨杰森先生（我还不敢直接叫他弗兰克）已经为我申请到了医疗证明和每周3镑的福利资助，这几乎也是他的收入金额。这一刻，我拥有了自己希望的和想要的一切，但同时也禁不住后悔为什么要过去这么多年，我才找到它们。"

弗雷姆很快就适应了萨杰森的日常生活，尽管她还是无法摆脱在医院养成的早起和立即穿衣的习惯。"他直到7点半才起床，8点吃早饭。我感觉自己似乎等了好几个小时才鼓起勇气，拿着我的便盆和洗漱用品走进他的房子，等着他起床、穿好衣服。"她写道。

　　通常我会自己准备早餐，喝一杯隔夜发酵的酵母饮料，再加上自制的蜂蜜酸奶、蜂蜜面包和茶。如果萨杰森先生坐在一侧和我一起吃早餐，我们就会聊会儿天。在我住进来的第一个星期，他说："你吃早饭时太喋喋不休了。"

　　我把他的话记在了心里，注意不让自己那么多话。但是，直到我每天开始有规律地写作之后，我才明白形成、保持并维护好我们的内心世界有多重要。我也才明白当每天醒来重新唤醒自己——尽管很可能还在昏昏欲睡，就像一只站在门外等待进来的动物——这个时候，周围安静的环境才能赋予它找回自己的全新能量。随着我对作家生活的逐步了解，我对自己被叫作"喋喋不休者"的那份难过也就慢慢消失了。

早餐后，弗雷姆便返回自己的小屋开始创作第一部长篇小说《猫头鹰哭了》(Owls Do Cry)。上午 11 点，萨杰森会拿着一杯茶和一片淋蜜的黑麦薄饼来到小屋门口，轻轻敲门，接着走进来在弗雷姆的书桌上放下茶具，并礼貌地"避开视线，不看我打出来的内容"，她写道。等他一离开，弗雷姆便一把抓起茶和薄饼送进嘴里，接着一直工作到午后 1 点。这个时候，萨杰森会再次敲门告诉她午餐准备好了。午餐时，这位年长的作家会大声朗读一本书中的章节，"我们会讨论刚刚听到的内容，我一边听一边接受和相信他所说的一切，并对他的聪明才智感到不可思议"。弗雷姆写道。

弗雷姆并没有在萨杰森的小屋里住很久。16 个月之后，她在获得了一笔资助后前往了欧洲。她后来在欧洲旅居、写作了好多年。她在那里建立的日常规律对她日后的生活大有裨益。她养成了每日查看写作进度的习惯。她会在练习本里分门别类地写下：日期、希望完成的页数、实际完成的页数以及未完成的"借口"。在职业生涯后期，弗雷姆取消了"借口"一栏，转而改为追踪自己的"浪费日"——因为，她写道，"我不需要向自己重申已知的借口"。

弗雷姆后来又赢得了不少的文学奖项。但是，直到电影制片人简·坎皮恩（Jane Campion）将她的故事改编成1990年的电影《天使与我同桌》（*An Angel at My Table*）之后，她的名字才家喻户晓。弗雷姆去世后，坎皮恩记述了自己前往她在新西兰的家中征询其同意电影改编权的过程。"弗雷姆和我遇到的任何人都不一样：她看上去更自由、更有活力、更绝对正常。"坎皮恩写道。

我记得她的房间有点凌乱：厨房里堆满了碗碟，卫生间没有门，只有一块帘布。她养了一只迷人的白色波斯猫。我们俩都喜欢摸它。接着，她带我参观整个房间，让我了解她是如何工作的。每一个房间，甚至每一个房间里的每一个部分都被分配给了正在进行中的每一本书。到处都挂着帘子，就像医院病房为了保护病人隐私悬挂的隔断一样。在她最后工作的那张书桌上放着一副耳罩。

弗雷姆告诉坎皮恩自己无法"忍受任何声音",所以才会佩戴耳罩,而且她还在自己平房的外墙上多加了一层砖来隔音,结果徒劳无功。后来坎皮恩在电影中使用了耳罩这个元素:在电影的最后一个场景中,弗雷姆在姐姐后院的拖车里写作,戴着耳罩试图阻止从外面传来的姐姐孩子的嬉闹声。这是一个典型的作家形象——从来无法真正地融入人群,却在写作中找到了人生的意义和方向。"我觉得写作对我来说,意味着一切,"她曾经对弗兰克·萨杰森说,"我每天都害怕会离开它。"

简·坎皮恩

Jane Campion,1954—

对于坎皮恩来说,完成一部电影的漫长过程几乎总是从创作开始的。这位出生于新西兰的电影制片人是她自己 7 部电影中的 5 部,以及电视剧《谜湖之巅》(*Top of the Lake*)的编剧或共同编剧。在一次采访中,她将写作的过程描述为主要依靠直觉的过程。"始于一种难以言喻的感觉,"坎皮恩在

1993 年说道，"一种情绪。你想要用文字捕捉那种你感受到的或者你想象到的情绪。"如果过程顺利，那么最终呈现的电影"就是情绪的流动"，她说道。

当坎皮恩为 1993 年的电影《钢琴课》写剧本时，她独自生活了一周，彻底沉浸在故事情节和主人公的世界中，时而潸然泪下。"我必须走进去几天，"她说，"一旦抓住了感觉，我可以……再走出来，回到朝九晚五的日常生活。"然而，即便如此，她的写作状态依然脆弱并易于被打断。"有时候，我正灵感爆发，感觉有一些想法可以持续深入，我不停地写呀写，"她在 1997 年说，"可就在这个时候，我又饿又累，真是气死人，哪怕能再有一个小时，我一定可以走得更远！"

阿涅丝·瓦尔达

Agnès Varda, 1928—2019

瓦尔达经常被称为新浪潮电影的祖母。这个称呼对晚年已 90 多岁的她来说肯定合适。瓦尔达制作过 21 部电影和数十部短片。可是，当她第一次被贴上这个标签时才 30 岁出头，她一点儿也不认为自己是电影界的老前辈。瓦尔达的第一部电影是 1954 年的《短岬村》(*La Pointe Courte*)。她后来争辩说自己一生中只真正看过五部电影。《短岬村》最初是一本小说。"我根据大纲画了一些画，然后给一位导演助理看了看，"她在 1970 年说，"他建议说或许电影是最理想的表达手段。后来，我借了些钱就开始做了。"在同一次采访中，瓦尔达将自己制作电影的动机描述为"一条凭直觉流动的地下河"。

瓦尔达花了 7 年时间拍摄自己的第二部电影——《五至七时的克莱奥》(*Cleo from 5 to 7*)。她说："不是因为我是女性，而是因为我写的剧本很难拿到拍摄资金。"不过，瓦尔达也谈到了女性创作者在电影这个传统上由男性主导的行业里所面对的困难。"有两个问题：一个是女性如何在所有职业中获得与男性同等数量的晋升；另一个是社会问题，那些仍然想要孩子的女性如何确保能够在她们想要的时候生孩子，和她们想要的人一起生孩子，以及我们如何帮助她们抚养孩子。"瓦尔达在 1974 年说道。至于自己，她补充说："只有一个解决办法，那就是成为一个'女超人'，同时过好几种生活。对我来说，人生最大的困难就是在拥有好几种生活的同时不屈服、不放弃其中任何一个，既不放弃孩子，也不放弃电影，也不放弃男人，如果喜欢男人的话。"

1974 年，德国电视给了瓦尔达制作一部新影片的充分的自由，时间期限是一年。可是，就在一年前，瓦尔达有了自己的第二个孩子。根据以往的经验，她深知在照顾一个小孩的同时拍摄电影有多么困难。因此，她决定在不离开家的情况下拍摄新的影片。她在 1975 年说："我告诉自己，我在展现女性创造力方面是一个很好的榜样，而这种创造力总是受到家庭和母亲角色的挤压和限制。"

因此我在想，这种种限制究竟会产生什么样的后果？我是否能够在这些限制中重新点燃自己的创造力？……于是我从这个想法出发，从大多数女性被困在家中出发。我将自己依附于灶台。我想象有一根新的脐带。我用了特殊的 80 米电缆将自己连接到家里的电箱。我决定就给自己这么大的拍摄空间，不超出电缆的范围。我要在这段距离内找到自己需要的东西，不冒险走得更远。

这项计划成功了。瓦尔达最终通过拍摄家附近商贩们的日常生活制作了一部纪录片《达格雷街风情》（*Daguerréotypes*）。这是瓦尔达典型的工作流程，她喜欢快速工作。"一有想法就开始拍摄，"她说，"趁着自己还处于想象的狂热中。"她曾在 3 天之内创作了 1965 年的电影《幸福》（*Le Bonheur*）。然而，瓦尔达又对灵感一说不屑一顾：

> 你知道艺术家经常谈论灵感和缪斯女神。缪斯女神！真搞笑！不是什么缪斯女神，是你和创意力量的关系驱使着你去做出想要的东西……所以，你需要自由的联想和做梦的状态，让自己随着回忆、偶然的相遇和物体一起释放自己。我试图在过去 30 年的电影制作过程中学习到的严格纪律与那些意外出现的时刻、偶然的激荡之间实现平衡。

1988 年，瓦尔达说变老的一个好处是她对事业的感觉愈发平静。她不再为未完成的工作感到紧张，她说自己享有"某些无人能触及、也无人能摧毁的特权"。当然，如果有拍摄新电影的机会，她仍会以极大的精力快速投入。"我往往因为进度太快、要求太高而让整个团队感到疲累，"她说，"我早上 5 点起床写人物对话，比任何人都提早一个小时到片场查看。我可能会突发奇想，并想要立马付诸行动。我会毫不迟疑地提出可能让其他人感到难以置信的要求，一点儿也不考虑他们是否能完成。"

弗朗索瓦丝·萨冈

Françoise Sagan，1935—2004

法国小说家、剧作家和编剧萨冈最著名的作品是她在 1954 年出版的第一本书《你好，忧愁》(Bonjour Tristesse)。当时，她不到 19 岁。萨冈说写这本书自己花了"2—3 个月的时间，每天工作 2—3 个小时"，没有太多的思考或规划。"我只是动笔写，"她说，"我有一股强烈的写作愿望和一些空闲时间。"她不确定自己是否能写完一整本书，但是一旦开始，她试图"带着热情完成它"。写完之后，萨冈觉得出版的可能性不大，但她还是将书送到了巴黎的一家出版社。没想到，出版商和她签定了一份让她有利可图的合同，并在几个月后将之出版。

《你好，忧愁》一经出版就成为畅销书，让仅有十几岁的作者一夜成名。萨冈被《巴黎竞赛杂志》称为"18 岁的柯莱特"(an 18-year-old Colette)。这本书的利润让萨冈有了一个延长的少年幻梦，她财务自由，饮酒过度，想要有意避开资产阶级的价值观和舒适感。"我不喜欢落入俗套，在老旧的环境里经历同样的旧事，"萨冈在第一本书出版 20 年后的 1974 年说道，"我一直在搬家，真是很疯狂。日常生活里的基本物质问题让我感到无聊。如果有人问我晚饭吃什么，我会变得很慌乱，继而情绪低落。"

毋庸置疑，萨冈没有特定的写作流程。"有时，我会一口气写上十天半个月，"她说，"在两个创作高峰的中间，我会思考故事情节，做做白日梦或讨论。我会询问其他人的意见。这对我很重要。"萨冈基本上从写草稿开始。她写得很快，有时甚至在 1—2 个小时之内完成 10 页。"我从不做计划，因为我喜欢即兴发挥，"她说，"我喜欢自己牵引着故事情节，按照自己的意愿进行处理。"草稿一旦完成，她会仔细推敲、修改，特别留意句子的韵律和平衡感，"我不允许丢掉哪怕一个音节或节奏"。当她的写作不如预期时，萨冈会觉得很"羞愧"，她说："就好像要死了一样，你觉得丢人，对自己写下的东西感到惭愧，真是糟透了。但是，如果进展顺利，你又会觉得自己就像是一台运转完美的机器，就好像看见一个人 10 秒之内跑出了 100 码，那个感觉，好奇妙。"

格洛丽亚·奈勒

Gloria Naylor，1950—2016

    奈勒在布鲁克林学院读研究生期间写下了她的第一本书《布鲁斯特街的女人们》(*The Women of Brewster Place*)。她当时还在一家酒店做电话交换员，并正在经历离婚。"我当时并没有意识到我有一个看上去根本不可能处理好的时间表。"她后来回忆道。她在任何能找到的时间里写作，譬如休息日、工作和上课之间的空档以及在酒店值夜班的时候。"你知道酒店接线员在夜间的工作状况，所以我当时是一个人，"她在1988年的一次采访中说，"大约凌晨2点半或3点以后，我会坐在那里编辑修改当天写的东西。我只能这么做。"尽管这些都表现出奈勒强大的意志力，但她坚称自己"不是一个自律的人。我只是做了自己想做的事情。写作是从我内心流淌出来的东西，是帮助我摆脱一团糟的个人生活并找到秩序感的东西"。

    奈勒在毕业的当月完成了《布鲁斯特街的女人们》。她原本打算继续攻读博士学位，成为一名教授。然而，这部小说收获的好评和商业上的成功彻底改变了她的计划。1983年，她的首作还赢得了小说类国家图书奖。于是，奈勒在获得硕士学位后离开了研究生院成为一名职业作家。她借助奖学金、教学以及最终成为"每月一读图书俱乐部"（Book of the Month Club）的执行理事来维持生计。她的工作计划因手头的项目及其他事务而不断变化。她更喜欢在清晨写作，从早一直忙到中午或下午1点左右，下午则用来处理文学以外的事情。她从不挑剔自己的写作条件。"我的需求很简单，"她说，"底线就是一个温暖且安静的地方。"

她对写作过程的理解非常实在，她称自己只是"故事的记录者"，因为故事会自己出现。"写作始于一些萦绕在我心头的图像，我也不知道为什么会有它们，"她说，"人们会问我：'你怎么知道它会发展成一个故事或者一本书呢？'我回答说：'因为它们萦绕心间，挥之不去。'你就像生病了一样，直到你通过一个完整的、复杂的、痛苦的写作过程找到答案，找到那些图像的意义为止。所以，经常是，嗯，当我进入写作状态时，我会为自己找到的图像含义感到抱歉。但是，一切都早已命中注定。"

艾丽斯·尼尔

Alice Neel，1900—1984

尼尔是 20 世纪伟大的肖像画画家之一，然而她直到 60 多岁时才开始获得认可。在此之前，她默默无闻地工作了数十年。面对贫困、评论界和商业界的忽视以及独自抚养两个儿子长大的重任，尼尔依然想方设法地坚持每天画画。她通过各种形式的政府援助维持生计。一开始，她是"作品进展管理局"的一位艺术家，从而能领取工资，可是项目结束后，她只好依靠社会救济。当一位采访者问她如何在一个有两个年幼的孩子的家中作画时，尼尔说：一开始，她只有在孩子们入睡后才能画画；后来，随着他们慢慢长大，她也可以在孩子们去上学时画画。她从未想过要从艺术中抽身出来。"如果你想在有孩子的阶段暂时放弃画画，那么实际上你将再也不可能拿起画笔，"尼尔说，"或者你没有放弃，但画画成了你的业余爱好。画画必须是一件连续去做的事情。嗯，你可能会停上几个月，但我不觉得你可以因为其他的事情停上好几年。倘若如此，你就和自己的艺术脱节了。"正是因为这个以及其他原因，尼尔拒绝妥协。她认为身为艺术家，自私是一项特权，况且男性艺术家在得到这些特权时毫不犹豫，所以她不会为此感到内疚。她在 1972 年的一场讲座中对学生们说:"我觉得女性代表了一种沉闷的生活方式,总是在帮助男人而从不表现自己;但是,我,我自己想成为一名艺术家!如果我也有一位好妻子,我一定能取得更大的成就。这么说非常的大男子主义,但这就是我面对的现实。"

雪莉·杰克逊
Shirley Jackson,1916—1965

1962 年 9 月,《纽约邮报》的一名记者问杰克逊:"是你的家人鼓励你写作的吗?"她回答说:"是他们不能阻止我。"杰克逊写了 6 本小说和数十部短篇小说,其中最著名的是《摸彩》(*The Lottery*),讲述的是在一个沉睡的新英格兰村庄里发生的石刑仪式。她在写作的同时还要照顾 4 个孩子、一群宠物和一个 20 世纪中期信奉男人不介入家庭育儿理念的甩手掌柜。杰克逊的丈夫从事的是文学评论、杂志编辑和教授的工作,而杰克逊则要在操持家务和照顾孩子的同时挤出时间来写作。她在 1949 年的一次采访中说:"我一生中 50% 的时间都在洗衣做饭、缝缝补补。当把所有的一切都安排妥当之后，我才能转身坐在打字机前，试着，嗯，写点东西出来。"

尽管杰克逊时常抱怨自己分身乏术，但是，一如鲁思·富兰克林（Ruth Franklin）在她的传记《雪莉·杰克逊：一个被困扰的人生》中所说的那样，她"似乎从周围的限制中找到了想象的能量"，富兰克林接着说：

利用间隙写作——无论是晨间幼儿园和午餐之间的空档，还是孩子午睡的间隙，又或是孩子们晚上入睡后的闲暇，都要求她具备合乎自身需求的自律。她在做饭、打扫卫生或做其他任何事情的时候都在不断地思考。她在一次演讲中说："我每天都忙于整理床铺、洗碗、开车去城里买舞蹈鞋等等，可其实我一直在给自己编故事。"即使后来孩子们长大了，她有了更多的时间，杰克逊也不是一个整天坐在打字机前的作家。她的写作不是从她坐在桌前的那一刻开始的，也不会在她起身离开的那一刻结束。"作家，永远都在写作，透过一层淡淡的文字雾霭看着眼前的一切，会为自己所见的事物快速刻画出简短的描述，作家永远都在观察。"

与做家务相比，写作有趣多了。"我丈夫不喜欢写东西，"

杰克逊在 1949 年说，"对他来说，写作就是工作。可是，我觉得写作让我放松。首先，它是唯一能够让我坐下来做的事情。其次，看到故事的不断发展，有一种非常愉悦的感觉。它会带给你源自内心深处的满足感，就好像你在打牌时一路连胜一样。"

艾尔玛·托马斯

Alma Thomas，1891—1978

托马斯是第一位在惠特尼美国艺术博物馆举办个人展览的非裔美国女性。她在华盛顿特区的一间公立学校教授艺术课长达 25 年。在教书的同时，她也一直在追求自己的绘画事业。直到 1960 年退休之后，业已 69 岁的托马斯才成为全职艺术家，并在 10 年后获得了广泛认可。在开个展的 1972 年，她已是 80 高龄。当被问及为什么没有在大学毕业后成为职业艺术家时（她当时在大学学习的是绘画和雕塑），托马斯说没有那么简单。她告诉一位朋友说："对于受过教育的年轻黑人来说，在那个时代，人们有太多的期望，有太多的压力要你符合社会对你的要求。"但是，她补充道："我从未失去想要创造原创作品、想要做出属于自己的东西的渴望。"

在她多年的教学生涯中，托马斯始终想要找到方法来发展自己艺术家的身份。从 1930 年开始，她在纽约的哥伦比亚大学度过了三个夏天，在那里获得了艺术教育硕士学位，在纽约期间，她更是经常参观博物馆和当代艺术画廊。1950 年，59 岁的托马斯入学美国大学，继续学习绘画和艺术史。她一生未婚，也未生儿育女，她觉得这些都会分散自己的精力。她说："一个女人是无法兼顾家庭和艺术的。她必须做出选择。"

退休后，托马斯终于全心全意地投入到了绘画中，她以水彩表达为主，在自己位于华盛顿的那间小房子的厨房或客厅里工作，将画布平放在膝盖或沙发上。她声称对自己这么晚才选择职业道路并不后悔。她在 1977 年对一位来访的评论家说："我不知道是如何发生的，但是对我来说，每一次在人生的十字路口，我都选对了方向。"

我终生未婚。我知道自己做出了正确的选择。我当时认识的那些年轻男人对艺术毫无兴趣，更是一无所知，而艺术恰恰是我唯一喜欢的东西。所以，我一直保持着自由。我画画是因为我想。我不一定非要回家，晚回家也没事，没有人来干扰我做自己想做的事情，或者让我停下来去讨论他们想要聊的事情。这就是我想要的，没有争论，没有分辨。这一切都在让我随性发展。

如果托马斯有什么遗憾，那就是在成为全职画家后不久，她患上了慢性关节炎，她变得越来越虚弱。"你知道当你被禁锢在一个78岁的老人身体内，却有着25岁年轻人的思想和活力，是一种什么样的感觉吗？"她问道，"如果时光倒流，能回到60年前，我会展示给他们看。"

李·克拉斯纳

Lee Krasner，1908—1984

有人曾问克拉斯纳，她为艺术做出的最大牺牲是什么。她回答说："我毫无牺牲。"许多观察家都对此深表怀疑。克拉斯纳高中时开始学画，20多岁时成为一名全职艺术家，在人生的尽头被公认是抽象表现主义的先驱代表人物。在与画家杰克逊·波洛克（Jackson Pollock）14年的婚姻生活中，克拉斯纳的个人发展始终被丈夫的绘画成就及他"臭名昭著"的自毁行为而掩盖。她的丈夫最终在 1956 年因酒后驾车而亡。不过，克拉斯纳坚持认为她和波洛克的关系是平等的，对方一直"特别支持"她的工作。"波洛克是一个跌宕起伏的风云人物，和他在一起的生活从未平静过，"克拉斯纳说，"但是就我要不要画画，我应不应该画画来说，从来都不是一个问题。我从来不需要把自己的作品藏在柜子里，我的画就挂在他的画的旁边。"

在克拉斯纳的推动下，他们离开了纽约这座他们相遇并相爱的城市。她威逼波洛克的画廊主人和赞助商佩吉·古根海姆（Peggy Guggenheim）出资 2 000 美元帮忙购买了位于长岛的东部渔村斯普林斯（Springs）的一户老旧且没有供暖设施的农舍。1945 年秋天，他们搬到了那里。波洛克将一间谷仓改建成了他的工作室，而克拉斯纳则将二楼的一间小卧室变作了她的工作室。在斯普林斯，波洛克会一直睡到上午 11 点或中午，然后到下午的晚些时候才去谷仓画画。克拉斯纳则会在上午 9 点或 10 点起来在楼上工作。"他总是睡得很晚。"克拉斯纳回忆道。

早晨是我工作的最佳时间，所以当听到他有动静时，我一般在我的工作室里。我会下楼，他吃早饭时，我吃午饭……我们之间有一个协议，未经允许不得擅自进入对方的工作室。有时候，差不多一周一次吧，他会说："我有东西要给你看。"……他会问："你觉得可以吗？"或者，他来看我的作品时会评论说"这个可以"或者"这不怎么行"。

乡村生活对他们来说非常适宜，至少一开始的确如此。两个人分工合作，克拉斯纳负责煮饭而波洛克负责烘焙。她说他能做出"令人惊艳的面包和馅饼"。他们俩共同负责打理花园和草坪。没有了纽约的呼朋唤友，波洛克一开始很少喝酒。他在这些年发展的滴画技术成为他成熟风格的标志。克拉斯纳自己也终于实现了艺术追求上的突破。在经历了多年的困惑，一遍又一遍地涂刷画布，用一位评论家的话来说，直到画布变成"灰色油腻面饼"的时候，她创作了自己的《小图像系列》（Little Images），一种层叠着抽象符号的艺术表达。她在其中运用了自己的滴画技术。这些作品后来成为她最成功的作品，尽管它们的重要性直到20世纪70年代才获得认可。

然而，随着波洛克重新开始饮酒并且日益不能自拔，克拉斯纳从楼上卧室搬到了她的独立工作室，那是他们在相邻的土地上能够买得起的一间熏制房。波洛克去世后，克拉斯纳奔波于长岛和曼哈顿，住进了上东城一间楼下有门卫的公寓。她将主卧改成了工作室，自己住在较小的客房，如此便能在周期性失眠发生时起身直接绘画。1974年，克拉斯纳将自己的工作日程描述为"非常神经质的绘画节奏。我的时间永远向工作开放。如果处于创作周期，我会让自己与世隔绝，避免任何的社交活动，一心画画"。在工作周期之间的日子最难熬：她总是渴望能进入工作状态，但是她不觉得创作可以通过强迫来完成。"我会听从创作周期的声音，"她在1977年说，"我会顺从。如果没有创作灵感，我会等待，尽管这样的日子很难熬。对于未来，我会拭目以待。只要再次开始，我就心满意足，因为我又能感受到那股活力。我再次以之前的强度来工作了。"

格雷斯·哈蒂根

Grace Hartigan，1922—2008

哈蒂根是第二代抽象表现主义画家中最重要的人物之一。

他们大都是跟随着威廉·德·库宁（Willem de Kooning）和杰克逊·波洛克（Jackson Pollock）的脚步试图扩展视觉抽象范围的一批纽约画家。哈蒂根从 20 世纪 50 年代初期开始生动记录创作过程的日记在 2009 年正式出版。在 1955 年 7 月的一则日记中，她描述了自己作为一名年轻画家在纽约下东区的生活方式：

现在，我一个人的日子有了它的模样。早上大约 9 点起床，听交响乐、喝果汁、吃水果、准备一壶黑咖啡。读会儿书（目前一直在读《纪德日记》），打电话聊天……接着画三四个小时，有时是五个小时。感觉还没有到，但我会一直思考。

接着，做些家务、冲个冷水澡、吃一枚硬邦邦的煮鸡蛋、喝一两杯朗姆酒、读书、听唱片。今晚约了诗人弗兰克·奥哈拉（Frank O'Hara）在雪松餐厅见面吃晚餐，然后去看电影《伊甸园之东》的晚场。我感觉敏锐，读书专注，没"跑神"。我有想法，或者说点子。汤姆·赫斯（Tom Hess）有一篇关于年轻画家的文章，其中几乎包括了"每个人"却唯独没有我。我不会为此沮丧、纠结。我觉得很有趣。

哈蒂根提及的这篇文章其实是她最后一次被排除在外。不过，她并非一直对职业前景如此乐观。相反，哈蒂根始终在有进展的自信和停滞的痛苦之间徘徊。就在几个月前，她写道：

> 我正处于煎熬期，浑身倦怠，无法安宁。昏昏欲睡的倦怠感让我一整天缩在椅子上，有什么读什么——电影书、侦探小说、"文学"、旧杂志。焦躁不安又让我在房间里走来走去，从一个窗户到另一个窗户不停地向外张望，或者冲上街道去看每一张面孔，从一个画廊冲到另一个画廊，又或者在博物馆里疯狂地寻找着什么，一些线索、某种暗示，任何能让我摆脱生活或艺术困境的东西。

最终，工作状态会自己回来，有时候是在焦灼的几天后，有时候则需要等待好几周。"艺术不能被直接捕捉。它难以捉摸，你要追寻，"哈蒂根在日记中写道，"而发现艺术的唯一方法就是通过偶然的领悟和启示。"这需要你保持一种持续的警觉和坚定的决心。一如哈蒂根在另一篇日记中所写的那样，"你必须要无比勇猛"。

托尼·凯德·班巴拉

Toni Cade Bambara，1939—1995

班巴拉的写作生涯从短篇小说开始。她在20世纪70年代出版了两部短篇小说集:《大猩猩，我的爱》(*Gorilla, My Love*)和《海鸟仍在生存》(*The Sea Birds Are Still Alive*)。她从来没有一个严格执行的写作计划，反而是在养育女儿、在大学教书、四处演讲和参与社会活动的空隙进行写作。"我没有例行的写作程序，"班巴拉在采访中说，"也没有任何两个故事以相同的方式来到我这里。"

我通常同时处理五六件事，换句话说，我会做做这个，又做做那个，然后再把它们用一个标题粘在一起。对我来说，专门坐下来写作还是挺奇怪的。我会不停唠叨，朝一个方向走，但可能发现自己实际上被拽到了另一个方向，有的时候，也会被拉进一条小巷。我一般手写，朋友或家人戏称它们是疯狂的象形文字。如果是那种6/8鼓点节奏的作品，我会用出水流畅的圆珠笔在长长的黄纸上写。如果是缓慢、稳定、要注意腔调、"遮面落泪"的作品，我喜欢用墨水笔在又短又粗的白纸上写。在打字前，我会反复修改、涂抹，甚至把纸张飞得到处都是。我特别不喜欢打字——特别、特别不喜欢——所以，在这个阶段，文章会被狠狠删减。接着，我会把完成的文稿放在抽屉里或者钉在布告板上一段时间，给某个人或者一组人读一下，获得一些反馈，沉淀一下，放在一边。之后，当某位编辑打电话问我："有新的东西吗？"或者当我发现桌子上一片狼藉，或者当某个读者来信问我："你还活着吗？"又或者当我需要一些钱时，我会非常认真地坐下来，进行最后的编辑润色，并在整个过程把我逼疯之前赶紧把它们发出去。

班巴拉后来从短篇小说转向了长篇小说，并在 1980 年出版了长篇首作《食盐者》（*The Salt Eaters*）。这也就意味着她必须调整自己的写作方法。她在 1979 年的一篇文章中写道：

> 我之前从未意识到原来有那么多人对女作家的工作习惯如此关注，诸如会问你是如何平衡母亲的责任和角色的？你是否发现朋友，特别是亲密的伴侣，并不喜欢你想要一个人待着？你能否从忙碌的生活中抽身去专注写作？之前，写作在我的生活中从来都不是中心。再说，短篇小说体量轻薄，我可以在开车去农贸市场的路上构思叙述大纲，在等待航空

公司接电话的工夫处理对话，在陪伴女儿做胡萝卜蛋糕的时候刻画出中心场景，在深夜写出第一个版本，在洗衣服时进行编辑，在制作集会传单时复印成册。但是，写作长篇小说需要我抽身出来频繁且长时间地专注于创作。除了读书和偶尔的讲座外，我似乎不可能再去忙些别的。我不能再敲出简明扼要的办公备忘录。而我的私人关系，我想也因为我的分心、心事重重和疏离而受到了损害。创作短篇小说就是一项工作，而写长篇小说则是一种生活方式。

玛格丽特·沃克

Margaret Walker，1915—1998

"选择成为一名作家，"沃克在 20 世纪 80 年代早期写道，"一名黑人女性必须有傻气和蛮勇，对写作艺术的执着和努力，坚强的意志力和一腔赤忱，因为命运从不眷顾她。情况并不顺利。一旦决定便无法回头。"沃克深知写作所需的付出和艰难。1934 年的秋天，年仅 19 岁、就读于西北大学的大四学生沃克开始写作第一部小说《欢乐的节日》（*Jubilee*）。

1965 年 4 月，距离第一次构思 30 多年后，她完成了第一稿。在此期间，她获得了硕士学位，出版了一本广受赞誉的诗集——1942 年的《为了我的人民》（*For My People*），开始在大学教书，结婚并养育了四个孩子。但是，那部长篇小说一直在她的脑海里。一有时间，她就会钻研、写作，只是她经常没有时间。从 1955 年到 1962 年这七年间，她只字未写。当被问及是如何在有家庭和教学工作的情况下找出时间写作的时，她多年后写道：

> 我并没有。这也是《欢乐的节日》会拖那么久的一个原因。一个作家需要每天都有一定的时间进行写作，文学创作尤其如此，而长篇小说更是必然如此。写诗歌或许还不一样，但是小说创作需要每天长时间地按照一定的速度写作，直到完成为止。一位女性，身为妻子和母亲，同时还有一份有规律的教学工作，想要写作几乎是不可能的。周末、夜晚和假期适合阅读，但不足以写作。

的确，沃克是在重回艾奥瓦大学攻读研究生的时候，在暂时离开丈夫和孩子的情况下，才完成了这本小说，并让小说成为自己的硕士论文。即便如此，她还需要满足研究生阶段的其他要求才能一心扑在小说创作上。到了1964年秋季，她终于再次回到了《欢乐的节日》这本书上。随着小说逐渐接近尾声，她的写作时间越来越长。第二年春天，"从早晨7点开始一直写到中午11点停下来吃午饭"，她后来回忆说，然后"回到打字机前，一直工作到晚餐时分或下午4点喝下午茶的时候。晚饭后接着写到晚上11点。我把自己逼到了体力极限，随后高兴地发现自己在两个月内减重20磅"。

她很高兴自己完成了这本书，尽管她后来承认，《欢乐的节日》的长久酝酿是它获得成功的关键。当被问及与这本书共处了这么长时间的感受时，沃克说：

> 我成了它的一部分，它也成了我的一部分。工作、养家糊口，所有的这些都是它的一部分。尽管我忙于日常琐事，但是我一直在思考要怎么推进《欢乐的节日》。最可怕的感觉是担心自己永远也写不完了……即使有时间去写，我也不确定自己是不是能按我想要的方式完成它。长期和这本书一起生活是痛苦的。尽管如此，《欢乐的节日》是一个人成熟之后的作品。开始时，对于生活，我了解的并不多。但是，30年过去了，我从中学到的很多……通过想象去写和有亲身经历之后再去写，感觉还是不一样的。这两种状态，我兼而有之。

专门的空间

塔玛拉·德·伦皮卡

Tamara de Lempicka，1898—1980

1918 年夏天，伦皮卡抵达巴黎。因为沙皇俄国爆发布尔什维克革命，身为波兰和俄罗斯贵族的她不得不和丈夫塔德乌什（Tadeusz）带着年幼的女儿基泽特（Kizette）逃离圣彼得堡。她的社会地位因此一落千丈。在俄国，这对年轻夫妇凭借家世过着奢华舒适的生活，而流亡巴黎的他们只能屈居在一家酒店的小房间内，里面只有一张床、一张婴儿床和一个盥洗盆。"我可怜的小宝贝，连同我们的日常食物，都只能在同一个盥洗盆里清洗。"伦皮卡后来回忆道。塔德乌什一腔愤怒，万般不满，甚至拒绝接受作为银行职员的卑微职位。他开始酗酒，经常和妻子吵架，甚至动粗。伦皮卡的反应则和丈夫完全不同。在经历了短暂的沮丧期之后，她决定接纳现实，不仅要改善家庭状况，更要以自己的方式在巴黎立足。

伦皮卡很早就显示出了艺术才华。她曾在俄罗斯及其他国家学习绘画。到达巴黎后不久，她决定重新开始。1919 年年底，她在一家私人美术学院登记注册，开始在那里度过自己的大部分时光。上课结束后，她就去卢浮宫临摹名画。她安排好时间，让自己可以早上陪女儿吃早餐，晚上哄她入睡。

其他时间，她将女儿交由丈夫或住在附近的母亲照顾。"到了1922年秋天，"传记作家劳拉·克拉里奇（Laura Claridge）写道，"伦皮卡试图同时过着学生、画家、妻子、母亲、养家人和放荡者的生活。"完成学业的几年内，伦皮卡就已经开始展示和销售自己的作品，而且售价越来越高。她创造了一种与她所处的时代完美匹配的绘画风格，"软立体主义"和新古典主义肖像的结合体，一种流露着优雅的装饰艺术，尤其适合迷人的裸体主题。

关于克拉里奇提及的"放荡"，是指伦皮卡在将女儿哄睡之后会回到歌舞厅或歌剧院，并在稍晚的时候前去探索巴黎夜生活的阴暗面。回家后，在性刺激和化学物质的激发之下，她开始不停地画画，数个小时从不间断。最后，为了安抚兴奋的神经，她会服用草药补品缬草来帮助自己入眠。但是无论如何，她坚持每天按时起来和女儿一起吃早餐。所以，她的睡眠时间通常只有几个小时。大约也就是在这个时候，她有了自己的座右铭："世上没有奇迹，只有你创造的一切。"

罗曼·布鲁克斯

Romaine Brooks，1874—1970

布鲁克斯出生于罗马，由一位残忍且精神错乱的母亲抚养长大。她在意大利学习绘画并最早在卡布里岛（Capri）建立了自己的工作室。1902 年，28 岁的布鲁克斯在母亲去世后继承了一大笔遗产，因此得以搬到巴黎过上了在当时对一位女性来说非同寻常的独立生活。根据传记作家戴安娜·苏哈米（Diana Souhami）的描述，"她有一名英国司机、一名法国女仆、一个西班牙门房和一个比利时厨师，她穿着貂皮、天鹅绒，佩戴珍珠"。无须为画作销售担忧的布鲁克斯全身心地在追求她那独特的视觉风格，毫不理睬当时流行的以灰色为主色调的单色调色板的艺术浪潮。一位策展人说布鲁克斯的"绘画方式就好像毕加索和马蒂斯从未存在过一样"。

1915 年，布鲁克斯遇到了娜塔莉·克利福德·巴尼（Natalie Clifford Barney），一位在巴黎经营着一个活跃沙龙的美国作家。经常出现在巴尼沙龙上的作家和艺术家有科莱特（Colette）、拉德克利夫·霍尔（Radclyffe Hall）、朱娜·巴恩斯（Djuna Barnes）、塞尔玛·伍德（Thelma Wood）、多莉·怀尔德（Dolly Wilde）、格特鲁德·斯泰因（Gertrude Stein）、爱丽丝·B. 托克拉斯（Alice B. Toklas）等等，用书商西尔维娅·比奇（Sylvia Beach）的话来说，"穿着高领衣服、戴着单片眼镜的女士们"。布鲁克斯和巴尼很快就开始了一段超过50年的关系。对布鲁克斯来说，这是最理想的安排。当提及自己的创作过程时，她说："我会一连数月闭关创作，不见任何人，用绘画来表现我眼中的悲伤和灰暗。"幸运的是，巴尼对共同居住的观点大致相似。"对我来说，自主生活是必不可少的，"她在《轻率的回忆》一书中写道，"不是因为自私或缺爱，而是为了成为更好的自己。每天在同一个屋檐下，甚至在同一间卧室里与所爱之人享受充满爱恋的亲密，对我来说会失去自己。"

1930年，布鲁克斯和巴尼试图在法国南部圣特罗佩附近共同建造一座中间有连接的房子来一同生活。她们称之为"连字符别墅"，意图达到一种既相互独立又一起生活的理想状态。她们共用客厅和走廊露台，同时又有各自单独的入口、工作室和卧室，她们也分别雇佣自己的仆人。

然而，即使有这种分离，布鲁克斯还是对巴尼时常有朋友来访感到不适。看来只拥有自己的工作室和卧室还不足够，她需要真正的独处。一如她自己所写的那样，"我觉得艺术家必须独自生活，感受自由，否则一切个性都将不复存在。我只有在孤独的时候才能构思作品，更不用说实际创作了"。

尤多拉·韦尔蒂

Eudora Welty，1909—2001

　　美国小说家韦尔蒂在 1972 年说："我几乎可以在所有我尝试过的地方写作。"不过，她还是更喜欢在家里，因为她说："对我这样早起的鸟儿来说，家里最方便，而且一大早绝对无人打扰。"她喜欢一口气写出短篇小说的第一稿，而后根据需要进行校对修正，最后再一气呵成地写出定稿，"所以，那是一个需要持续努力的漫长过程"。

　　韦尔蒂一早穿着睡袍就开始工作，直到写到了她满意的一个节点，她才会停笔换好衣服。她在自己位于密西西比州杰克逊市的家的楼上卧室里写作。这是她父亲在她 16 岁时建造的，她后来再也没有离开过。她用打字机打出草稿，她说，"打字机会让我拉开距离变得客观"。而后她会将所有片段铺平在床上，并用裁缝针固定起来，重新排序，直到她找到自己满意的叙事结构为止。有时候，这意味着她最初计划的开篇成了结尾，反之亦然。

　　1988 年，一位采访者让韦尔蒂尽可能详细地描述她理想中作家的一天。她回答道："哦天，从来没有人给过我这样的机会。"

好吧。我会早起。我属于那种早上头脑清醒的人。我喜欢一觉醒来就投入工作，最好一整天电话不响，门铃不响，不管有没有什么好消息，也没有客人。听起来可能有些无礼。但是，你知道，平常人眼中美好的一天，我并不想要。我不关心自己在哪儿，在什么房间。我只想起床、喝咖啡、简单吃两口就开始工作。而且是一个人拥有完整的一天！到了一天快结束的时候，大约下午6点，我会停下来喝点东西，一杯波旁威士忌和水，看晚间新闻，然后随心所欲地做点儿自己想做的事。

韦尔蒂说自己的午餐特别简单，往往一分钟搞定，譬如三明治配可乐。晚上的时候，她会和朋友共进晚餐或参加其他的社交活动。她说完美一天的关键在于第二天是否能完全一样。对于日渐成为国际知名作家的韦尔蒂来说，这样的日子其实越来越难以实现。她的梦想依然是每天尽可能地没人打扰。即使有一天进展不顺利，也没有关系，毕竟它是正在不断发展的进程中的一部分。"持续不断的坚持努力"才能带来好的作品。"你要完全沉浸其中，我觉得，而后才能感受到方向，"韦尔蒂说，"工作会让你看到前行的方向。所以，不要中途丢掉线索。持续跟进是一种美好的工作方式。"

埃琳娜·费兰特

Elena Ferrante，1943—

"我没有固定的写作习惯。"这位匿名的意大利小说家在 2014 年的一次采访中面对有关写作习惯的问题，这样回答道：

> 我想写的时候才会写。讲故事需要很多能量，发生在人物身上的也会发生在我身上，他们携带的感情，无论好坏，我都能感受到。这是写作原本的样子。若不如此，就不要写了。当我感到筋疲力尽的时候，我就会停止写作，转而处理成千上万个之前被我忽略的紧急事务。没有它们，生活就无法正常运转。

费兰特没有固定的写作时间表。她曾经说过："我会随时随地、日夜不停地写。"她唯一的要求是在"一个角落"或"非常小的空间"里写作，这样她对目前手头正在忙的项目会有一种紧迫感。"如果感受不到紧迫感，也就没有什么特别的仪式可以帮助我，"她说，"我更喜欢做其他的事情，总是有更好的事情要做。"

琼·狄迪恩

Joan Didion，1934—2021

1978 年，《巴黎评论》(*The Paris Review*) 问狄迪恩是否有写作仪式。她回答说："最重要的是我在晚餐前需要独处一个小时，喝点东西，回顾这一天做过的事情。"

我无法在下午的晚些时候做这件事，因为离得太近了。另外，我也需要喝点东西，让自己从纸堆中走出来，用这一小时的时间删除、添加。第二天，重新再来，会根据前一天晚上的笔记做整理。当我处于工作状态，我不喜欢出门，或者和别人一起晚餐，因为那么做，我餐前的一小时就没有了。如果没有这一小时，我第二天就没有灵感，或者不知道自己要写什么，整个人也会情绪低落。另外一个我会做的事是，如果一本书接近尾声，我需要和它睡在同一个房间。这也是我要回到萨克拉门托 (Sacramento) 结尾的原因之一。当然，你紧挨着它睡觉，它也就不会离开你。在萨克拉门托，没有人在乎我出不出现。我只要起床敲打键盘就行了。

2005 年，狄迪恩告诉一位采访者，她通常会"在一篇作品上花费一整天的时间。实际上，只字未写；但是会坐在那里，一直思考，试图有一个连贯的想法。有可能，在下午 5 点左右会有灵感到来，然后会工作好几个小时，得到三四句话或者一个整段"。狄迪恩曾经说过缓慢的写作过程源于思路的不清晰。她在 2011 年说："写作会迫使你去思考。"

它会强迫你深入思考。没有什么是突然灵光一闪就有的，哪有那么容易。所以，你需要理解自己的所思所想，从中获得一些东西，写下来。对于我来说，唯一能深入思考并加以理解的方法就是写下来。

在写作时，狄迪恩并不会放松下来。"感觉和平时不一样，"她在 2011 年说，"我不喜欢那个感觉。"

希拉·赫蒂

Sheila Heti，1976—

"在很长一段时间里，我以为我没有日常惯例。我也因为自己的生活并不像在《巴黎评论》中读到的许多作家那样，有着完美的时间表、自律、过着在我眼里不可能的生活，而感到非常失败。"加拿大作家赫蒂在 2016 年说道，"我知道想要成为作家必须自律，但是我不是一个能够长期坚持做一件事的人，例如有固定的锻炼计划、饮食计划等。我会很快就失去热情。"然而，随着时间的推移，赫蒂开始接受自己略显松散的写作方式：

随着年龄的增长，我越来越想让我的写作和生活交织在一起。我不想让自己写的书或写作本身与我想做的事完全分开，或者与我思考的事情有距离，换言之，我的写作不应该与我整天思考的事情不一样。我不知道我之所以这么想，是不是因为我无法为写作专门腾出来一个神圣的特别的空间，让我可以身处其中去想象其他的世界。还是说，相反，生活和写作就该无缝衔接，就应该是同一件事。所以，无论什么时候，只要我来到电脑前，不论是 10 分钟还是 2 个小时，我都会从自己当时的状态出发，从我正在想的东西出发开始写。我希望生活和写作是一回事，写作就是我经历的生活，只不过是在纸上，是我坐下来之后对之前正在过的生活的一种延伸。

赫蒂在自己和男友一起居住的多伦多的家中工作。他们没有严格的时间表，早上7、8或9点起床，晚上10点到12点之间睡觉。赫蒂起床后会立即喝一两杯咖啡，然后根据男友当天的上班时间，和男友一起待一会儿，或者打开电脑写作。"我想让自己不在中午之前查看邮件，但每天几乎都会失败。"她说。她会在床上或者沙发上写东西，"我有一张书桌，但我从不用它"。她每天或者至少每天会开一个新文档。有时她一连几个星期或几个月什么也不写，但在接着的一个月每天写"成千上万"的字。"我想这其中可能有某种节奏，但我一直也没有搞明白那个节奏是什么，"她说，"我只知道我在月经周期的黄体期（即月经前两周）会写很多东西，因为那段时间我非常情绪化，所以需要写下来整理思路，让自己冷静下来，解开某些困结。"

赫蒂的写作可以分为两类：思如泉涌、想象力爆发的东西和平时更加日常的东西。后者往往都是以日记的形式出现，大部分内容也不会出版。但是，在某一个时刻，赫蒂会意识到自己已经停止写某本书了，转而开始写新的作品。这个时候，往往是她开始编辑前面一个作品的时候。"我会花很多时间编辑、重新排列，因为总是写得杂乱无章。所以，写一本书，对我来说，最难的部分是弄清楚编排顺序，什么要留，什么要删，"她说，"我可能写了25或50页，但最后发表的可能只有一页。"她从来不会重写场景，如果某个场景第一次感觉不好，那它就不会再出现。但是，赫蒂会花很多时间修饰句子，无论是在电脑上还是在纸上。在这个过程的不同阶段，她会将电脑文件发送到当地的印刷店，并让他们打孔装订。接着，她会带着打印好的文稿在不同的地方再进行进一步的编辑。通常，她会回到第一稿，她说，自己总是喜欢原来的版本。

米兰达·裘丽

Miranda July，1974—

裘丽是一位电影制作人、一名表演艺术家和一位作家。她编写剧本、写作短篇和长篇小说，并在这些领域都获得了成功。这要归功于她强大的自律能力，尽管她并不觉得这是完全积极正面的性格特征。裴丽永远都在为自己制定规则，因此她在工作过程中经常会有不同程度的内疚、自我折磨和欺骗。例如，她最喜欢的一个心理技巧就是，为了避免处理"火烧眉毛"的项目，她会去修改另一个不那么紧急的项目，她责备自己在拖延，但是在某种程度上她又觉得正是自己的跨界探索才让她创造出了最好的作品。

2012 年，随着孩子的出生，工作的风险又增加了。"有了孩子，就有点像你要参加自律奥运会了一般，"裴丽在 2016 年说，"就像'嗯，现在是时候秀肌肉了！'，看看我能不能每天只花 45 分钟就写出一本小说来！"其实，裴丽正是在怀孕和儿子出生的头几年完成的自己的第一部作品《第一个坏人》（*The First Bad Man*），前后一共用了 3 年。裴丽说："一开始，我会将婴儿交给保姆 30 分钟，然后进房间写点东西。现在我知道，那是相当重要的。"

裴丽住在洛杉矶，在被她称为"一个肮脏狭小的洞穴"的住所里工作。后来，在住进电影制片人迈克·米尔斯，她现在的丈夫家之后，她便将之前的住所变成了自己的工作室。大多数的日子里，她早上大约 6 点半起床，忙碌一些"母亲的事情"而后送儿子去学校，接着前往工作室，通常在上午 9

点到达。尽管她白天大部分的时间都是自己度过，但是赫蒂对每天一早的穿衣还是非常注重。"我喜欢衣服，我觉得衣服是一种抗抑郁剂，"裘丽说，"我喜欢低头看着面料，有一种我适应这个社会的感觉，尽管我并不身处其中。"

因为跨界工作，裘丽没有一套固定遵循的流程。但是，写作是她一天的主要任务。她在家的时候就做好了准备，在起身前往工作室之前会先查看一下邮件，看看有没有什么需要解决的紧急问题。一旦到了工作室，她会在电脑上启用阻止互联网的软件，持续3—6个小时专心工作。散步是她写作中重要的一环。"我经常感觉像在逃学，"裘丽说，"我发现坐在椅子上冥思苦想能想到的好主意很有限。当然，写作的时候当然得坐着。但有的时候，我会感觉就像是冻在了那里，什么也没有做，好像也忘记了自己可以起身、出去走走，看看书或做其他事情。"一旦她打破了困境，她会在社区周围散步，同时用智能手机语音记录的功能记录想法。通过长期的经验，裘丽很清楚"在散步写作时大脑承受的压力有多大，"她说，"不算太多。你知道，你可以骗自己说，你就是喜欢在户外。或许种下一两粒种子，譬如，'这个角色应该怎么做？'这样的想法，然后让它自己发展。"每一个写作项目，裘丽都有成百上千个语音记录。所有这些她会在写第一稿的时候加以参考，她说，"就像一本小圣经"。

在有儿子之前，裘丽通常工作到晚上7点。但是，现在，她通常下午3点45分就停止工作。即使加班，也只到5点半。因为日间工作时间缩短，所以裘丽只能在儿子入睡后处理电子邮件和其他的工作任务。整体上，她避免在晚上工作，而是在晚上10点睡觉前和丈夫聊聊天。

帕蒂·史密斯

Patti Smith，1946—

"起床后，如果感觉不舒服，我就会做一些运动，"朋克歌手、视觉艺术家和诗人史密斯在2015年说，"我会喂猫，然后拿上咖啡、笔记本，在家写几个小时，接着就四处闲逛。我试着去散步或做类似的事情，只是为了消磨时间，直到有不错的电视节目。"史密斯在家里写作，通常躺在床上。"虽然有一个很好的书桌，但我更喜欢在床上工作，"她曾经写道，"就好像我是罗伯特·路易斯·史蒂文森（Robert Louis Stevenson）诗作中的一个康复患者一样。"史密斯也会在曼哈顿公寓附近的咖啡馆里写作。她是犯罪侦探剧的忠实粉丝，尤其是那种阴郁黑暗的作品。她在情绪化、执着的侦探身上看到了写作的影子。"今天的侦探就是昨天的诗人，"史密斯在 2015 年的自传《时光列车》（*M Train*）中写道，"他们花费一生的时间嗅探出第一百个线索，将一个案件做个了结，而后疲惫不堪地走进日落余晖。他们在娱乐我的同时给了我支持。"

尼托扎克·尚吉

Ntozake Shange，1948—2018

"无论什么时候醒来，我都会开始写作。"美国剧作家和诗人尚吉在 1983 年接受采访时说。

> 我也喜欢去常去的那间咖啡店，在下午 2 点到 4 点半或晚上 6 点半到 8 点之间避开客人高峰期进行写作。我会要杯葡萄酒和佩里耶水（Perrier water），然后安静地坐着写一个半到两个小时。这对我来说已经非常好了，环境让我有一种安全感。我不愿意独自在家，不论有什么妖魔鬼怪，只要我

不是一个人脆弱在家，它们就不会吞噬我。如果我需要写一个真的很可怕的作品，我会走到外面去写……走出去，在人群中，我就是安全的。这样，我就能写出无论多么稀奇古怪或者可怕的东西。必须控制住妖魔鬼怪。

但是，对尚吉来说，写作过程同时也意味着要放弃一些控制，至少在一段时间之内。"我有时候真得觉得自己就是一个媒介，"她在1991年说，"我认为潜意识有时候会通过艺术家来表达它自己，是其他精神或者神灵的媒介，为了释放和表达一些在理智的情况下不可能会表达的东西。"

辛迪·谢尔曼
Cindy Sherman，1954—

谢尔曼被公认为是美国最重要的现代艺术家之一。她凭借自我转变，借助化妆、假发、服装以及令人回味的背景（无论真实或虚拟）等方式建立了自己令人惊叹的职业生涯。她将自己装扮成不同拍摄主题的拍摄对象，从而探索自我呈现、脆弱、衰老和孤独等问题，并在这个过程中将艺术史、名人文化和社会变迁的美学标准进行解读。她从来都是独自工作。她曾经试图启用朋友或家人作为拍摄对象，但是她说这个过程让她太过于关注他们的需求，过于自知，反而难以进行专注的创作。"甚至哪怕是有一个助手在身边，"谢尔曼在2012年表示，"我也会感到不自在，就像原本我应该很忙，但我可能在发呆，在线上或线下看杂志、看图片，或做其他事情。"而且，当她试图与人合作时，谢尔曼有一种他们纯粹就是为了好玩的感觉，就"好像万圣节扮演，或者是假面装扮一样"，但这完全不是她想要追求的。她在2003的一次采访中说：

> 我所追求的绝对不是好玩……其实我自己也不知道我想从拍照中得到什么，所以很难和别人讲清楚，无论是谁。我自己做的时候，就是用镜子召唤出自己想要的东西，当我看到的那一刻，我就知道对还是不对。

在工作室里，谢尔曼把一面镜子放在相机旁边。当她看着镜子时，她会想象自己"正在成为另外一个人……那种感觉，就像在做催眠术"，她在1985年说道。所有的一切都没有时间表。"我不是朝九晚五的那种艺术家。"她曾经说过。而且，她自己也不知道究竟要多少时间才能拍摄出一幅新作品。"很难讲，"她在谈及1988—1990年的历史肖像系列时说道，这是一组向大师画作致敬的作品，"在拍摄其中一些历史肖像时，我感觉自己只需要几个小时就能完成。还有一些肖像，我觉得我知道自己要什么，所以我会连着做好几天，但是有可能始终都不满意。所以，每一次都是不同的。"

关于究竟到哪一刻，她会觉得自己的一个系列的作品都完成了。她说主要还是感觉。"真的会有那么一个时刻，我会说'够了，可以了，厌倦了'，或者我在一个系列当中开始重复自己。"谢尔曼在2012年解释道。

我接着进入了系列创作的阶段。通常，会有一个截止日期。所以，我会为了展览在一定时间内专注地把需要做的事情做好。之后，我就有点疲惫，想要离开一段时间。我会打扫工作室，把东西都收好。即使我可能已经有了其他想法，但是有可能几年过去之后，我才会再次返回工作室。

事实上，她职业生涯中的一个恒定的特征就是漫长的休息期，通常是数年之久，通常是在两个照片系列之间。在这段时间里，谢尔曼会感到自己再也不想拍照了，但是到目前为止，总有一些什么事情会让她想要再重新尝试一次。

蕾妮·考克斯

Renee Cox，1960—

考克斯是一位出生于牙买加，但定居在纽约的艺术家。自20世纪90年代以来，她的摄影作品往往聚焦在黑人女性的身体上，以此来挑衅性地探索种族和性别政治。她在2017年说自己没有严格的日程安排，"因为一切都是按照男人们设置的时间来安排的"。但是，考克斯的确每天早上都会6点醒来，紧接着冥想45分钟。"冥想结束，我又回去接着睡觉。"她笑着说。这一觉会睡到早上9点半左右。而且，她每周有3天在上午11点进行物理治疗。大约在中午时分，考克斯会从哈莱姆的家中出发，开车10分钟到达位于布朗克斯（Bronx）的工作室。"我是纽约少有的一天到晚开车四处溜达的人，"她说，"我喜欢这样。"在工作室里，考克斯有时会有助手或实习生来帮忙；但是其他时间，她总是一个人。"我可以从下午2点半一直工作到午夜，甚至更晚，"她说，"或者我也可以晚上7点前到家，主要取决于我在做什么。"在她的创作生涯中，唯一不变的是缺乏自我，或者至少说她在朝着没有自我的状态努力。她的创意来自一种"无思无想"的状态，她说："在那里，没有任何干扰，也没有任何自我思考。"最重要的是，她会驱逐所有消极的想法，这意味着她在工作中不会强迫自己或者迫使事情发生。"我不是去吊打自己的。"她说。

佩塔·科因

Petah Coyne，1953—

科因是一位出生在俄克拉荷马州、现居纽约的雕塑家和装置艺术家。她被称为"混合材质的女王"。她以各种不寻常的材料组成的复杂的、超大型的雕塑装置类艺术作品而闻名于世。她在自己的网站上列举的材料包括"死鱼、泥土、木棒、干草、黑色沙子、特制并获得专利的蜡、缎带、天鹅绒、丝绸花朵以及最近的动物标本和铸造蜡像等"。

科因住在曼哈顿。每周六天都通勤前往她在纽约地区的工作室（她喜欢对工作室的确切位置进行保密）。她总是试图找到最高效的安排计划，一方面是因为她的创作需要大量的体力劳动，另一方面，用她自己的话来说，与她高度纪律化的成长背景有关。科因在2017年说："我的家庭既有军人背景，又有天主教的背景，所以那种打压是双重的。但在这样一个严格的背景下，我看到了效率的极致，我意识到，如果你真的很有条理，你可以完成很多事情。"

科因早上4点半起床，花30分钟查看电子邮件。早上5点开始准备工作，同时会听有声书。她喜欢听书，一天的大部分时间里都会一直听，一周会听两三本书。她早上6点出门，从苏活区的公寓驱车到达工作室，而后在阳光普照整座城市时吃早餐。接着，在早上7点走进工作室的个人区域开始工作。"我进入工作室以后，会带上博士牌耳机隔绝噪声，选本好书，开始干活。"她说。她会一次同时创作两个作品，整个上午在两个作品之间来回游走。"在工作室里有两件作品，我在它们之间不断切换，一边听着伟大的文学作品，一边不停地移动，"她说，"就好像在跟作品跳舞一样。"当一件作品完成之后，她会将它搬出工作室，再从储藏室拿一件进来。她两万平方英尺的工作室里有她的私人工作区域、助手的工作空间、办公室、作品储藏室以及一个以友好的价格租给其他艺术家的额外储存空间。有时候，未完成的作品会在储藏室中存放长达五年之久，直到"听到它们在和我说话"，才会将它们重新取出来最后完成。

与此同时，每周三天在早上8点，她的工作人员——3名工作室助手和3、4名办公室助手会来到工作室。他们知道在艺术家工作时不要打扰她。当科因在下午1点从私人工作区域走出来时，每个人都已吃过午餐（科因在私人工作区单独用餐）。接下来，科因工作日的下一个阶段就开始了。首先，她会检查工作室助手的工作进度，并给他们安排明天的任务；接着她会在办公室里工作一个下午。她通常在晚上6点半到7点半之间结束工作，并在晚上8点到家。这样她就有足够的时间同丈夫一起吃饭聊天，然后在晚上9点上床睡觉。

科因的日常饮食非常单调：早餐是燕麦和浆果，午餐吃沙拉，晚餐只有味噌汤。"食物对我来说不重要。"科因说。她的衣橱也同样有限。"我不想浪费时间，所以那些糟糕的衣服都一样，"她说，"我每年都会订购同样的五件高领毛衣，同样的黑裤子和黑袜子。就是这样，我甚至都不会去想它。"

科因从周一到周五遵循的都是以上的日程安排。她每个周六都会和丈夫一起早餐，而后在工作室工作半天，接着去博物馆或画廊。如果她手头有一个正在和其他艺术家合作的项目，那么她周六还会接着忙。周六晚上，她会和丈夫吃一顿正式的晚餐并一起看电影。周日，她则是完全自由的。"周日不做事，"科因说，"读读《纽约时报》、和老公看两部电影。这是一个你不用换睡衣的日子。"

科因的日常生活习惯会定期有所改变，因为她总在试图将时间最高效率化。值得注意的是，与她年轻时在纽约努力站稳脚跟的时期相比，现在的工作日常是相对轻松的。那个时候，她白天在广告公司工作，晚上在工作室创作雕塑。一周有两个晚上还会熬夜，从晚上一直辛苦工作到第二天一早直接去上班。其他时候，她会下班后在工作室继续工作 3 个小时，然后正常睡觉。这样的日子，她坚持了近 10 年，直到在展览会上获得了一致好评，让她得以申请资助，并把所有收入拼凑起来，支持自己专职从事艺术。"那是我人生中最艰难的时期，只能埋头苦干。"科因说。为了坚持下去，她想象自己是指挥千军万马的军官，而她的身体就像是一支连队。"我会说：'我们必须做到这个！你们一半去睡觉，另一半留下来苦守！'这就是我自我激励的方式。我也喝很多咖啡。早上去上班的时候，我实际上筋疲力尽。但我还是会和自己说：'我们要做这件事，我们要做好这件事。'你可以说服自己去做任何的事。"

从愤怒到绝望
周而复始

朱娜·巴恩斯

Djuna Barnes，1892—1982

　　巴恩斯出生在一座俯瞰哈德逊河的木屋里。她曾在纽约短暂地学习过艺术，离校后成为一名报社记者，专门负责印象派观察作品和如今被称为特技新闻的报道。为了报道妇女参政运动者绝食的新闻，她让医生强行为自己灌食。1920年，女性杂志 *McCall's* 将巴恩斯派驻巴黎，她在那里一待就是20年，并逐渐从新闻写作转向了小说创作，成为巴黎外籍人士社区中最风趣也最时尚的作家和艺术家之一。在巴黎，她爱上了雕塑家和银点法画家塞尔玛·伍德（Thelma Wood）。8年后，这段关系的结束激发巴恩斯开始创作自己1936年出版的代表作《夜林》（*Nightwood*）。

　　在1932年和1933年的夏天，巴恩斯主要在英国的海福德庄园（Hayford Hall）写作并修改这部小说。这座庄园是由美国的一位继承人佩吉·古根海姆（Peggy Guggenheim）租用的。古根海姆后来是巴恩斯最重要的资助人，一连几十年给她提供每月津贴。古根海姆是在她的情人约翰·费勒·霍姆斯（John Ferrar Holms）的建议下租借的海福德庄园。霍姆斯是一位爱熬夜喝酒，在15世纪诗歌及其他领域有很高造诣的英国人。他、古根海姆和巴恩斯在海福德庄园同作家艾米莉·科尔曼（Emily Coleman）和安东尼娅·怀特（Antonia White）以及古根海姆之前婚姻的两个孩子和怀特的儿子一起度过了美好的时光。因为孩子们住在庄园侧翼，所以成年人在早上不会受到打扰。他们因此得以彻夜狂欢，其间充满了热烈的文学讨论，有时也会玩颇有争议的"Truth"游戏。

对巴恩斯来说，这里良好的氛围利于写作。充满智识的讨论让她倍受启发，她可以在白天大部分的时间里都待在卧室里写作。根据传记作家菲利普·赫林（Phillip Herring）的说法，巴恩斯在海福德庄园的日常安排是"在床上一直写作到午餐时间，而后阅读，去荒野散步或打打网球"。散步似乎令她感到不安。巴恩斯后来回忆道："海福德周围的荒原让我感到恐惧，因为路上有死人骨头、马头骨，还会有狗去扑兔子，并将依然温暖且蹦跶的兔子叼在嘴里带给我、约翰或佩吉。我实在受不了了，就干脆再也不去荒原散步了。"

除此之外，她没有什么可抱怨的。晚上，她会在聚会上大声朗读自己的作品，并偶尔把几页内容交给霍姆斯听取他的意见。巴恩斯后来有很长一段时间都没有新的作品。直到20多年后的1958年，她才发表了自己的第二部作品——一部名为《对唱》（The Antiphon）的诗剧。这并非是因为她缺乏尝试。为了用自己在文学创作上的努力鼓励安东尼娅·怀特，巴恩斯写道：

> 写作会消除一个人在精神上几乎无法避免的可怕锈迹。这也是每天都需要工作的一个重要原因。一个人可以写下最令人遗憾的东西，也有可能到了最后一两页就是无法完成。这时候，请继续写下去。这是身为女人除了做蕾丝花边之外唯一的希望。

凯特·珂勒惠支

Käthe Kollwitz，1867—1945

珂勒惠支在家乡德国的科尼斯堡（Konigsberg）学习艺术，后来在柏林和慕尼黑继续深造。1889年，她与一名医科学生订婚。这在她就读的慕尼黑艺术女子学校引起了小小的风波，因为大家认为艺术与婚姻无法相容。但是，珂勒惠支觉得她可以调和艺术家和妻子的角色，或者至少她希望如此。"我的内心无比矛盾，"她在日记中坦承，"最后，我决定冲动行事。只有跳进去，才能游起来。"

婚后不久，他们搬到了柏林的一个工人阶级住宅区。珂勒惠支的丈夫在一栋位于角落的公寓二楼开设了一家医疗诊所，而珂勒惠支的工作室则开在隔壁。因为他们知道负担不起一个适合绘画的公寓，所以珂勒惠支放弃了多年以来的画家梦想，专注于从事小型素描画和蚀刻。没多久，她就发现自己意外怀孕了，并生下了两个儿子中的第一个。在家庭经济好转之后，他们雇佣了一位住家管家来负责大部分的家务和育儿任务。这是当时德国中产阶级家庭的一种普遍做法。对于珂勒惠支来说，这个重大举措让她在家庭人口增长的同时得以继续稳定地工作。传记作家玛莎·卡恩斯（Martha Kearns）写道：

珂勒惠支遵循着学生时代养成的严格纪律，清晨开始工作到午后或傍晚。她不断画画，并尝试提高蚀刻技巧。为了集中精力，她要求家人在她工作时保持安静。也正因此，家人有时称她是暴君。

然而，想要安静并不容易，因为就在隔壁，她的丈夫正在接待来自工人阶级家庭的婴儿、孩子和母亲。不过，对珂勒惠支而言，他们也是最好的绘画对象。当安静实在不可得的时候，其实经常如此，她就去隔壁观察并描摹那些正在等候的可怜女人。

到了19世纪90年代末期，珂勒惠支展现德国工人阶级妇女及其子女的具有强烈视觉冲击力的素描作品让她一跃成为德国最杰出的艺术家之一。她的作品出现在柏林和德雷斯顿（Dresden）的主要展览上。然而，她的儿子汉斯说："她长期抑郁，无法工作；偶尔有段时间，她会短暂地觉得自己有所进展，尽在掌握。她始终在这两种状态之间来回摇摆。周期性的空虚让她极度痛苦。她多次在日记中将自己的周期记录下来并试图预测它们的走向。然而，于事无补，她只能再次等待新一轮力量的出现。"随着年龄的增长，问题似乎不再那么严重，至少她无法工作的时间缩短了。珂勒惠支在60岁生日前夕，给一位艺术学校时期的老友写信说："当我在做一项重要的工作时，死亡似乎比其他任何时候都让我感到紧迫或不受欢迎。我非常在意时间。但是，当我无法工作时，我又百无聊赖，浪费时间。祝我长寿吧，唯有如此才能完成我想要做的作品！"

洛兰·汉斯伯里

Lorraine Hansberry，1930—1965

1957 年，27 岁的汉斯伯里完成了自己里程碑式的戏剧作品《日光下的葡萄干》（*A Raisin in the Sun*）。两年后，这部作品首次在百老汇上演，并成为首部由非裔美国女演员出演的百老汇戏剧。汉斯伯里也因此成为历史上最年轻的纽约戏剧评论家协会大奖（New York Drama Critics' Circle Award）的获奖编剧。芝加哥出生的汉斯伯里在享受赞誉的同时却难以复制最初的成功。20 世纪 60 年代初期，她屡遭创作瓶颈的困扰。在 1961 年 7 月的日记中，汉斯伯里写道："日子一天天的过去，我却什么也没做。这样的日子之前也出现过。我整天呆坐在那里，又或在街上漫无目的地走来走去——然后坐在这张桌前，点燃了香烟。我好想工作，却无能为力。"几个月后，汉斯伯里发现那种日子又回来了，她感到"身为一名作家，也许永远也无法摆脱那种可怕的混蛋感觉"。

情况在接下来的一年里有了改观。汉斯伯里和丈夫在他们格林威治村公寓以北约 40 英里的克罗顿 - 奥恩 - 哈德逊（Croton-on-Hudson）买了一座房子。1962 年秋天，汉斯伯里开始独自前往那里"或工作，或灭亡"。她从来没有固定的写作时间表。前往新居后，她也不打算有。"人们常说要有一个无论如何都严格执行的工作时间表。换句话说，无论如何，都要提笔写作，"她在日记中写道，"可是，我做不到。我觉得那样很傻，就好像坐下来写作是在尽义务一样。或许，大家之所以要抱持这样的观念，只不过是为了证明作家并不是什么天生不稳定的生物。"不过，汉斯伯里认为适宜的写作环境非常重要。就在新居安顿下来的五周后，她在日记中如此描述自己的居家办公室：

> 我按照列奥纳多的建议重新布置了工作空间：宽敞明亮的房间（并没有太大）里有一个小巧紧凑、甚至略显拥挤的工作区，书桌、机器、画板将我包围。我喜欢这里。它就是我希望的样子。
>
> 我在面前的墙上挂了一张我和保罗·罗伯逊（Paul Robeson）的合照和一幅米开朗基罗的大卫像。在我肩膀处的位置有一尊爱因斯坦的半身像。楼梯的尽头则是爱尔兰剧作家肖恩·奥凯西的画像。这就是我的小世界！为了客观看待事物，我在最显眼的位置挂了一张相当大的告示牌，上面写着：
>
> "但是"——孩子说：
>
> "皇帝没有穿任何衣服……"

安排适宜的新家似乎真起了作用。就在十天后，汉斯伯里又一次开始写作。"奇妙的事情发生了——就在一小时前！"她在日记中写道，"我一直渴望自己写作时能思如泉涌……竟然做到了。我写了好多。我也知道自己在写什么。在厨房的时候，突然间犹如醍醐灌顶，在一小时之内写了整整 14 页。它们一气呵成，几乎不用修改。哦，谢天谢地！之前的日子真是受够了。"

纳塔利娅·金茨堡

Natalia Ginzburg，1916—1991

金茨堡是一位意大利小说家、散文家、翻译家和剧作家。她经常被认为是二战后意大利最重要的女作家。在金茨堡接受采访的文稿合集的前言中，她的孙女莉莎回忆了这位作家的日常生活：

> 在她的内心深处有一种沉静，一种深刻而亲密的沉静……在她日常忙碌嘈杂的声音中，你依然可以听到她在黎

明时分独自创作时那份沉静的回音。她专门从睡眠中偷出时间来服侍她口中的"主人"——那躁动不安、不容置疑、绝对需要花时间的写作。这份内在的沉静，你可以从她的脸上、从她半闭着的眼睛、从她沉浸在仔细聆听周遭一切的样子中读出来。她后来将这种聆听称为"咀嚼"。她特别喜欢"沉思"，那只不过是她在为自己的闲散辩护。她说这是无用之用。她还说只有当一个人无所事事时才会沉思默想。

尽管在孙女的回忆中，金茨堡是在清晨写作。然而，这并非她的习惯。1940年，金茨堡的丈夫、反法西斯活动家和记者利奥内·金茨堡（Leone Ginzburg）被法西斯分子流放到了意大利中部阿布鲁奇的一个偏远的贫困村庄。金茨堡和两个年幼的孩子也一同前往。成为母亲后，金茨堡无法继续追寻自幼年起便一直热衷的小说创作。她后来写道："我实在无法理解一个人如果有了孩子，还怎么能坐下来安心写作。"然而，住到乡间的金茨堡再次受到鼓舞，决心重新开始。她觉得自己能够"控制"对孩子的感情，与他们拉开距离，从而进入一个小说的世界。她在村里找到了一个可以下午照看孩子的姑娘。这样，金茨堡能够从下午3点一直工作到晚上7点。在这几个小时里，金茨堡"贪婪且愉快地"写作她在 1942 年出版的第一本小说《通往城市之路》（*The Road to the City*）。

尽管全家因政治原因被流放他乡，但是金茨堡觉得创作第一本小说的地方是一个幸福的地方。相比之下，她的第二本小说是在丈夫被意大利警察谋杀后，她在"深沉忧郁"的状态下创作的。墨索里尼垮台后，金茨堡的丈夫曾得以返回罗马，然而，他却被捕入狱并在里贾纳切利监狱惨遭折磨，最终遇难时年仅 34 岁。金茨堡在她最著名的一篇散文《我的职业》中描述了在两种不同的状态——快乐或痛苦中写作的差异。她提到这两种状态都会为文学创作设置陷阱。快乐时，她觉得自己的想象力、设置虚构人物和情节的能力很容易超出个人的经历范围。于是，人物身上可能缺乏伟大文学作品才能引发的某种强烈的共鸣。而且，她刻画的那个小说中的世界也缺乏"秘密和阴影"。相比之下，在痛苦中写作的故事会因为作者内心深刻的悲情而变得很有分量，小说中人物所承载的和回应的是作者自身的处境和内心的痛苦。金茨堡认为，作家通过写作来抚慰自己是不可能的。"你不能幻想通过自己的职业来自我欺骗地说得到了怜爱和摇篮曲。"她写道。

多年后，当金茨堡再次回看早年的这篇文章时，她说自己的想法在岁月的洗涤中已经有所改变："随着生活的继续，我不得不说，当你日益成熟，写作的心态就不再那么重要了。在人生的某个阶段，你会经历太多的失去，所以无论何时，在生命的底色上总有一层挥之不去的不幸。于是，来自作家心态的影响就愈来愈小。你学会了无论如何都能提笔写作，你的感受也会愈来愈多……我不是说你要远离自己的现实生活，只是说你会懂得要如何去掌控它。"

格温多琳·布鲁克斯

Gwendolyn Brooks，1917—2000

布鲁克斯自十几岁起就开始向文学杂志投稿。可是，直到 28 岁那年，她的一篇诗歌作品才被一家知名杂志接纳。她在很多年后说："对于那些投稿多年却始终没有回应、对自己心灰意冷的人来说，我的经历应该可以激励他们。他们所要做的就是一路坚持 14 年。"

布鲁克斯的确是在一路坚持，尽管她在别人眼里不过是"一介主妇"，她说，"那是我最不感兴趣的人生角色"。在生完第一个孩子一年后，她说"我几乎没有动过笔"。除此之外，她一直在"想方设法坚持下去"。1945年，当儿子5岁时，她出版了自己的第一本诗集。4年后，她出版了第二本诗集，并在次年荣获了普利策诗歌奖。布鲁克斯也因此成为第一位荣获该奖项的非裔美国人。

1973年，一位采访者问她一首诗作是否会以完整的形式出现在她的面前。她回答说：

> 很少有一首诗是穿戴整齐出现的。通常，它都是零散的。你会有某种意象，譬如你感受到了什么，心中有某种期望，然后你会小心翼翼地开始将这些感觉、情绪、意象注入到日常你所能表达的文字当中。
>
> 你会踌躇挣扎、前思后想、摇摆不定，但是最终你会拿出初稿。而后，如果你是我，如果你和我认识的其他诗人一样，那么你会不断地修改、调整。最后的成稿往往和初稿完全不像；但有的时候，也会差别不大。

对于布鲁克斯而言，一首诗歌的创作从构思到成品之间所需的时间完全是不可预计的。她说有时候，只需要15分钟，而有时候，则需要15个月。"创作很难，而且，"她说，"愈来愈难。"

简·里斯

Jean Rhys，1890—1979

1957 年，英国广播公司（BBC）准备将里斯 1939 年的小说《早安，午夜》（*Good Morning, Midnight*）改编为广播连续剧，并刊登广告表示希望知道作者下落的人联系他们。此时，里斯已经有将近 20 年没有出版任何作品，许多认识她的人也都和她失去了联系，甚至有人猜测她可能已经死于自杀或酗酒。大家觉得这也许是这个在多米尼加（Dominica）出生，天生有一种自毁倾向，在 20—30 岁时穷困潦倒、抑郁沮丧、不断陷入无望的恋情且常年酗酒的作者最有可能的结局。然而，就在英国广播公司的广告发出去后不久，有好消息传来：里斯本人回信了。原来她和第三任丈夫居住在康沃尔。她不仅活着，还正在写一部新的小说。她很快就签约了这本新书，并告诉编辑，预计会在 6—9 个月之内完成。

事实上，里斯最终用了 9 年的时间来完成这本《藻海无边》（*Wide Sargasso Sea*）。如今，它被公认为是里斯的杰作，也是 20 世纪最好的小说之一。之所以花费了这么长的时间，一方面是因为里斯是一位完美主义者，她会一遍又一遍地重写直到小说达到了她严苛的高标准；另一方面也是因为她太不善于管理日常生活，写作进程总是会被干扰。她的一位编辑黛安娜·阿西尔（Diana Athill）写道："她在现实生活中的无能为力完全超出了我们对普通人的认知。"

在写作新书几年后，即1960年，70岁的里斯和丈夫从康沃尔搬到了位于德文郡乡村深处的一座古朴农舍。后来，她一直居住于此。这次搬家是她哥哥的主意。他去康沃尔探望妹妹一家，面对他们肮脏的生活环境深感震惊。他觉得有责任进行干预，于是找到并购买了这座农舍送给了他们。他之所以选择如此偏远的地方或许是因为他觉得里斯不会在这里惹出什么麻烦。他还曾出于安全考虑向村里的牧师发出过警示："我给您的教区带来了麻烦。"

不久之后，里斯就再次证明哥哥的担心绝非多余。虽然一开始，她对农舍很感兴趣，但是很快便对它的地理位置心生厌恶。"这个地方，我原本以为是我的避难所，可是现在它简直就是地狱的前奏。"里斯在到达小屋后不久写道。她不喜欢那里阴雨连绵，不喜欢周围看上去贼头贼脑的村民，不喜欢没有图书馆和商店，甚至不喜欢当地的动物。她在给女儿的一封信中写道："这里的奶牛以一种非常不友好的口气冲我哞哞叫。"这不是在开玩笑，至少在一段时间内不是。里斯因邻居家的奶牛离她的房子太近，让她深受干扰而大声抱怨。

于是，周围的农民建起了一道带刺的铁丝网来防止奶牛靠近她家。结果，对方的好意被里斯解读为故意冒犯，她在喝醉之后冲着邻居大喊大叫，向铁丝网投掷奶瓶。她的大动干戈让一众看着她的村民惊恐万分。

自此之后，里斯就成了整个村庄流言蜚语的嘲笑对象。许多当地人都不愿意和她说话，甚至有一位邻居指控她就是一名女巫，因为里斯有一次手持剪刀在马路上狂追她。里斯也因此被关进精神病院一周的时间。幸运的是，村里热爱古典文学的牧师成了她最重要的盟友。他读了里斯正在创作中的小说，敏锐地意识到了她的才华。于是，他开始定期拜访里斯，并尽他所能地保护这位敏感的作家免受侵扰。牧师告诉妻子说，里斯"需要无尽的威士忌和无尽的赞美。她必须有这些"。他送给了里斯一张床头桌，这样她就可以保持自己多年来的习惯——躺在床上写作。他说服里斯进行了一次身体检查，结果里斯得到了一些"药丸"。这些药丸的效果却不尽相同。她在1961年的一封信中写道："我有一些奇特的药丸。如果我服用两粒以上，就会感觉很奇怪，第二天更怪。所以，我觉得还是饮酒更安全。"

尽管有牧师的帮助，里斯的小说进展依然缓慢。她在1962年3月写道："我感觉住在这里已经好几年了，可是却依然在努力工作，就像是在一个非常陡峭的山坡上拉着一辆马车。"一年后，她在给阿西尔的信中也流露出了同样的情绪，"我真觉得自己让所有人都耗尽了心力。问题是，我也没有力气了，从愤怒到绝望，周而复始"。1957年，里斯的丈夫突发中风，在随后的几年里时不时地进出医院。当他在家时，里斯忙于照顾，几乎没有时间写作；当他入院时，尽管她能抓住这段时间进行写作，但内心充满了担忧和孤寂。就在这本书最后完成的一年半前，即1964年9月，她写信给阿西尔说："回想起创作之初，我是那么地轻松！原以为很容易就能完成。噢，天啊！除了应对生病、搬家、灾难和各种纷争之外，我还要努力让一个不太可能发生的故事读上去完全可能、理所应当且不可避免。"

1966年，《藻海无边》终于出版了。也正是在这一年，里斯的丈夫去世了，由此揭开了对里斯来说相对平静的一个时期。她不再需要为照顾丈夫而忧心忡忡，同时也开始享有从未有过的财务保障和文学声望。她在1965年后期写给女儿的一封信中描述了自己后来或多或少都一直在遵循的日常惯例：

> 现在的日子很有趣。我晚上8点就上床睡觉了，你能想象吗？不过，8点的时候，天已经黑了好几个小时了。我会

喝一杯威士忌（它真是太贵了），然后假装时间已经很晚了。到了凌晨三四点，我便彻底醒了。在床上辗转反侧一会儿，然后起身，在黑暗中去厨房泡杯茶。有意思的是，这其实是一天当中最美好的时间。我喝了一杯又一杯，抽了一支又一支，看着晨曦满满地蔓延开来。

里斯几乎整个白天都会待在厨房里。"这里不会让我感到沮丧或焦虑，就连安静也变得可以忍受，"她写道，"我会坐在一个角落里看日出，又在另一个角落里看日落。"不过，厨房多年来也是里斯唯一能负担起供暖费用的房间。不久，报纸和信件就送来了，里斯便会读报、回信，并写作自己的最后一本书——自传《请微笑吧》（*Smile Please*）。写到饿了的时候，里斯会计划做一顿精心准备的饭菜。这也是她一天当中的第一餐。如果不饿，她会随便吃点面包、奶酪并喝杯酒。这是独居的生活。然而，在经历了那么多的动荡和焦虑之后，这并非一种不幸福的生活状态。一如里斯自己所写："独自一人生活的悲伤难道不是被过分强调了吗？它对人生的补偿难道不是被严重忽略了吗？"

伊莎贝尔·碧授

Isabel Bishop，1902—1988

  碧授 16 岁时从底特律来到了纽约。当时高中毕业的她打算学习商业艺术并成为一名插画家。"接着，有件事发生在了我的身上。"她在很多年后说。这件事就是她接触到了现代艺术运动。在一位富裕的亲戚提供的月度津贴的支持下，碧授从插画转向了绘画，并在 1920 年入读了纽约艺术学生联盟（Art Student League）。在学习了 6 年后，她租下了一间位于纽约第 14 号大街可以俯瞰联合广场的工作室。那里当时是纽约一个相当破旧的商业区，街头涌动着办公室的白领职员、百货商店的购物人群、站在肥皂盒上的街头演说家、无业游民和其他的艺术家。在接下来的 60 年里，碧授借助联合广场上的众生相完成了她的"浪漫现实主义"画作。她经常坐在广场的长椅上描画她看到的日常点滴，尤其是那些女性都市白领的着装和姿态。在经历了多年的自我怀疑和不满意之后，她终于找到了一个可以在画布上捕捉并表现生活的有效方式。"我什么都尝试过，"她后来回忆道，"很痛苦，很受挫。我试来试去，发现都不行——你从这个方向努力，但结果从另一个方向出来。始终不是你想要的东西。不过，无论你能发现什么，都只能在工作中发现它。往往是无心插柳柳成荫。"

随着时间的推移，碧授找到了一个可以推进绘画创作的过程。它从粗略的草图开始，然后绘制一系列更完整的画作，接着制作一张蚀刻版画，而后再做一张铜版画，一种通过将印版暴露在酸中，形成一个可以容纳墨水的表面，从而产生一种水彩画的效果。到了这一刻，她才会真正开始绘画。她再次借鉴了来自佛兰德巴洛克风格艺术家鲁本斯（Rubens）的那种极其费力的创作过程。"很抱歉，我使用的是一种非常复杂的技术，"碧授说，"不是说我有意想要复杂，而是为了让作品能回应我。为了达到这个效果，我可以用尽全力。"通常，她需要一年时间才能完成一幅画作。她把画架放在一个工作时随时可以望向联合广场的位置。她说："我想要随时验证自己正在做的事情。"她会一边看一边自问"真的是这样吗？""这幅画有在表现楼下正在发生的真实生活吗？"等诸如此类的问题。"就像吃饭一样，这也是一种滋养，"碧授说，"看着人们途经这里走向四面八方，就像是在跳一曲华丽的芭蕾舞。"

碧授在 20 岁出头时经历了一段不幸的恋情并曾 3 次尝试自杀，但她最终恢复了过来，在 1934 年嫁给了一位才华横溢的年轻神经学家哈罗德·乔治·沃尔夫（Harold George

Wolff）。她搬进了沃尔夫位于布朗克斯的富人区里弗代尔（Riverdale）的一栋房子。沃尔夫为人一丝不苟。他们的一位邻居回忆说去他家参加晚宴时，他会给每一个人递上一个3英寸乘5英寸大小的卡片，上面整整齐齐地列出了晚宴的每一个环节的准确时间，甚至包括客人们的离开时间。不过，他非常支持碧授的艺术追求。"他有那样的态度对我来说非常重要，在当时也的确很少见，"碧授说，"我们每天一早一起出门，他去上班，我去工作室。在这方面，我们从来没有任何问题。"他们从早上9点工作到下午5点，出门后会一起搭乘从里弗代尔开往中央车站的火车，碧授接着换乘地铁去往联合广场，晚上下班后再原路返回。他们的儿子，也是他们唯一的孩子，在1940年出生后，由碧授的婆婆住到家中帮忙照顾。她因此便很快重返之前的日常生活。这样的安排并非毫无问题。碧授后来回忆说："很有帮助，但也很难。"他们显然在周末也不放松。在20世纪70年代的一次采访中，碧授说只要儿子在家，她会一周工作六天，周日留在家中陪伴家人；如果儿子不在家，她会一周七天天天工作。

在工作室的一面墙上，碧授悬挂着摘自亨利·詹姆斯（Henry James）的作品《中年》（*The Middle Years*）中的一句话："我们在黑暗中摸索，我们尽力而为，我们倾心付出。我们的犹疑就是我们的激情,我们的激情就是我们的工作。剩下的便是艺术的疯狂。"在 1977 年的一次采访中,当被问及这句名言,以及如何实现时"艺术疯狂"的毕生承诺时,碧授说:"我对这句话其实思考良久。对我来说,我的投入是逐渐发生的,完全不是计划好、安排好的。一个人会发现原来自己一直在努力投入。进入那种状态以后,我想,除了纵身一跃,其实你也别无选择。"

多丽丝 · 莱辛
Doris Lessing,1919—2013

1949 年,莱辛带着 6 岁的儿子彼得和她的第一部小说手稿来到了伦敦。这是一趟从南罗德西亚(今天的津巴布韦)出发的旅程。她出生在那里的一个英国家庭,并在 30 岁前结婚两次,离婚两次,还有了 3 个孩子。当她前往伦敦时,她的两个分别是 8 岁和 10 岁的孩子与第一任丈夫一起留在了津巴布韦。莱辛在他们年幼时偶尔会回去看望。待及莱辛成名后,这件事常被记者们拿出来反复炒作。她对此很是恼火和不快。

面对反复被定义为"遗弃"的别离，莱辛解释说自己在当时别无选择。她嫁给第一任丈夫时才19岁，而且是未婚先孕。婚后几年里，她发现自己在一个文化落后的地方成了一名怨妇，毫无时间和精力去做自己决心为之奋斗一生的写作事业。于是，她离开了第一任丈夫和两个孩子去追求自己想要的生活。她找到了工作和公寓，开始写作并参与到了左翼政治的斗争中。她后来再婚并生下了第三个孩子。她前往伦敦只不过是第一次离家出走的一种延续。她从来没有粉饰过自己的选择。莱辛在1997年说："这么做，很可怕；但是，我又不得不这么做。如果当年我没有那么做，我肯定会变成一个整日酗酒或走向疯癫的人。对此，我毫不怀疑。我无法忍受那样的生活。无法忍受。"在愤怒时，她便不再解释，直接说："有孩子在身边没法写作。根本不可能，你只会很烦躁。"

当然，莱辛的确是带着第三个孩子彼得一起写作的。她后来也坦承初到伦敦的她因为有孩子要照顾反而得到了拯救。否则，她也会在20世纪50年代加入一批作家和艺术家的行列成为Soho一族。"他们中很多有才华的人因为酗酒和夸夸其谈而最终一事无成。"她写道。相反，莱辛安排好了他们在伦敦的生活，在有人照顾彼得的同时为自己赢得了写作时间。她一开始做秘书养家，后来在拿到了一本书的预付款之后便辞去了工作，开始全职写作。在自传第二卷，莱辛描述了自己早期在伦敦的日常生活：

> 早上5点，因为孩子醒了，我也就醒了。他会爬到我的床上让我给他讲故事或儿歌。我们换好衣服，他吃完饭后我送他去街区的学校……我会买点东西。之后，我的一天就算真正开始了。有时候，头脑一热，非要做这个做那个，我称之为家庭主妇病："哎呀，我必须买这个啦，得给某某人打电话，别忘了，赶紧记下来。"我必须抑制住这种冲动，让自己进入一种沉闷平淡的写作状态。有时候，我会小憩几分钟让自己有这种状态，也会祈祷不要有人打电话找我。睡觉一直是我的好朋友，我感觉睡一觉便能很快恢复。就是在这段日子里，我体会到了哪怕沉浸几分钟的价值……当头脑清醒后，你会变得有条不紊、沉静深邃，为写作做好了准备。

莱辛会在写作的状态中进进出出。偶尔停下来，在房间里走一走，洗洗杯子、整理抽屉，或者给自己泡一杯茶。"我走来走去，手里忙忙这个，忙忙那个，"她写道，"如果仅凭你看到的情景，你肯定以为我特别关心家务。"然而，事实上，她的大脑一直在别处，在正在进行中的写作上。根据传记作家卡罗尔·克莱因（Carole Klein）的说法，这些看上去漫无目的的时光可能非常高效，因为莱辛的目标是一天7 000字。纵观她的职业生涯，日常的忙碌对她的创作至关重要。她觉得"身体的行动是一条让她集中精力的道路"。在这一点上，她将自己比作画家。"你看他们，在工作室里游来荡去，"她写道，"清洗刷子、扔掉刷子、准备画布，但实际上你知道他们的心在别处。他们泡杯咖啡，望向窗外，在画布前伫足良久，手中的画笔时刻处于一种警觉的状态。时间一到，他们便开始工作。"

或许是因为莱辛一直努力想要抽出时间来写作，并为之多有牺牲，所以她对公众对作家日常生活和写作习惯的好奇心多有理解。"当我们（作家）暂时化身演说家站在讲台上讲故事时，人们总会问我们：你用文字处理器吗？用钢笔吗？用打字机吗？是每天都写作吗？你的日常写作惯例是什么？"莱辛写道：

> 所有这些问题其实都在指向一个关键点，即你是如何使用自己的精力的？你是如何呵护自己的精力的？人的精力都是有限的，我相信成功的人，无论是否自觉，都知道如何善用而非浪费自己的精力。

在这一点上，具体的做法因人而异。作家也不例外。我认识的一些作家喜欢晚上聚会，但是他们在第二天却依然能精神饱满地继续写作一整天。我就不行。如果熬夜的话，我第二天便没有状态。有些作家喜欢早上一睁眼就开始工作，有些人则喜欢晚上，或者像我就没法在下午工作。通过不断地尝试、调整，你就会找到满足需求的方式，找到本能的节奏和规律。一旦找到了，敬请珍惜它。

致 谢

可以说，这本书如若没有几位富有远见的杰出女性的支持就不可能出版。首先是我的妻子丽贝卡（Rebecca）。她读过我写的每一稿，在文稿初期给予了我莫大的鼓励，并为之后的改进提出了详尽的意见和建议。长期以来，作为一名艺术家，丽贝卡也需要在创意工作和日常生活之间做出选择。因此，她既是这本书创作灵感的来源，也是它最理想的读者。她深思熟虑的提问和富有价值的反馈意见无疑为这本书增色不少。

如果没有我的经纪人，梅格·汤普森（Meg Thompson），那么就不会有如今在你手头的这本书，也不会有它的前作。她是第一位意识到我在博客上连载的"日常生活"系列具有出版价值的人。而且，是她为这本书的出版找到了最理想的出版社克诺普夫（Knopf）。自此之后，正是在她业务熟练且精神愉快地带领下，我对出版业日渐熟悉。在这里，我还要感谢她的同事桑迪·霍奇曼（Sandy Hodgman），她的敬业和才华让我的作品有了它的海外版本。

克诺普夫出版社的维多利亚·威尔逊（Victoria Wilson）将自己从业 45 年的出版经验投入在这本书的出版之中。她在前一本《创作者的日常生活》的出版过程中提出的指导性建议也间接地塑造了这本书的模式。与此同时，她为我提供了不少女性创作者的名字，其中不乏尚未获得广泛认可的作家和艺术家，而她们的自传为我提供了丰富的素材。在整个过程中，她的助手马克·贾菲（Marc Jaffee）为我提供了不可或缺的帮助。克诺普夫出版社的编辑团队非常出色，特别感激封面设计师杰森·布赫（Jason Booher）、文本设计师玛姬·赫德斯（Maggie Hinders）、责任编辑凯瑟琳·弗里德拉（Kathleen Fridella）、校对编辑艾米·布罗塞－兰科索娃（Amy Brosey-Láncošová）以及营销编辑凯瑟琳·祖克曼（Kathryn Zuckerman）。皮卡多出版社（Picador）的苏菲·乔纳森（Sophie Jonathan）担任这本书的外编，对文本进行仔细的编校，并予以鼓励。这本书最初的构想是列在 Vintage Short 系列，我非常感谢玛丽亚·戈德维格（Maria Goldverg）对这个项目的早期支持。

我撰写这本书的一个目标是包含更多当代的声音，我感激 20 位女性创作者抽出自己宝贵的时间与我面对面或通过邮

件分享自己的工作日常。她们分别是:

伊莎贝尔·阿连德、夏洛特·布雷、蕾妮·考克斯、佩塔·科因、海登·邓纳姆、尼基·乔瓦尼、玛吉·汉布林、希拉·赫蒂、琼·乔纳斯、米兰达·裴丽、约瑟芬·梅克塞珀、朱莉·梅雷图、玛丽莲·明特、梅芮迪思·蒙克、玛吉·尼尔森、凯瑟琳·奥佩、卡洛琳·史尼曼、瑞秋·怀特里德、朱莉娅·沃尔夫和安德里亚·齐特尔。

与此同时,我要感谢以下各位为我的采访牵线搭桥。他们是乐隆画廊（Galerie Lelong）的钱德拉·拉米雷斯（Chandra Ramirez）和丹尼尔·吴（Danielle Wu）；弗吉尼亚科技的弗吉尼亚·C.福勒（Virginia C. Fowler）；加文·布朗公司（Gavin Brown's Enterprise）的修·蒙克（Hugh Monk）和艾米莉·贝茨（Emily Bates）；安德里亚·罗森画廊（Andrea Rosen Gallery）的林舒明（Shu Ming Lim）和劳拉·拉普顿（Laura Lupton）；梅克塞珀工作室（Meckseper Studio）的凯蒂·科恩斯（Katie Korns）；朱莉·梅雷图工作室（Julie Mehretu Studio）的莎拉·伦茨（Sarah Rentz）；玛丽莲·明特工作室（Marilyn Minter Studio）的吉纳维芙·洛（Genevieve Lowe）；众议院艺术基金会（The House Foundation for the Arts）的彼得·西西奥利（Peter Sciscioli）和基尔斯汀·卡普斯蒂克（Kirstin

Kapustik）；凯瑟琳·奥佩工作室（Catherine Opie Studio）的希瑟拉·斯穆森（Heather Rasmussen）；鲁林·奥古斯丁（Luhring Augustine）的莉拉·多尔蒂（Lilah Dougherty）和丽莎·瓦吉斯（Lisa Varghese）；首席促销（First Chair Promotion）的黑兹尔·威利斯（Hazel Willis）、阿曼达·阿米尔（Amanda Ameer）和贝基·弗拉德金（Becky Fradkin）；再生项目（Regen Projects）的本·桑伯勒（Ben Thornborough）。

同上一本《创作者的日常生活》一样，这本书也是一个人物合集，其中的素材来自于已出版的采访、传记、杂志文章、日记和信件。如果没有诸多学者、记者、编辑和译者令人惊叹的报道和研究，我也就没有机会编写这本书。此外，如果没有洛杉矶公共图书馆的丰富资源，以及工作人员多次将数百本书籍运送至我经常光顾的分馆，那么这本书也必将无法诞生。还有部分研究是在加州大学洛杉矶分校的图书馆、洛杉矶艺术博物馆和纽约公共图书馆完成的。这本书的大部分书稿是在一个曾经是共济会的议事大厅，后来被改建为艺术家工作室的地方完成的。在此，我要感谢纳塔莉·迪里克斯（Nathalie Dierickx）和丽萨·雷蒙德（Lisa Raymond）为我提供了一个如此理想的创作空间。同时，我也要感谢安妮·汤普森（Anne Thompson）同我就这本书以及其他方面进行了富有成效的交谈。

为了帮助查找、回溯埃德娜·圣文森特·米莱拍摄的照片，我要特别感谢米莱的文学编辑霍莉·佩佩（Holly Peppe）以及埃德娜·圣文森特·米莱协会的马克·奥贝斯基（Mark O'Berski）、美国国会图书馆的芭芭拉·拜尔（Barbara Bair）和布鲁斯·柯比（Bruce Kirby）。有许多人为这本书获得相关图像许可和文本权限提供了莫大的帮助，在此致以真挚的感谢。在为这本书做研究期间，有三本采访类著作对我来说意义非凡。它们是埃莉诺·蒙罗（Eleanor Munro）的《原创者：美国女艺术家》（*Originals: American Women Artists*）、辛迪·内姆瑟的《艺术对话》（*Art Talk*）和克劳迪娅·泰特（Claudia Tate）的《工作中的黑人女作家》（*Black Women Writers at Work*）。衷心感谢乔治·博查特公司（Georges Borchardt）、辛迪·内姆瑟、瑞德·哈伯德（Read Hubbard）和杰罗姆·林赛（Jerome Lindsey）允许我在这本书中摘录他们开创性的作品内容。

上一本《创作者的日常生活》出版后，有许多人帮忙推荐，让它得以被更多的读者看到。在这里，我无法一一致谢，但是我要特别感谢约翰·斯旺斯伯格（John Swansburg）邀请我在线上杂志 *Slate* 上推广这本书；蒂姆·费里斯（Tim Ferriss）还发行了相应的有声读物；而克诺普夫出版社原公关部的布列塔尼·莫朗杰洛（Brittany Morrongiello）在这本书发行期间给予了巨大支持。已故的诺亚·克雷斯菲尔德（Noah Klersfeld）是上一本书最早期、最热情的支持者之一，很遗憾她今天无法与我们一起阅读它的续集。

我25岁那年，彭内尔·惠特尼（Pennell Whitney）鼓励我从纳什维尔搬到纽约，而且在那样一个关键时刻伸出援手为我提供了一个住所，让我度过了定居前动荡的那几个月。虽然我已经离开了纽约，但是我一直认为那一步是我人生中决定性的转折点。我相信如果没有她的出现，我不会是这两本书的作者。

最后，我要感谢我的父亲和母亲、我的继母以及我的兄弟们长久以来的爱与支持；我的岳母托尼也成了这本书在太平洋西北地区的民间大使。我也想感谢其他的亲朋好友，感谢他们对我的忍耐、慷慨和善意。